不吉なことは何も

フレドリック・ブラウン

ふたりの探偵の目前にいて、しかも彼らの目に留まらなかった姿なき殺人者とは？　首輪に「われこそは殺されし男の犬なり」というメモが挟まれていた、毛むくじゃらの犬の秘密とは？　身代金誘拐事件に巻き込まれた保険外交員の運命は？　札束をたっぷり蓄えた老人の家に猛犬がいるのを知った悪党の計画とは？奇抜な発想と意外な結末が光る短編10作と、殺人で終身刑になった男の無実を証明すべく奮闘する刑事を描いた名作中編「踊るサンドイッチ」を収録。『真っ白な嘘』に続く短編ミステリの魅力あふれる傑作集。『復讐の女神』改題新訳版。

不吉なことは何も

フレドリック・ブラウン

越前敏弥訳

創元推理文庫

THE SHAGGY DOG AND OTHER MURDERS

by

Fredric Brown

Copyright © 1963 by Dutton Publishing and renewed
1991 by the Estate of Fredric Brown
This edition is published by TOKYO SOGENSHA Co., Ltd.
Japanese translation rights arranged with Barry N. Malzberg
through Tuttle-Mori Agency, Inc., Tokyo

日本版翻訳権所有
東京創元社

目次

不吉なことは何も

不吉なことは何も

毛むくじゃらの犬

ピーター・キッドは、あの毛むくじゃらの犬には何かあるとすぐに疑うべきだったのだろう。あの動物に出会った瞬間、厄介事に巻きこまれてしまった。それはピーター・キッドが私立探偵として活動をはじめた最初の日、最初の一時間に起こったことだった。正確には午前九時十分のことだ。

その朝、ピーター・キッドは意を決して、自分の事務所に堂々と十分遅れて現れることにした。一時間早く顔を出すなど、張りきりすぎのど素人《しろうと》がやることだ。そろそろ、雇っておいた華やかな秘書が事務所をあけているころだろう。悠然たる英姿をお目にかけようじゃないか。

その犬に出くわしたのは、ウィーラー・ビルの一階の廊下だった。キッドは通りに面したドアからはいって、エレベーターへ向かっていた。悪いのはまちがいなく、毛むくじゃらの犬のほうだった。赤くまるい鼻のずんぐりした小男がリードを持って、ピーター・キッドの左側を通ろうとしていたのに、犬は右側を歩こうとしていたからだ。それではうまくいくはずがない。

「すみません」リードを持った男が言い、ピーター・キッドは立ちつくしていたが、やがてリードをまたごうとした。それもうまくいかなかった。犬がピーター・キッドの耳をなめようと跳びあがり、リードもずいぶん上へ動いたので、キッドの長い脚でもまたぐことができなかった。

キッドは鼈甲縁《べっこうぶち》の眼鏡を守ろうとして片手をあげた。毛むくじゃらの犬がじゃれついてきたせいで、危うくはたき落とされそうになったからだ。

「たぶん」キッドはリードの男に言った。「迂回（circumambulate）なさったほうがいいでしょう」

「はあ？」

「まわりこんではどうか、と言ったんです」キッドは言った。「ラテン語から来たことばですよ。circum は〝まわりを〟で、ambulare は〝歩く〟。似たことばに〝周航（circumnavigate）〟があって、そっちは船でめぐるという意味です。ambulare のほうにも〝救急車（ambulance）〟という派生語がありまして――まあ、これは歩くこととは関係ありませんがね。とはいえ、これはフランス語の hôpital ambulant からきたことばで、そっちの意味は――」

「失礼」リードの男は言ったが、すでにピーター・キッドを迂回していた。語義にまつわる講釈を聞かされる前に動きだしていたのだ。

「いえ、かまいませんよ」キッドは言った。

「さがれ、ローヴァー」リードの男は言った。毛むくじゃらの犬はキッドの耳に跳びつくのを悲しげにあきらめ、エレベーターへの道をあけた。

「おはようございます、キッドさん」エレベーター係は、この新しい賃借人がビルのオーナーの個人的な友人だと聞かされていたので、相応の敬意をこめて挨拶した。

「おはよう」キッドは答えた。エレベーターで最上階の五階へのぼる。外へ出て、背後で扉が大きな音とともに閉まると、ゆったりとした足どりで事務所へ向かった。ドアには上品で控えめな金文字でこう記されていた。

ピーター・キッド
私立探偵

キッドはドアをあけて中にはいった。事務所にあるものは何から何まで——タイプライターの載った机の向こうにいる金髪の秘書までもが——真新しく輝いていた。秘書は言った。

「おはようございます、キッドさん。下の階で事務所の名前入りの便箋《びんせん》を受けとっていらっしゃる予定でしたが、お忘れでしょうか」

キッドは首を横に振った。「いや、先にちょっと顔を出しておこうと思ってね。もしかしたら、だれか――その――」

「依頼人でしょうか。ええ、お二方がお越しになりました。ただ、お待ちにはならなくて。十五分か二十分したら、もどっていらっしゃいます」

ピーター・キッドの眉が眼鏡の縁《ふち》より高くあがった。「ふたりもか？　もう？」

「ええ。おひとりは背が低くて小太りの男のかたです。名前はおっしゃいませんでした」

「で、もうひとりは？」

「大きな毛むくじゃらの犬です」金髪の秘書は言った。「そっちの名前はわかっています。ローヴァー。男のかたがそう呼んでいました。彼、わたしにキスしようとしてきて」

「えっ？」ピーター・キッドは言った。

「犬がですよ。男の人じゃなくて。そのかたが〝さがれ、ローヴァー〟とおっしゃったんで、名前がわかったんです。犬の名前がですよ。男の人じゃなくて」

キッドは非難がましく秘書を見つめた。「五分でもどるよ」そう言って、階下へ向かった。

ヘンダーソン印刷店のドアはあいていて、キッドは室内へ足を踏み入れたとたん、驚いて立ち止まった。例のずんぐりした男と毛むくじゃらの犬がカウンターの前にいる。男は店主のヘンダーソンに話しかけていた。

「――でいい」男は言った。「じゃあ、水曜の午後にとりにくるよ。代金は二ドル五十セントだな」ポケットから財布を取り出して開いた。紙幣が十数枚はいっているらしい。そこから一枚抜いて、カウンターに置いた。「すまないが、十ドル札より細かいのがなくてね」

「かまいませんよ、アズベリーさん」レジから釣り銭を出しながら、ヘンダーソンは言った。「名刺をご準備しておきます」

そのあいだにキッドもカウンターへ近づいたが、用心して毛むくじゃらの犬からは距離を置いた。カウンターの奥から女の店員が歩いてきて、笑顔を向けた。「ご注文の品はできておりますよ。いまお持ちします」

女の店員が奥の部屋に引っこむと、キッドはカウンター沿いに体を横へ寄せ、そこにある注文書に記された名前と住所を逆さ向きに読んだ。ロバート・アズベリー、ケンモア・ストリート六三三番地。電話番号はＢＥａｃｏｎ３－３４３４。男と犬は、今回はピーター・キッドに気づかないまま外へ出ていった。

ヘンダーソンは言った。「いらっしゃい、キッドさん。ご用は承《うけたまわ》っていますかね」

キッドはうなずいた。女の店員が包みを持って奥の部屋から出てきた。表に便箋の見本が一枚貼りつけてある。キッドはそれを見て言った。「よくできてる。ありがとう」

キッドが五階にもどると、あのずんぐりした男が待合室の椅子に腰かけ、手にはやはり毛むくじゃらの犬のリードが握られていた。

金髪の秘書は言った。「キッドさん、こちらはスミスさんです。お目にかかりたいそうで。

こちらはローヴァーです」

毛むくじゃらの犬はリードの長さいっぱいに駆け寄った。ピーター・キッドはその頭をなで、自分の手をなめさせてやった。「はじめまして、お名前は――ええと――スミスさん？」

「アロイシャス・スミスです」小男は言った。

「では、ぼくの部屋へどうぞ、スミスさん。そうだ、秘書がぼくたちの会話を記録しますが、かまいませんか」

「いいですよ」スミス氏は、リードにつないだ犬がピーター・キッドを追って奥の部屋へ走りだしたので、せわしない足どりであとを追った。毛むくじゃらの犬を除く全員が椅子にすわった。

犬は机によじのぼろうとしたが、止められた。

「おそらく」スミス氏は口を開いた。「私立探偵のかたは依頼料を請求なさるはずですね。その――」ポケットから財布を取り出して、中から十ドル紙幣を抜いていく。全部で十枚になると、机に置いた。「その――百ドルで足りればいいんですが」

「じゅうぶんです」ピーター・キッドは言った。「で、何をお望みですか」

小男はばつが悪そうに笑った。「自分でもよくわかっていないんですよ。だけど、こわくて。何者かに殺されそうになりました――二度もね。どうか、この犬の持ち主を見つけていただきたい。ただ放してやるだけだと、わたしについてきますから。たぶん――その――動物収容施設へでも連れていけばいいんでしょうが、それでも連中はわたしを殺そうとするはずです。とにかく、何が起こっているのかを知りたいんですよ」

ピーター・キッドは大きく息をついた。「ぼくもです。もう少し簡略に（succinctly）話していただけませんか」

「は？」

「簡略に（succinctly）です」ピーター・キッドは辛抱強く言った。「ラテン語のsuccinctusから来たことばですよ。これはsuccingereの完了分詞で、意味は〝身構える〟――ですが、この場合は――」

「先ほどもお会いしましたね」ずんぐりした男は言った。「circumabulateの人だ。あのときはお顔をよく見ていませんでしたが――」

「circumambulateです」ピーター・キッドは訂正した。

金髪の秘書が速記の手を止めて、ふたりの顔を見比べた。「なんとおっしゃいました？」

ピーター・キッドは笑みをこぼした。「気にしないでくれ、レイサムさん。あとで説明するよ。ええと――スミスさん、あなたがおっしゃってるのは、いまお連れの犬のことですね。いつ、どこで手に入れたんでしょうか――それに、どうやって？」

「きのうの昼過ぎです。ヴァイン・ストリートの八番地あたりで見つけました。道に迷って腹をすかせている様子でした。それで家へ連れて帰ったんです。というより、話しかけたら家までついてきましてね。帰って餌をやっているときに、首輪にメモがついていることに気づきました」

「そのメモをいまお持ちですか」

スミス氏は顔をしかめた。「残念ながら、ストーブの火にほうりこんでしまいました。まったくばかなことをしたとお思いでしょうけど、妻が見つけて妙な気を起こしてはまずいと思いましてね。女って、そういうところがありますから。ほんの短い詩でした。一字一句覚えていますよ。それが――まあ――ばかげた内容なんですが――」

「どんな内容です」

ずんぐりした男は咳払いをした。「こんな感じでした。

われこそは
殺されし男の犬なり
運命《さだめ》から逃れてみよ
汝《なんじ》、なしうるものなら」

「アレクサンダー・ポープだ」ピーター・キッドは言った。

「はあ？　ああ、詩人のポープのことですか。つまり、ポープからの引用だと？」

「二百年ほど前にアレクサンダー・ポープが戯《たわむ》れに作った詩のパロディですね。もとの詩は王の愛犬の首輪に彫られたんです。ええと――たしか、こうです。

われこそは
キューの王の犬なり
われに問うてみよ
汝、誰《た》が犬なりやと」

小男はうなずいた。「はじめて聞きましたが――たしかに替え詩《うた》だ。ポープのは気がきいていますね。〝汝、誰が犬なりやと〟か」そこでくすくす笑いだし、それから急に真顔になった。「わたしが見たあの詩も冗談だと思ったんですがね。だけど、ゆうべ――」

「はい？」

「殺されそうになったんです、二度も。少なくともわたしはそう思っています。たまたま犬には留守番をさせて、街のほうへ出かけたんですが、家からまだ何ブロックも歩かないうちに、通りを渡っているわたしをめがけて車が走ってきたんですよ」

「事故じゃないのはたしかですか」

「急に進路を変えて、突っこんできましたからね。歩道からまだ一歩しか踏み出していないところへです。どうにか跳びのくことができましたけど、タイヤはわたしのそばの縁石《えんせき》をかすっていました。ほかに車はなかったので、そんな動きをする理由はありません。あるとしたら――」

「どんな車でしたか？　ナンバーは？」

「気が動転していましたからね。すごいスピードでしたし。目を向けたときには、もう一ブロック近く先にいました。わかったのは、紺か黒のセダンだったことだけです。乗っていたのがひとりなのか、ほかにだれかいたのかもわかりません。もちろん、ただの飲酒運転だったのかもしれない。実際、そう思っていましたよ。帰りに銃で襲われるまではね。

わたしは暗い路地の入口の前を通っていました。物音がしたのでそちらへ目を向けると、路地の二、三十メートル奥で銃が火花を散らすのが見えたんです。弾《たま》が自分からどのくらいそれたのかはわかりませんが――近くを飛んでいったのはたしかです。わたしは家まで逃げ帰りました」

「車のバックファイアだったのでは？」

「とんでもない。だいいち、火花は肩くらいの高さでしたから。それに――そう、まちがいなく撃ってきたんです」

「これまでに命を狙われたことは？　だれかの恨みを買ったとか？」

「どちらもノーです、キッドさん」

ピーター・キッドは長い指を組んで、それを見つめた。「で、つまるところ、何をお望みですか」

「犬がどこから来たのかを突き止めて、そこへ返してもらいたいんです。それから——ええと——そのあいだ、犬をおまかせしたい。何が起こっているのかを解き明かしてください」

ピーター・キッドはうなずいた。「よくわかりました、スミスさん。秘書に住所と電話番号を伝えてくださいましたか」

「ええ、住所はね。電話や手紙は勘弁してください。妻にはこのことをいっさい知られたくないんです。ひどく神経質なものですから。数日中にまた来て、報告をうかがいますよ。犬を置いておくのがむずかしければ、しばらく動物病院にでも預けてください」

ずんぐりした男が帰ると、金髪の秘書が尋ねた。「いまのやりとりを文章に書き起こしますか」

ピーター・キッドは毛むくじゃらの犬に向かって、指を鳴らした。「いや、それには及ばない、レイサムさん。必要ないよ」

「調査なさらないんですか」

「調査は終わった」キッドは言った。「一件落着だよ」

金髪の秘書は目を皿のようにまるくした。「というと——」

「そう」ピーター・キッドは言った。毛むくじゃらの犬の耳裏をこすってやると、気持ちよさそうだった。「依頼人の本名はロバート・アズベリー。ケンモア・ストリート六三三番地で、電話番号はBEacon3-3434。失業中の役者だ。犬は拾ったんじゃなくて、シドニー・ウィーラーという男からもらったのさ。ウィーラーはこのためだけに犬を買って――依頼料の百ドルも用意したにちがいない。殺人なんか起こりやしないよ」

ピーター・キッドは慎ましげな表情を作ろうとしたが、したり顔になっただけだった。なんと言っても、最初の事件を――たいしたものではなかったが――解決したのだから。それも、事務所から一歩も出ることなく。

キッドの考えはあらゆる点で正しかった――一点を除いて。

毛むくじゃらの犬をめぐる殺人事件は、まだはじまったばかりだった。

まるい鼻の小男は家にもどった――ピーター・キッドに教えた所番地にではなく、名刺に載せるために印刷屋に伝えた所番地にである。

男の名前はもちろんロバート・アズベリーであって、アロイシャス・スミスではない。つまり、ふだんの生活ではロバート・アズベリーと名乗っていた。生まれたときはハーマン・ギルグという名だったが、ずっと以前、初舞台を踏んだときに語呂のよさを考えて変えたのだった。ケンモア・ストリート六三三番地は、役者たちが暮らす下宿屋の住所である。

ロバート・アズベリーは口笛を吹きながら建物のなかへはいった。玄関広間の机の上に郵便物の小さな山ができていて、そこから請求書二通と演劇関係の業界紙を抜きとった。請求書はそのままポケットにおさめ、新聞の求人欄を見ていると、奥のドアが開いた。

アズベリー氏はあわてて新聞を閉じ、ありったけの愛嬌で笑顔を作った。「ああ、ドレイク夫人」

夫人の顔は細くとがっていたが、しかめ面ではなかった。機嫌がいいにちがいない。しめたぞ！　ひとまず五ドル渡せば、なんとかなりそうだ。アズベリー氏はこれ見よがしに財布から金を取り出した。

「少なくてすみませんが、先週の下宿代の一部です。二、三日中にはきっと――」

「はい、はい」夫人はさえぎって言った。「もう聞き飽きたよ、アズベリーさん。でも、こんどはほんとにそうできるかもね、まだあんたは知らないだろうけど。男の人が来てるよ。役の話だってさ」

「ここへ？　じゃあ、応接間で待って――」

「いや、あそこは掃除の最中でめちゃくちゃだったから、あんたの部屋で待つように言っといたよ」

アズベリー氏は頭をさげた。「ありがとうございます、ドレイク夫人」

走りだしたい気持ちを抑えてゆっくりと階段まで歩き、威厳を保ちつつのぼっていった。それにしても、役のことで会いにくるなんて、どこのだれだろう。電話をかけてきてもおかしくないプロデューサーならいくらでもいるが、わざわざ訪ねてくるとは思えない。それよりは、仲間のだれかがオーディションの場所を知らせにきた可能性のほうが高い気がする。だとしても、ありがたい話だ。けさ財布にあんな大金を入れていたおかげで、つきがめぐってきたらしい。何しろ百十ドルだ！　自分の金はそのうちのたった十ドルだったが、ああ、あの百ドルを手放すときのつらさといったら！　だがその十ドルも、五ドルを下宿屋の女主人に渡したし、二ドル五十セントは何がなんでも必要な仕事用の名刺――これがないと、プロデューサーやエージェントに渡せない――の代金で、残りは煙草代となった。

　まったく、おかしな仕事だった。世の中には妙ないたずらをするやつがいるものだ。しかし、あれはあくまでもいたずらであって、法にふれるようなことじゃない。あのシドニー・ウィーラーは真っ当な人間のはずだし、なんと言っても、あのオフィスビルのほかにもいくつか建物を所有している。百ドルなんて、あの男にとっては十セント硬貨程度のものだろう。たぶんウィーラーはいたずらの仕上げに、自分をもう一度キッドの事務所へ行かせるはずだ。それでもう十ドルがたやすく手にはいる。

　変わり者のピーター・キッド。まったく探偵には見えず、むしろ大学教授のほうがお似合いだった。でも、腕利きの探偵には役者の一面がなくてはいけない。サツに見えちゃだめなんだ。あいつは役者みたいな台詞も吐いていたっけ。サーカ……マム……サーカマムンビュレイトだったか？　それに、サクシンクトリーか。〝迂回なさったほうがいいでしょう、簡略に〝とかなんとか。ばかな！　それから、あの〝ラテン語から来たことばですよ〟というやつ！

部屋のドアは数センチ開いていて、アズベリー氏はそれを押しあけて中へ足を踏み入れた。しかし、そこで立ち止まって、引き返そうとした。

男がひとり、戸口からほんの一メートルほど先の椅子に腰かけて、こちらを見つめている――ドアはその男の膝《ひざ》にぶつかる寸前だった。アズベリー氏はその男を知らなかったし、知りたいとも思わなかった。ひと目見てその男の顔が気に入らず、何より、その男が長いサイレンサーのついた銃を握っているのが不快だった。銃口はアズベリー氏のヴェストの第三ボタンに向けられていた。

アズベリー氏は立ち止まろうと焦りすぎた。この状況でつまずいたのは、きわめて不運なことだった。とっさに両手を突き出して転ばないようにしたが、椅子にすわっていた男には、拳銃をつかもうと飛びかかってきたように見えただろう。

男は引き金を引いた。

「〝われこそは殺されし男の犬なり〟」金髪の秘書は言った。「〝運命《さだめ》から逃れてみよ、汝、なしうるものなら〟」速記用のノートから顔をあげる。「意味がわかりません」

ピーター・キッドは微笑《ほほえ》んで、毛むくじゃらの犬に目をやった。犬は窓の下のあたたかい日だまりのなかで気持ちよさそうに眠っている。

「ただのいたずらさ」ピーター・キッドは言った。「シド・ウィーラーならこんなことをしそうな気がしたんだ。あの百ドルで確信したよ。シドはその額をぼくから借りたと思いこんでる」

「借りたと思いこんでる？」

「シド・ウィーラーとぼくは同じ大学にかよってた。やつは当時から、金儲けのアイディアをたくさん持っててね。学内活動の特別記念プログラムを刷って、そこに載せる広告を募ることにしたんだ。それにぼくを誘い、利益は折半するという約束で百ドル投資させた。ところが、やつの考えた計画はうまくいかず、金は集まらなかった。

だけどあいつは、それをぼくへの借金だと考えた。不動産で成功しだしてからは、金を受けとれと言い張るようになった。もちろん、ことわったよ。ぼくとしては、その金は投資のつもりだったし、仮に利益があがってたら、分け前をもらったろうからね。あれはぼくの損失であって、やつのじゃない」

「そのかたが差し向けたとおっしゃるんですか、あのスミスさん――いえ、アズベリーさんを？」

「そういうことさ。話がまるでばかげてると思わなかったかい。あんなメモを犬の首輪につけて、それを拾った人間を殺そうだなんて、そんなやつがいるもんか」

「頭のおかしい人なら、やりかねませんよ」

「いや。殺人鬼なら、そんなまわりくどい真似はしないさ。ただ殺すだけだ。なんと言っても、アズベリーの話がでたらめなのはまちがいない。偽名を使ったことが何よりの証拠だよ。それと、用件を持ち出す前に、机の上に百ドルを置いたろう。もしあの百ドルが自分のものなら、あんなにあっさりと手放すはずがない。依頼料がいくらなのかと尋ねるに決まってる。それにしても、シドがもっと真実味のあるやり方を考えつかなかったのが意外だよ。甘く見られたもんだ。よりによって、毛むくじゃらの迷い犬だなんて」

金髪の秘書は言った。「どうして毛むくじゃらの――ああ、そういうことですか。何か有名な話があるんですね」

ピーター・キッドはうなずいた。「毛むくじゃらの犬の話は、ばかばかしくてとりとめがない、凝《こ》ったジョークの定番なんだよ。あるニューヨークの男が大きな白い毛むくじゃらの犬を拾うんだ。新聞を見ると、そういう犬を拾った人に五百ポンド差しあげますという広告が出てる。届け先はロンドン。ニューヨークの男は、広告に載ってる特徴を拾った犬の姿と見比べたあと、つぎの船でさっそくイギリスへ渡る。ロンドンに着いた男は、目的の家まで行って、ドアをノックする。ドアがあいて、ひとりの男が出てくる。〝迷い犬の広告を出されましたね、毛むくじゃらの犬の〟とアメリカ人は言う。するとイギリス人は、そっけなくこう言い放つんだ。〝ああ、でも、毛むくじゃらというのは言いすぎだな〟……そしてアメリカ人の鼻先でぴしゃりとドアが閉まる」

金髪の秘書はくすくす笑い、それから不思議そうな顔をした。「でも、どうしてあのかたの本名がおわかりになったんですか」

ピーター・キッドは印刷屋での一件を話した。「たぶん、最初にここを出たときには、印刷屋へ行くつもりはなかったはずだ。じゃなきゃ、わざわざエレベーターで一階までおりはしないだろうからね。きっとヘンダーソンの名前をロビーの表札掲示板で見て、名刺が要ることを思い出し、またエレベーターであがったんだろう」

金髪の秘書は深く息をついた。「そうなんでしょうね。これからどうなさるんですか」

キッドは思案顔をした。「もちろん、金は返すさ。だけど、何かいたずらの仕返しをしてやれないかと思ってね。うまく乗せられてたら、いい笑い物にされてたんだから」


ロバート・アズベリーを殺したばかりの男にとっては、笑い事ではなかった。ひどく怯え、困り果てていた。せまくてみすぼらしいアズベリーの部屋の隅にある洗面台の前に立ち、汚いタオルで上着の前側をぬぐった。あの小男、まっすぐ膝《ひざ》の上に倒れてきやがった。もっとも、音を立てて床にくずおれなかったのは、運がよかったとも言える。だが、上着に血がついたのはまずかった。なんであれ、血に染まった服というのは具合が悪い。人を殺した直後は特に。

男は苛立たしげにタオルをほうり出したが、また拾いあげて、蛇口、洗面器、椅子をはじめ、指紋が残っていそうなところを手際よく拭《ふ》いていった。

それからドアのそばで軽く耳を澄まし、廊下に人がいないことをたしかめた。部屋の外へ出て、まずはドアの内ノブを、つぎに外ノブを拭いたあと、開いたままの明かり窓から汚れたタオルを投げ入れた。

男は階段の上で立ち止まり、もう一度上着を見た。たいしてひどくはない――前側に飲み物でもこぼしたように見える。タオルで拭いたおかげで、少なくとも血の色には見えない。それに万一のときに備えて、新しい弾をこめた拳銃をベルトにはさんで上着の下に隠してある。あの女主人は――出ていくときに鉢合わせしなければ、こちらの顔など忘れてしまうだろう。ほんの一瞬、会話を交わしただけなんだから。

男はそっと階段をおり、音もなく玄関を通り抜けた。足早に歩いていって、いくつか角を曲がったあと、電話ボックスのあるドラッグストアにはいった。男はある番号にかけた。聞こえた声で相手がわかった。男は言った。「もしもし――おれです。やつに会いました。持ってませんでしたよ……ええ、いや、訊けなかったんです。こっちが――とにかく、やつはもうだれにもしゃべりません。言ってる意味、わかるでしょう」

男は相手のことばを聞いて、眉をひそめた。「仕方なかったんですよ。ほかに手がなくて。やつが――その――とにかく、やるしかなかった。そういうことですから……。行けって、ウィー——もうひとりのとこへ？　ええ、やれることといったら、もうそれくらいでしょう。あれがどうなったかを突き止めないことには……。ええ、だめでもともとですよ。すぐ向かいます」

ドラッグストアから出ると、殺人者はもう一度自分の体をざっとながめた。日の光で上着が乾きはじめ、染みはほとんど見えなくなっている。気にしないほうがいい——この仕事が終わるまでは。あとで着替えて、この服は捨てよう。

何かに向き合うのがためらわれるのか、男は無意味なほど深く呼吸をして、また足早に歩きだした。そして十ブロック先のビルにある事務所まで行った。

「ウィーラーにご用ですか」受付係が尋ねた。「ええ、おります。お名前をうかがってよろしいでしょうか」

「言ってもご存じないと思うよ。事務所を借りたくて来たんだ」

受付係はうなずいた。「おはいりください。ウィーラーはただいま電話中ですが、終わりしだいお話をうかがいます」

「ありがとう」上着に染みのある男は言った。それから〈シドニー・ウィーラー私室〉と記されたドアに近づき、中へはいってドアを閉めた。

白い毛むくじゃらの犬は窓際の日だまりに長々と寝そべって、心地よさそうに眠っていた。

「ちゃんと餌をもらってるようですね」金髪の秘書は言った。「この犬をどうなさるんです」

ピーター・キッドは言った。「シド・ウィーラーに返すさ。もちろん、この百ドルといっしょに」

金を封筒に入れて、ポケットに突っこんだ。それから受話器をとり、シド・ウィーラーの事務所の番号を告げた。シドを電話口に呼び出す。

「シドかい」

「ああ――ちょっと待ってくれ――」

受話器が机の上に置かれたらしい音が聞こえ、そのまま待たされた。数分後、キッドは「もしもし」と呼びかけ、それからまた二分後に同じことばを繰り返したのち、受話器を置いた。

「どうなさったんです」金髪の秘書が言った。

「電話にもどるのを忘れちまったらしい」ピーター・キッドは机を指で軽く叩いた。「まあ、かえってよかったかもな」意味ありげに言う。

「どうしてですか」

「ただいたずらを見破ったと言って終わりにするのも、もったいないじゃないか。どうにか鼻を明かしてやりたい」

「ふうん」金髪の秘書は言った。「悪くありませんけど、どうやって?」

「もちろん、あの犬にからんだ何かをするのさ。あいつの経歴をもっと調べる必要がありそうだ」

金髪の秘書は犬を見やった。「あの犬に経歴があるんですか？　もしそうなら、すぐ動物病院の人を呼んだらどうかしら」

キッドは眉をひそめて言った。「やつがあの犬をペットショップで買ったのか、どこかで拾ったのか、動物収容施設から引きとったのか、それ以外の方法だったのかを知りたい。それがわかれば、手がかりがつかめるさ」

「でも、調べるにしたって何も――ああ、アズベリーさんに会って尋ねるんですね。ちがいますか」

「それがいちばんの近道だろう。あの男が知ってればの話だがね。まあ、たぶん知ってるさ。それに、いたずらのお返しをするにはあの男の協力が要る。シドがまだ何か仕掛ける気かどうかも聞き出せるだろうしね」

キッドは立ちあがった。「行ってくるよ。犬も連れていこう。たぶんこいつに必要なのは――きっと――そうだな――ちょっと外の空気を吸って運動するのが健康にいいだろう。おいで、ローヴァー、いい子だ」

キッドは犬の首輪にリードをつけてドアへ向かった。そこで振り向いて言った。「ケンモア・ストリートの何番地だったか、メモしてあるかな。六百番台だったが、あとのほうを忘れてしまった」

金髪の秘書は首を左右に振った。「会話の内容は書き留めましたけど、住所のことはあとでおっしゃったんで、残っていません」

「いいさ。印刷屋で聞くよ」

印刷屋のヘンダーソンは忙しそうではなかった。バーゴイン警部が職場の慈善ダンスパーティーのチケットの印刷を頼みに来ていて、女の店員が応対している。ヘンダーソンはカウンターのもう一方の端にいるピーター・キッドのもとへやってきて、怪訝《けげん》そうな目で犬を見やった。

「おや」ヘンダーソンは言った。「そのワン公、一時間くらい前にほかの人といっしょにいたんじゃなかったかな」

キッドはうなずいた。「名刺を注文したアズベリーって男といっしょだった。そいつの住所を知りたいんだが」

「わかりました、調べましょう。けど、いったい何事です。飼い主とはぐれたところを見つけたとか、そんなところですかね」

キッドはためらったが、ヘンダーソンがシド・ウィーラーを知っていることを思い出した。大筋を伝えると、印刷屋はなるほどと微笑んだ。

「で、そのいたずらの仕返しをしたいと」くすりと笑った。「おもしろい。お手伝いできることがあれば、おっしゃってくださいよ。少しお待ちください。そのアズベリーさんの住所を出しますから」

ヘンダーソンは針に刺した注文書の束を上から何枚かめくった。「ケンモアの六三三番地です」

ピーター・キッドは礼を言って、店を出た。

何本もの電柱の横を通り過ぎ、六番街とケンモア・ストリートの角を曲がったそのとき、異変に気づいた。霊感が働いたわけではなく、そのブロックの中ほどに建つ褐色砂岩造りの家の前に人だかりが見えたのだ。階段の下でひとりの制服警官がやじ馬を制止している。歩道の前には、救急車や警察の車が何台か停まっている。

ピーター・キッドは歩幅をひろげて人垣のそばに近づいていった。たどり着くころには、建物の六三三の表示が目にはいり、ドアから担架が運び出されているのがわかった。担架に載っていたのは――顔の上まで毛布がかぶせてあるということは死体だ――背の低いずんぐりした体つきの人物だった。

ピーター・キッドの首筋に震えが走った。いや、もちろん、ただの偶然だ。そうに決まってる、と自分に言い聞かせた。もしほんとうにあれがロバート・アズベリーの死体だったとしても。

童顔ながら冷たい目の男が階段を颯爽《さっそう》と駆けおり、人混みを掻き分けて出てきた。キッドはその男が《トリビューン》紙のウェスリー・パウエルだと気づいた。そこでパウエルの腕をつかんで尋ねた。「何があったんだ」

パウエルは足を止めずに言った。「よう、キッド。ドラッグストアで――電話しなきゃ！」

パウエルは走りだしたが、ピーター・キッドは振り返ってあとを追った。もう一度同じ質問をぶつける。

「アズベリーって男が撃たれた。死んだよ」

「だれがやったんだ」

「さあな。警察が下宿の女主人から様子を聞き出してたがね。一時間足らず前にアズベリーが部屋に帰ると、中で男が待ってたらしい。一発ぶっぱなして、さっさと逃げちまったようだ。死体を見つけたのは女主人だ。男が出ていく音がしたんで、女主人は仕事のことを尋ねようと思ってアズベリーの部屋へ行ったんだと――そいつは仕事の紹介か何かで来たことになってたという。アズベリーは役者だった。ロバート・アズベリー。知り合いなのか」

「一度会ったよ」キッドは言った。「犬のことは何か聞かなかったか」

パウエルは足を速めた。「どういう意味だ、犬のことって」

「つまり――アズベリーは犬を飼ってたのか」

「おいおい。下宿で犬は飼えないだろ。何も聞かなかったよ。くそっ、店でも酒場でもなんでもいいが、電話のあるところはどこだ」

「つぎの角に酒場があったと思うが」

「よし」パウエルは角の手前で振り返って、まだ警察の車が現場にいるのをたしかめ、さらに速く歩いた。やがて酒場へ飛びこみ、キッドもあとにつづいた。

パウエルは「ビールをふたつ」と言って、壁の電話へ駆け寄った。

パウエルが事件のあらましを整理部員に伝えるのに、ピーター・キッドはじっと耳を傾《かたむ》けた。たいした新情報は何もなかった。女主人の名前はベル・ドレイク。事件があったのは役者たちの住む下宿屋。アズベリーはこの数か月〝自由な身〟だった。

パウエルがカウンターにもどって言った。「さっき犬がどうとか言ってたな」キッドのほうには目を向けず、酒場の窓にあてがわれた低いカーテンの上から表の通りをながめていた。

ピーター・キッドは答えた。「犬？　ああ、知り合ったとき、そのアズベリーは犬を連れてたんだ。飼ってたのかと思ってね」

パウエルはかぶりを振った。「通りの向こうにいるあの男だが——おれとあんたのどっちを尾《つ》けてるんだろうな」

ピーター・キッドは窓の外を見やった。背の高い痩せた男が建物の戸口の奥に立っている。酒場を見張っているようには見えない。キッドは言った。「知らない顔だな。なぜあの男がぼくたちのどっちかを尾けてると？」

「あいつ、殺しがあった向かいの建物の前にも立ってやがった。ドアから出たときに気づいたんだよ。いまはあそこにいる。ただの見物人かもしれないがね。ところで、その犬はどこで手に入れたんだ」

ピーター・キッドは毛むくじゃらの犬に視線を落とした。「もらいものだよ。ローヴァー、こちらはパウエルさんだ。パウエル、こいつはローヴァー」

「信じられん」パウエルは言った。「いまどき、犬にローヴァーなんて名前をつけるやつはいないぜ（ローヴァーは昔から犬の名前の定番とされている）」

「わかってるよ」ピーター・キッドはまじめくさった顔でうなずいた。「だけど、名づけ親はそんなことを知らなかったんだろう。通りの向こうにいるやつが気になるな」

「たしかめよう。店を出たらふた手に分かれるんだ。おれは街のほうへ、あんたは川のほうへ向かう。それで、やつがどっちを尾けてるのかはっきりするさ」

ふたりで店を出たあと、ピーター・キッドは振り返ることなく二ブロック歩いた。そこで立ち止まると、手で囲いを作って煙草に火をつけ、それを風からかばうように体を半ば後ろに向けた。

通りの向こうから男の姿が消えていた。体をもう少しまわしたところ、なぜあの長身の男がいなくなったかがわかった。自分のすぐ後ろ、ほんの十歩ほど離れた場所にいる。こちらが立ち止まっても、歩みを止めず、なおも近づいてくる。

マッチの火が指にふれた瞬間、ピーター・キッドはこの二ブロックが倉庫にはさまれていることを思い出した。車も人も通らない。男はすでに上着のボタンをはずしている。上着の前側の一方に染みがついているのが見える。男はベルトから銃を引き抜こうとしている。銃の先には長いサイレンサーが見える。だからホルスターやポケットに入れず、あんなふうに持ち歩いていたのだろう。銃の半分がすでにベルトから抜かれている。

キッドは頭に浮かんだ唯一のことをした。リードを放し、叫んだのだ。「やれ、ローヴァー！」

毛むくじゃらの犬が駆けだして長身の男に飛びかかったのと、相手が引き金を引いたのはほぼ同時だった。鈍《にぶ》い銃声が響いたが、弾《たま》はそれていった。そのころにはピーター・キッドも体勢を整え、犬につづいて飛びかかっていた。サイレンサーつきの銃は一発しか撃てない。犬と力を合わせれば、きっと……。

だが、そううまくはいかなかった。毛むくじゃらの犬はたしかに飛び出しはしたものの、いままでは長身の男の顔をなめにかかっていた。男はただ一発の銃弾とともに度胸も失ったらしく、犬を押しのけて逃げていった。ピーター・キッドは犬につまずいて倒れた。

そこまでだった。キッドが犬とリードを振りほどいたときには、長身の男は路地へ姿を消していた。

ピーター・キッドは立ちあがった。犬は彼のまわりを駆けまわって、うれしそうに吠えている。まだ遊び足りないらしい。ピーター・キッドはリードの輪をつかんで毒づいた。毛むくじゃらの犬は尻尾を振った。

数ブロック歩いたのち、キッドは自分がどこへ向かっているのかわからずにいることに気づいた。そう言えば、これまでどこにいたかもよくわかっていない。事務所を出る前には、あれほど単純なことに感じられたのに。

この毛むくじゃらの犬は、仮にかつては殺された男の犬ではなかったとしても、いまではそうだ。あの弾がそれていなかったら、現在の飼い主であるピーター・キッドは、あの世でアロイシャス・スミス＝ロバート・アズベリー氏に向かって、いったい何がどうなっているのかと問いただしていただろう。

いたずらにしては、ずいぶん単純だ。一瞬、そんな考えが頭をよぎった——いや、ちがう、それはばかげている。警察はいたずらなど相手にしない。アズベリーはたしかに殺された。

「〝われこそは殺されし男の犬なり……運命《さだめ》から逃れてみよ、汝、なしうるものなら〟……」

ほんとうにアズベリーはそんな手紙を見つけて、殺されたのだろうか。サイレンサーつきの銃を持った男は、犬に気づいたから尾行してきたのか。それとも、つぎつぎと変わる毛むくじゃらの犬の飼い主を殺してまわる異常者だろうか。

アズベリーが語ったことはすべて——偽名を除けば——真実で、名前と住所を偽ったのはただ怯えていたからなのか。

だが、それを知るにはどうやって……。もちろん、シド・ウィーラーに尋ねればいい。もしシドがこのいたずらを考案して、アズベリーを雇ったのだとしたら、殺人は偶然——途方もない偶然だ。

そうだ、シド・ウィーラーの事務所へ行こう。行き先は決まったが、ここまで見当ちがいの方向へ歩いている。キッドはきびすを返して、いま来た道を引き返し、しだいに足を速めていった。一ブロック歩いたところで、電話をかけたほうが早いと気づいた。少なくとも、シドが事務所にいること、家賃や何かの回収に出かけていないことを確認したい。そこで、いちばん近くのドラッグストアにはいった。

「ウィーラーは」女の声が答えた。「ここにおりません。一時間前に病院に運ばれました。わたしは秘書ですが、何か承り——」

「シドに何があったんですか」キッドは言った。相手は少しためらっている様子だったが、つづけて言う。「ピーター・キッドです、エイムズさん。ぼくをご存じでしょう。何があったんです」

「ウィ——ウィーラーさんは撃たれました。たったいま警察が出ていったところです。このことは、こ、口外しないようにと言われたんですが、あなたは探偵ですし、ウィーラーさんのご友人だから、かまわないかと——」

「怪我の具合は？」

「聞いたところですと——命に別状はないとのことです、キッドさん。弾が胸を貫通したそうですが、右側だったので心臓をはずれたんですって。いまはベセズダ病院にいらっしゃいます。そこへ行けば、もっとくわしいことがわかるはずです。ただ、まだ意識不明で——面会はできないでしょう」

「どういういきさつだったんですか」

「見たこともない男の人が来て、仕事のことでウィーラーさんに会いたいと言ったので、奥の部屋へ通したんです。そのときウィーラーさんは、かかってきたばかりの電話でだれかとお話しなさっていて——えっ、なんですって、キッドさん？」

キッドは繰り返す気はなかった。「なんでもありません。それから？」

「その男の人は、ほんの何秒かで部屋から出てきて、すぐに帰ってしまったんです。どうしてそんなに急に気が変わったのか、不思議でした。で、いなくなったあと、部屋のなかをのぞいたら——わたし、ウィーラーさんが亡くなっていると思いました。あの男の人もそう考えたはずです。だって、殺すつもりだったからこそ、あんなにあっさりと——その——」

「銃にはサイレンサーがついていたのでは？」

「警察の人もそうにちがいないとおっしゃっていました。わたしが銃声を聞かなかったとお伝えしたときに」

「その男はどんな見た目でした？」

「細身で背が高い、鋭い顔つきの男の人でした。薄い色のスーツ姿で、上着の前にうっすらと何かの染みがついていました」

「エイムズさん」ピーター・キッドは言った。「シド・ウィーラーは最近、犬を買うか拾うかしませんでしたか」

「ええ、そう、けさのことです。大きな白い毛むくじゃらのをね。八時にお見えになったんですが、リードにつないだ犬とごいっしょでした。買ったんですって。どなたかにいたずらを仕掛けるためだとか」

「その後、どうなりましたか――その犬は」

「八時半に面会の約束があったかたにお渡しになりました。見た目がちょっと風変わりな、小太りの男の人でした。名前はおっしゃいませんでしたが、いたずらの――どんないたずらだったかは存じませんが――協力者だったにちがいありません。ウィーラーさんがドアまでお見送りになるとき、おふたりともくすくす笑っていましたから」

「どこで犬を買ったかはわかりますか。ほかに何か知ってることは？」

「いいえ、何も。ただ買ったとしか聞いていません。あとは、いたずらに使うということだけです」

ピーター・キッドは呆然としたまま受話器を置いた。

シド・ウィーラーが撃たれた。

電話ボックスの外では、毛むくじゃらの犬が後ろ脚で立ってガラスを叩いていた。キッドは犬をじっと見つめた。シド・ウィーラーは犬を一匹買った。殺意を持った何者かに撃たれた。犬を役者のアズベリーに預けた。そのアズベリーは殺された。殺される前にアズベリーは犬をこのピーター・キッドに預けた。そして、キッドの命が狙われてから まだ三十分も経っていない。

殺されし男の犬。

こうなったらもう、警察に話すしかあるまい。シドはいたずらのつもりではじめたのかもしれないが、どこかで歯車が食いちがった。それも突然に。

このまますぐ警察に電話しよう。キッドは十セント硬貨を押しこみ、それから――不意に胸騒ぎがして――警察本部ではなく、自分の事務所のダイヤルをまわした。金髪の秘書が電話に出ると、早口で話しはじめる。「ピーター・キッドだ、レイサムさん。すぐに事務所を閉めて、家へ帰るんだ。いますぐだぞ。ただし、家に着くまでのあいだ、だれにも尾けられないように注意してくれ。もしだれかが尾けてくるようだったら、警察へ行くんだ。人通りの多い場所を通ること。特に上着の前に染みのある、背の高い痩せた男に気をつけるんだ。いいね？」

「ええ、ただ――その、警察のかたが見えてるんです、キッドさん。殺人課のウェスト警部補が、キッドさんのお話をうかがいたいそうで。それでも帰ったほうが――」

キッドは安堵の息を漏らした。「いや、それならいいんだ。待ってもらうよう伝えてくれ。

あと二、三ブロックのところにいるから、すぐに着くよ」

硬貨をもう一枚入れて、ベセズダ病院を呼び出した。シド・ウィーラーは重傷だったが、命の危険はないという。まだ意識不明で、少なくとも二十四時間は面会できないとのことだった。

キッドはゆっくりとウィーラー・ビルへもどった。このときはじめて、ある考えがかすかにひらめいた。しかし、まだわからないことが山ほどあった。

「こちらはウェスト警部補です、キッドさん」金髪の秘書が言った。

大柄な男がうなずいた。「けさ殺されたロバート・アズベリーですが、お知り合いでしたか」

「けさ知り合いました」キッドは言った。「ここへ——表向きは——相談に来たんです。なんとも奇妙な事情があって」

「アズベリーのポケットから、あなたの名前とこの事務所の所番地が書かれたメモが見つかりました」ウェストは言った。「本人の筆跡ではありません。あなたのですか」

「おそらくシド・ウィーラーの筆跡でしょう。アズベリーはシドがここへよこしたと考えられます。そう信じる根拠がありましてね。けさウィーラーが殺されそうになったことはご存じですか」

「なんと！　報告は受けていましたが、アズベリー殺しとつながりがあったとは」

「そして、殺されかけた人間がもうひとり」キッドは言った。「ぼくですよ。だから通報しました。どうやら、はじめからお話ししたほうがよさそうですね」

話を聞くにつれ、ウェストの目が見開かれていった。その目はときどき犬へ向けられた。

「それで」キッドが話し終えると、ウェストは言った。「金は封筒に入れて、ポケットにしまってあると。見せていただけますか」

ピーター・キッドは封筒を渡した。

ウェストは中を一瞥《いちべつ》したあと、そのまま自分のポケットにおさめた。「これはお預かりしたほうがよさそうだ。必要なら預かり証をお渡ししますが、証人がいますしね」金髪の秘書をちらりと見た。

「金はウィーラーに渡してください」キッドは言った。「しかし――ひょっとしてあなたはぼくと同じ考えなのでは？　そうじゃなきゃ、金を預かったりしないはずだ」

「どんな考えです」

「この犬は」ピーター・キッドは言った。「今回のことにはなんの関係もなかったのかもしれない。きょう、この犬は三人の手に渡りました――ウィーラー、アズベリー、そしてぼくです。三人はそれぞれ命を狙われましたが――運よくというべきか――殺されたのはひとりだけでした。でも、犬は単なる――そう――機械仕掛けの神《デウス・エクス・マキナ》（古代ギリシャ劇の演出技法。錯綜した事態を解決させるために、舞台上方から神や妖精を出現させる）だったんですよ。うまくいかなかったいたずら、あるいはうまくいきすぎたいたずらのね。そして、この件にはもうひとつ別のものがからんでいました――その金ですよ」

「どういうことです、キッドさん」

「犯人が狙ったのは金であって、犬じゃなかったということですよ。その金は、ウィーラー、アズベリー、そしてぼくの手に渡りました。この犬と同じようにね。殺人犯はその金を取りもどそうとしていたんです」

「取りもどす？　〝もどす〟というのはどういう意味ですか。話が見えませんよ、キッドさん」

「犯人が躍起になってるのは、それが百ドルだからじゃありません。百ドルじゃないからなんですよ」

「偽札だと言うんですか。それなら調べるのは簡単だが、なぜそんなふうに思うんです」

「それは」ピーター・キッドは言った。「ほかに動機を思いつかないからですよ。筋の通った動機がね。ともかく便宜上、その金が偽札だと仮定してみましょう。それで何もかも説明がつくはずです。シド・ウィーラーのビルで偽札を作っている者がいるとしましょう」

ウェストは眉を寄せた。「いいでしょう。それで？」

「シドはけさ、事務所へ行く前に家賃を集めたはずです。いつもそうやって集金するんですよ。その家賃が百ドルだったとしましょう。金額には多少ずれがあるかもしれませんが――

とにかく手ちがいから、それもまったくの手ちがいから、シドは真札ではなく偽札を受けとりました。

偽札を作る人間は――当然ながら――すぐ足がつくようなやり方で金をばらまいたりはしません。偽札というのは――その――」

「特定のだれかにつかませるものだ」ウェストは言った。「手口は知ってますよ」

「でも、シドはたまたまその金を銀行には預けなかった。犬といっしょにアズベリーに渡すのに必要だったからです。そして――」

キッドは急にことばを切って、目を大きく見開いた。「そうか」彼は言った。「わかったぞ！」

「何がわかったんです」ウェストはうなるように言った。

「何もかもがですよ。すべてへ、へ、へンダーソンにつながってたんだ」

「はい？」

「ヘンダーソンというのは、下の階にある印刷屋の店主ですよ。何よりまず、ヘンダーソンはウィーラーのビルの賃借人のなかで唯一の印刷屋です。けさアズベリーはここへ来る途中、印刷屋へ寄った。そこで名刺の代金を払おうとして、ウィーラーから受けとった十ドル札を出したんだ！　ヘンダーソンはアズベリーが財布をあけたとき、ほかにも十ドル札が何枚かはいってるのを見て、家賃として自分がウィーラーに払った金をアズベリーが持っていることに気づいた。

そこでヘンダーソンは殺し屋を――背の高い痩せた男を――アズベリーのもとへ送った。殺し屋はアズベリーを始末したものの、金がなくなっていることに気づいた――そのときはもうぼくの手に渡ってましたからね。そこで殺し屋はシド・ウィーラーのもとへ行き、こんどはウィーラーを始末した――いや、始末しそこなったんですがね。そうすれば、アズベリーがどこで金を使ったにせよ、足がつくことはないからです。

そして――」ピーター・キッドは苦笑を漂わせた。「そこへぼくが飛びこんできたわけです。アズベリーの住所を尋ねにヘンダーソンの店に立ち寄って、一部始終を説明してやり、自分が金を持っていることと、その金がもともとアズベリーがウィーラーから受けとったものだということを教えてしまった。これからどこへ向かうかまで話しましたよ――アズベリーのところだとね。だから向こうで殺し屋が待ってたわけです。これでみごとに――いや、待て、もっといい証拠がありました。それは――」

キッドは話しながら身をかがめ、二段目の抽斗《ひきだし》をあけた。中へ手を入れ、短銃身の警官用コルトを取り出した。

「両手をあげてもらいましょうか」声の調子をほとんど変えずに言った。「レイサムさん、警察に電話してくれるかな」……

「それにしても」警察が引きあげると、金髪の秘書は尋ねた。「よくあの男が本物の警官じゃないと気づきましたね」

「気づかなかったさ」ピーター・キッドは言った。「自分の口で説明するまではね。ふと、偽札作りのギャングが、ぼくを一度取り逃がしたくらいで簡単にあきらめるはずがないと思ったんだ。そして――たまたま、それがあたってたわけさ。あの男が本物の警官だったら、いまごろぼくは笑い物になってたはずだ。だけど、偽警官だった場合、いまごろ死体になってたかもしれない。そっちのほうがよほどまずいよ」

「それにわたしもです」金髪の秘書はかすかに身震いした。「ふたりとも殺されてたかもしれません」

ピーター・キッドは神妙な顔でうなずいた。「警察はいずれ、ヘンダーソンはただギャングに協力していただけの印刷屋で、あの背の高い痩せた男も単なる手先だったと突き止めるだろう。たぶん、さっきまでここにいた男が真の巨魁《きょかい》(entrepreneur)だと思うね」

「真のなんです?」

「悪巧みを取り仕切ってた人物さ。このことばは〝企てる〟を意味する古フランス語のentreprendreから来ていて、それはラテン語のinterにpren――」

「つまり親玉のことですね」金髪の秘書は言った。まっさらな帳簿を開いている。「一件目の依頼。貸方――偽造紙幣百ドル。借方――偽造紙幣百ドル――警察に引き渡しずみ。それから——ああ、そうそう、毛むくじゃらの犬が一匹。これは借方と貸方、どっちでしょうか」

「借方だ」ピーター・キッドは言った。

金髪の秘書は書きこんで顔をあげた。「貸方のほうはどうしましょう。こっちは何と記入すれば？」

ピーター・キッドは犬を見て、にやりと笑った。「〝毛むくじゃらというのは言いすぎ〟とでも書いておくといいさ」

生命保険と火災保険

ヘンリー・スミス氏は玄関のベルを鳴らした。それから、ドアのガラスに映った自分の姿をながめた。ガラスの向こうに緑色のシェードがおろしてあるので、きれいに映っている。そこには、金縁《きんぶち》の鼻眼鏡をかけ、銀行員が着るような地味な仕立てのグレーのスーツを着た小男の姿が見える。

スミス氏が愛想よく笑いかけると、映った影も微笑《ほほえ》み返した。ネクタイの結び目が五ミリほど傾《かたむ》いている。自分のネクタイをまっすぐに直すと、ガラスのなかの小男もそれにならった。

スミス氏はもう一度ベルを鳴らした。いまから五十数えて、それまでにだれも出なかったらこの家は留守だ、と心に決めた。十七まで数えたとき、ポーチの階段を踏む足音が背後から聞こえ、そちらへ振り向いた。

派手なチェックのスーツを着た男がのぼってくる。家の脇か裏手からまわってきたにちがいない、とスミス氏は判断した。この家は開《ひら》けた場所に建っていて、最寄りの家まで一マイル近くあり、出てくるとしたらこの家しかありえない。

スミス氏が帽子を持ちあげると、大きさは中程度だが輝きに満ちた禿《は》げがあらわになった。

「こんにちは。スミスと申す者ですが、わたくし――」

「てえあげろ」チェックのスーツの男は、すごみをきかせて言った。片手が上着の右ポケットに突っこまれている。

「ほあ?」小柄なスミス氏はひどく間の抜けた声を出した。「何をあげろですって? すみませんが、なんと――」

「とぼけるな」チェックのスーツが言った。「両手をあげて中へはいるんだ」

金縁の鼻眼鏡をかけたスミス氏は微笑んだ。両手を肩の高さまであげたあと、うやうやしく帽子をかぶる。相手が上着のポケットから半分手を出したとき、ごついオートマティック拳銃がのぞいた。スミス氏の目には、それが小型の大砲のように見えた。

「きっと勘ちがいか何かでしょう」スミス氏は明るい調子で言ったが、笑顔に不安が混じっていた。「わたくしは強盗ではありませんし――」

「だまれ」チェックのスーツが言った。「片手をしっかりおろしてノブをまわし、それから中へはいれ。鍵はかかってない。ゆっくり動くんだぞ」

スーツの男はスミス氏のあとにつづいて中へ進んだ。

ぼさぼさの黒髪に脂《あぶら》ぎった顔のがっしりした男が、玄関のすぐ内側で待ちかまえていた。

スミス氏をにらみつけたあと、その肩越しにチェックのスーツに言った。「こんなやつを連れてきて、どうする気だ」

「たぶんこいつ、例のサツの野郎だぜ、ボス。名前はスミスだったはずだ」

脂ぎった顔の男は眉をひそめて、まず鼻眼鏡の小男をじっとにらみ、それからチェックのスーツへ目を移した。

「ばか言え」男は言った。「こいつはサツじゃねえよ。スミスなんて野郎は腐るほどいるんだ。それに本名とはかぎらん」

スミス氏は咳払いをした。「紳士のみなさま」紳士ということばにかすかに力をこめて言う。「どうやら何か誤解をなさっているようです。わたくしはヘンリー・スミスと申しまして、ファランクス生命・火災保険会社の外交員でございます。この地区に転任してきたばかりでして、ご挨拶にまわっているところなのですよ。

さてお二方、弊社は主要保険のどちらも、つまり生命保険と火災保険の両方を手がけておりましてね。こうしたお宅の家主さまには総合保険というものをお勧めしておりまして、これがまったく新しい制度でございます。もし手を使わせていただけましたら、ポケットから保険料額表をお出しして、お得なご提案ができるのですが」

脂顔がふたたび、保険外交員とチェックのスーツをゆっくりと見比べた。うんざりした様子で「くだらん」と言う。

それから、チェックのスーツの男に目を据えて、声を荒らげた。「この抜け作のサル野郎。ちゃんと目玉がついてるのか？　こんなやつがサツに見えるって――」

チェックのスーツの声は弁解がましかった。「おれにわかるわけねえよ、エディ」哀れっぽく言う。スミス氏は背中に押しつけられたオートマティックから力が抜けるのを感じた。「スミスってサツに注意しろって言ったのはあんただぜ。背の低いやつだとか言ってよ。それに、変装してたっておかしくねえだろ。いざやってくるってとき、目につくとこにバッジだかなんだかをつけやしねえさ」

脂顔は低くうなった。「わかった、わかった、もうすんだことだ。ジョーが帰ってくればはっきりするさ。ジョーは、ここへ来るって情報のあったそのスミスって野郎の顔を知ってるんだ」

金縁眼鏡のスミス氏は、少し自信を取りもどした様子で笑顔を作った。「腕をおろしてもかまいませんか。ずっとこの恰好でいるのはつらいんです」

がっしりした男はうなずいて、チェックのスーツに言った。「ざっと体を調べろ。念のためだ」

スミス氏は、伸びてきた手が慣れた様子で軽くポケットを叩くのを感じた。まず片側、つづいて反対側。驚いたことに、その手つきは実にさりげなく、がっしりした男の指示を聞いていなければ気づかないほどだった。

たらしい」

「よし」背後でチェックのスーツの声がした。「こいつは丸腰だ、ボス。おれがへまをやっ

スミス氏は両手をおろし、地味なグレーの上着の内ポケットから黒い革表紙の手帳を取り出した。ページの角に折り目のついた保険料額の一覧だ。

親指で二、三ページめくってから、顔をあげて微笑む。「察するところ、お二方の従事していらっしゃるご職業は――どういうものであれ――危険をともなうようですね。そのため、恐縮ながら生命保険をお勧めするわけにはまいりません。

しかし、弊社は生命保険と火災保険の両方を手がけております。お二方のどちらかが家主さまでしょうか」

脂顔はいぶかしげに相手の顔を見た。「おれたちをからかってるのか?」

スミス氏は首を横に振った。そのせいで鼻眼鏡がずり落ちて、黒い絹紐の先にぶらさがった。眼鏡をかけなおし、注意深く位置を合わせてから口を開いた。

「たしかに」大まじめに言った。「応対のなさり方は少々風変わりでございましたね。とはいえ、この家がお二方のいずれかのもので、火災保険にはいっていらっしゃらないのであれば、ご契約をお勧めしない理由はございません。ご職業は――生命保険に加入していただくならともかく――わたくしの関知するところではございませんし、建物の保険契約とは無関係です。何しろ、フロリダに大邸宅をお持ちだったカポネというお客さまに、莫大な額の火

災保険をご契約いただいたこともございましてね。そのかたは、数年前には大変有名な――」

脂顔は言った。「おれたちの家じゃねえよ」

スミス氏は気落ちした様子で手帳をポケットにしまった。「それは残念です」

そのとき、階上でつづけざまに大きな鈍《にぶ》い音がして、会話が途切れた。だれかが必死に壁を叩いているような音だった。

チェックのスーツがスミス氏の横を通って階段へ向かった。「ケスラーのやつ、手か足の縄をほどきやがったな」脂顔の横を通りながら不快そうに言う。「ちょっと行って――」

脂顔の目が光るのを見て、また弁解がましい声になった。「な、なんだよ。どっちみち、この野郎を放すわけにはいかねえだろ。たしかにさっきはへまをやったけど、おれたちがサツに用心してて、何かを企んでるってことは、こいつだってもう知ってるんだ。それにこいつをほっぽり出せねえなら、何をしゃべるかに気を使う意味がねえよな」

スミス氏の目が眼鏡の奥で急に大きくなった。ケスラーという名前に思いあたり、はじめて自分が重大な危険にさらされていると悟ったからだ。どの新聞も、億万長者のジェローム・ケスラーが誘拐され、身代金が要求されているという話題で持ちきりだった。スミス氏がとりわけその記事をよく覚えていたのは、ケスラー氏にかけられた莫大な生命保険の契約先が自分の会社だと知っていたからだ。

それでも脂顔がさっと目を向けたときには、スミス氏の表情は落ち着いていた。脂顔は間近に寄ってきて、スミス氏の顔をのぞきこんだ。近視の人間がよくやるしぐさだ。

スミス氏は笑みを見せた。「失礼ですが」穏やかに言う。「眼鏡がご入り用のようですね。わたくし自身がひどい近眼でしたからわかります。この眼鏡をかけはじめる前は、二十メートルも離れると馬と車の区別がつかなかったほどです。字ははっきり読めたのですがね。スプリングフィールドのよい検眼士をご紹介しますよ。そのかたは――」

「おい、きさま」脂顔は言った。「芝居を打つつもりなら、やりすぎは禁物だ。やめないと――」かぶりを振る。

スミス氏は笑顔のまま、なだめるように言った。「どうぞお気になさらずに。自分がおしゃべりなのは承知しておりますが、保険を売るためには必要でしてね。そのような性格でなくても自然にそうなるのですよ。ですからどうぞお気に――」

「だまれ」

「承《うけたまわ》りました。すわってもよろしいでしょうか。きょうはスプリングフィールドからここまでずっと営業でまわってまいりましたもので、疲れておりましてね。もちろん車はありますが――」

スミス氏は話しながら、玄関脇の椅子に腰をおろした。脚を組む前に、折り目を崩さないよう、ていねいにズボンを整えた。

チェックのスーツが階段をおりてきた。「壁を蹴《け》ってやがった。足をまた縛ってきてやったよ」スミス氏に目をやり、それから脂顔に向かってにやりとする。「もう保険を買わされちまったかい」

脂顔はにらみ返した。「こんど、こんな野郎を連れてきたら――」

私道をこちらへ近づいてくる足音がした。脂顔はすばやく身をひるがえすと、ドアのシェードとはめこみガラスの隙間に目をあてて、右手でズボンの尻ポケットからリボルバーを抜いた。

やがて力を抜き、銃をしまった。「ジョーだ」振り向いて、チェックのスーツに言った。

ポーチに足音が響いたので、ドアをあけた。

背が高く、黒い目の落ちくぼんだ死人のような顔の男がはいってきた。すぐに小柄な保険外交員に目を留め、ぎょっとした表情になった。「こいつはいったい――」

脂顔はドアを閉めて鍵をかけた。「保険の外交員だよ、ジョー。契約してやったらどうだ。いや、売ってくれないな。おまえは危険な職業についてるからな」

ジョーは口笛を鳴らした。「そいつは事情を知って――」

「知りすぎてるほどだ」脂顔はチェックのスーツに親指を向けた。「このおりこうさんの坊やが、上にいる野郎の名前を漏らしちまったんだ。ところで、ジョー、こいつはスミスって名前らしい。よく見ろ。スプリングフィールドにいるって情報のあった、例のＦＢＩのスミスじゃないのか」

青白い顔のジョーはまたスミス氏を一瞥《いちべつ》し、笑みを浮かべた。「やつが肉を十キロそぎ落として鼻を二、三センチ削ったんじゃねえかぎり、別人だな」

「感謝いたします」スミス氏はまじめくさって言い、立ちあがった。「さて、これでもう、わたくしがみなさんの考えていらっしゃった人物ではないとわかりましたし、おいとましてもよろしいでしょうか。きょうの終業までにまわるつもりだったお宅がこの地区にはまだいくらか残っておりますから」

チェックのスーツはスミス氏の胸に手をあて、椅子へ押しもどした。そして脂顔の男のほうを向いた。「ボス、こいつ、おれたちをなめてやがる。一発お見舞いしようか」

「やめとけ」脂顔はジョーのほうを向いた。「それでどうなってる——手筈《てはず》のほうだが。万事うまくいっているか」

ジョーはうなずいた。「支払いはあすだ。抜かりはねえよ」スミス氏にちらりと横目をくれる。「それまでこいつを置いとくのか。さっさとばらしちまおうぜ」

スミス氏は目をまるくした。「ばらす？　わたくしを殺すという意味でしょうか。しかし、そんなことをして、なんの得になりますかね」

チェックのスーツは上着のポケットからオートマティックを取り出した。「いまやっても、あすやっても同じだぜ、ボス」

脂顔は首を左右に振った。「あわてるな。死体をそばに置いときたくないんだ、念のためにな」

スミス氏は咳払いした。「どうやら、わたくしをいま殺すか、あす殺すかが問題になっているようですね。ですが、そもそもわたくしを殺す必要があるのでしょうか。たしかに、ケスラー氏の名前を耳にしたことは認めざるをえませんし、氏がここに監禁されていることも察しがつきました。しかし、あす身代金を手に入れたあと、縛ったわたくしをここに残して、みなさんはお逃げになればいいではありませんか。あるいは、氏を解放するときにわたくしも解放するか。もしくは――」

「いいか」脂顔は言った。「おまえはなかなか度胸があるし、逃がしてやれるものならそうするさ。だが、おれたちの顔を見ちまったろ？　サツが顔写真をたくさん見せて、おまえがおれたちを指させば、それで名指しされちまうんだ。前に写真を撮られてるからな。素人《しろうと》ってわけじゃないのさ。だが、あすまでは手を出さずにいてやろう。しっかり口を閉じて――」

「でも、ケスラー氏もあなたがたの顔を見たのではありませんか」

脂顔はうなずいた。「やつもばらすさ」平然と言う。「金を手に入れたらすぐにな」

スミス氏はまた目をまるくした。「しかし、それは不誠実ではないでしょうか。人質を解放するという約束で身代金をとっておいて、それを反故《ほご》にするなんて。控えめに言って、お粗末な取引です。それでは矜持《きょうじ》というものが――ええ、つまり――世間の信用を失うのではありませんか」

チェックのスーツはリボルバーをつかんで振りかぶった。「ボス」訴えるように言う。「一発でいいから、こいつの頭をぶん殴らせてくれ」

脂顔は首を横に振った。「ジョーといっしょに、こいつを地下室へ連れてけ。鉄のベッドに手錠でつないでおくといい。そうだな、ごねるようなら軽く一発見舞ってやれ。だが殺すんじゃないぞ、まだ」

スミス氏はさっと立ちあがった。「ごねませんからご心配なく。わたくしだってそんな目には――」

チェックのスーツは腕をつかんで、スミス氏を地下室の階段のほうに押しやった。ジョーがそのあとにつづいた。

階段をおりきったところでスミス氏が急に足を止めたため、ジョーはその足を踏みつけそうになった。スミス氏は咎めるように赤い缶の山を指さした。

「あれはガソリンですか」目を凝《こ》らして言う。「ああ、そのようですね、においもそうだ。缶をああいうふうに、あんなところに置いておくなんて、火事のもとですよ。しかも、ひとつの缶から漏れ出しているんですから。ちょっと床を見てください。濡れていますよ」

チェックのスーツが腕をぐいと引いた。スミス氏はされるがままになりながら、なおもつづけた。「おまけに木の床だ！　火災保険の契約時にいろいろな家を見てまいりましたが、こんな――」

「ジョー」チェックのスーツは言った。「おれが殴ったら、こいつは死んじまうだろうし、ボスも怒るにちがいねえ。しばき棒、持ってるか」

「しばきぼう？」スミス氏は訊いた。「聞き覚えのないことばです。いったいそれは――」

ジョーの棍棒が文のつづきを叩き切った。

スミス氏が目をあけると、あたりは真っ暗だった。最初のうち、闇は渦《うず》を巻いていて、つかみどころがなく、雷鳴をとどろかせていた。だが、しばらくすると、地下室によくある湿った闇に変わった。頭上の四角い小窓からは月明かりが差しこんでいる。雷鳴も弱まって、頭上の床を歩く足音へ変わっていった。

頭がひどく痛むので、スミス氏は両手でふれようとした。一方の手がまだ数センチしかあがっていないところで金属音がして、それ以上動かせなくなった。自由がきくほうの手で探ってみると、右手が重い手錠で鉄のベッドの側面につながれていた。

ベッドにはマットレスがなく、むき出しの金属のスプリングは冷たくて寝心地が悪かった。

スミス氏はまず痛みをこらえながらゆっくり起きあがってベッドの端にすわり、なんとか逃れる術《すべ》はないかと一考した。

目はもう暗がりに慣れていた。金属のベッドはひどく重たげだ。それと似たものがもうひとつ、つながれているベッドの頭側の壁に立てかけてある。見たところ、いまにも頭上へ倒れてきそうだが、左手を伸ばしてさわってみると、しっかり安定しているのがわかった。

地下室のドアがあいて、だれかがおりてくるのが聞こえた。奥にある階段のそばと、部屋の反対側に置かれた作業台の上で、明かりがついた。チェックのスーツが現れ、作業台のほうへ歩いていった。スミス氏のいる暗がりに目をやったが、スミス氏はベッドの上に横たわったままだった。

作業台の前にしばらくいたあと、チェックのスーツはまた階段をのぼっていった。明かりはふたつともつけっぱなしだった。

こんどはスプリングがきしまないよう、スミス氏はそっと身を起こして、またベッドに腰かけた。いったん起きあがってからはすばやく行動に移った。これから試みることは一か八かの賭けだが、失うものは何もない。

スミス氏は自由がきくほうの手で、壁に立てかけてある鉄のベッドを揺さぶった。まずはぎりぎり手の届く最も高いところを、それからできるだけ低いところを。ベッドは重く、動かすのは骨だったが、ようやくバランスが崩れ、押さえていないといまにも頭上へ倒れてきそうになった。それを少し押しもどし、髪の毛一本で吊したようなバランスに保つ。試しに手を離した。ベッドはダモクレスの頭上の剣のように静止した。

こんどはすわっているベッドのへりに片足を載せ、靴ひもを一本抜きとった。立てかけたベッドの枠に片手で靴ひもの端をくくりつけるのは容易ではなかったが、どうにかやってのけた。それから靴ひもの反対の端を握り、ふたたび横になった。

作業は必要以上に早く終わった。チェックのスーツがもどってきたのは、それからゆうに十分はあとのことだった。

スミス氏が薄目をあけると、チェックのスーツがいくつかのもの——葉巻の箱、置き時計、乾電池——をかかえているのが見えた。それらを作業台に置いて、仕事に取りかかる。

「爆弾を作っていらっしゃるんですか」スミス氏は快活に尋ねた。

チェックのスーツは振り向いて、こわい顔をした。「またしゃべってるな。口にボタンをかけとけ。さもないと——」

スミス氏には聞こえていないようだった。「あす、あのガソリン缶の山のそばに爆弾を仕掛けるおつもりなんですね」さらにつづける。「なるほど、わたくしはこの家には火事の危険があるなどと、早まった批判をしてしまったようです。もちろん、すべて狙いどおりなのでしょう。火事を起こしたいというわけだ。保険の専門家の立場から申しますと、それには賛成しかねますね。しかし、あなたがたの立場からすれば、大いに理解——」

「だまれ！」チェックのスーツは怒鳴り声をあげた。

「あなたがたはケスラー氏の身代金が手にはいるまで待つおつもりでしょう。その後、氏とわたくしを——そのころにはふたつの死体でしょうが——家に残し、その小さな爆弾を仕掛けて立ち去る」

「ジョーの一発がもう少し長くきいてりゃよかったんだが」チェックのスーツは言った。

「もう一発ほしいか」

「いえ、特に望みません」スミス氏は答えた。

「実はさっきのやつでまだ頭が痛くて――」

〝しばきぼう〟とおっしゃいましたか」ため息を漏らす。

「悲しいかな、あなたがたの属していらっしゃる裏社会の専門用語にひどく疎《うと》いもので――」

チェックのスーツは葉巻の箱を作業台に叩きつけ、ポケットからオートマティック拳銃を取り出した。銃身をつかみ、地下室を横切って近づいてくる。

スミス氏の目は閉じているかのようだったが、口は減らなかった。「妙なめぐり合わせでございますよ。この家へ保険の――生命保険と火災保険の――ご案内にまいりましたのに、あろうことかあなたがたはそのどちらの要件も満たしていらっしゃらないなんて。みなさまのご職業はまことに危険なものです。それに――」

チェックのスーツはもうベッドにたどり着いていた。身を乗り出し、手でつかんだ拳銃を振りあげる。ところが、スミス氏は目を閉じていないようだった。迫りくる一撃を防ごうと、動かせるほうの手をあげた。その手には靴ひもが握られている。どうにかバランスを保っていた重い鉄のベッドが倒れてきた。

ちょうど勢いがついたあたりで、ベッドの角がチェックのスーツの頭にぶつかった。じゅうぶんな速さだ。スミス氏の賭けは成功した。チェックのスーツが倒れこみ、その上からさらにベッドがのしかかると、スミス氏の口から「うっ」といううめきが漏れた。

それでも左手はオートマティックを奪いとり、床へ落ちるのを防いだ。息をつくとすぐ、スミス氏は自分と悪党のあいだになんとか手をもぐりこませた。相手のヴェストのポケットに手錠の鍵があった。

スミス氏は身をよじり、なるべく静かに抜け出そうした。ところが、のしかかっていたほうのベッドが滑り落ち、金属がぶつかる音が響いた。

頭上に足音がし、スミス氏が急いで暖房用ボイラーの後ろにまわりこんだとき、地下室のドアが開いた。声が――たぶんジョーと呼ばれていた男の声が――鳴り響いた。「ラリー!」階段をおりてくる足音が聞こえた。

スミス氏はボイラーの陰で体を伸ばし、チェックのスーツから奪った銃でジョーに狙いを定めた。「両手をあげていただきましょうか」そのとき、ジョーの右手の煙草から煙がのぼっているのに気づいた。「気をつけてください、その――」

ジョーは青白い顔で悪態をつき、ショルダーホルスターに手を伸ばした。その拍子に煙草が落ちた。

スミス氏の目は床に落ちる煙草を追わなかった。ジョーのリボルバーが手品のごとくホルスターから引き抜かれ、轟然《ごうぜん》と火を吹いたからだ。弾《たま》はスミス氏の頭の横のボイラーをかすめた。

スミス氏はオートマティックの引き金を引いたが、何も起こらなかった。必死になって、さらに力をこめて引いた。やはり何も――

階段の下では、ジョーの落とした煙草が火種となり、漏れたガソリンの染みこんだ床から真っ赤な炎が燃えあがっていた。

炎は積みあげた缶の山へ飛び移ると、ガソリンの漏れている穴を探りあてた。スミス氏がボイラーの後ろへ首を引っこめた瞬間、爆発が起こった。

爆風が直撃はしなかったものの、スミス氏は衝撃で地下室の上のドアへつづく階段まで吹き飛ばされた。どうにか立ちあがって振り返ると、地下室の半分が灼熱地獄と化していた。ジョーもチェックのスーツも、姿が見あたらない。

階段を駆けあがり、外へ通じる傾いたドアをあけにかかった。どうやら外から南京錠をかけてあるらしいが、掛け金の場所は見てとれる。スミス氏は銃口をドアのその部分にあてがい、また引き金を引いた。もう一方の手も添えて、両手で試みる。しかし、発射しなかった。

もう一度、背後へ目をやった。炎は地下室全体を覆いつくそうとしている。一瞬、もうだめかという思いに駆られた。そのとき、煙と炎の先のわずか数メートルのところに外へ通じる窓があるのが見え、足場に使えそうな椅子も目にはいった。

弾の出ない銃を握りしめたまま、スミス氏は窓をあけて外へ這い出た。そのあとを追って、窓から吹きこんだ風にあおられた炎が夜の闇へ噴き出した。

スミス氏はしばし立ち止まって、冷たい空気を吸いこみ、服に火がついていないかをすばやくたしかめてから、家の脇を通り抜けて正面のポーチへあがった。すでに火の手は上へまわっていた。一階の窓から紅蓮《ぐれん》の炎が見える。

弾の出ない銃は、爆風を受けてひびがはいったドアのガラスを割るのに役立った。外から手を突っこんで、鍵をまわす。

中へ足を踏み入れたスミス氏は、裏口のドアが勢いよく閉じる音を聞いて、脂顔が逃げたのだろうと思った。しかし、関心は二階へ向いていた。逃げ去る犯人が人質の縄をほどいてやるとは思えない。

階段は燃えていたが、まだ焼け落ちてはいなかった。スミス氏はポケットからハンカチを出して鼻と口に押しつけ、炎のなかを駆けのぼった。

二階の廊下には煙が渦巻いていたが、火の手はまだ及んでいなかった。スミス氏は少しのあいだ立ち止まって、ズボンの片側の裾《すそ》から這いあがっていた小さな火を叩き消したあと、廊下に面したドアをあけ放していった。

階段から廊下を進んで中ほどにある左側の部屋で、縛られて猿ぐつわをはめられた男がベッドに横たわっていた。スミス氏は急いで猿ぐつわをはずし、足首のあたりできつく縛られた縄をほどきはじめた。

「ケスラーさんですね」

白髪の男は深く息をつき、それから弱々しくうなずいた。「警察の人かな、それとも――」

スミス氏はかぶりを振った。「ファランクス生命・火災保険会社の外交員でございますよ、ケスラーさん。いっしょに外へ参りましょう。家じゅうに火がまわっていますし、あなたのお命には高額の保険金がかかっていますから。たしか二十万ドルでしたね」

人質の手首の縄が解けた。「手首をさすってください、ケスラーさん」スミス氏は言った。「足首の縄をほどきますから、そのあいだに血をめぐらすんです。急いで逃げなくてはいけません。このお宅に弊社の火災保険がかけられていないことを祈りますよ。あと十五分か二十分で跡形もなくなるでしょうから」

最後の結び目が解けた。炎のはぜる音の向こうに、車のエンジン音が聞こえた。ケスラーが立ちあがるあいだに、スミス氏は開いた窓に駆け寄って外を見やった。

裏のガレージから車が出ようとしていて、フロントガラスの向こうに誘拐犯三人組のリーダーの顔が見えた。私道は窓の下を通っている。

「あなたのお知り合い三人のうち、最後に生き残ったひとりが逃げようとしています」スミス氏は首をひねって言った。「あの男の出発を遅らせたら、警察に感謝されるでしょうね」

スミス氏は窓際の戸棚から土台が金属の重いランプを持ちあげ、コードを引き抜いた。

窓の外へ身を乗り出すと、車がスピードをあげながら、ほぼ真下を通ろうとしていた。スミス氏はランプを構えて、勢いよく下へ投げた。

ランプはフロントガラスの真ん前、ボンネットの上に落ちた。ガラスの割れる音がして、車は急カーブを切りながら家の壁に激突した。タイヤがひとつまわりつづけたが、車は動かなくなった。

車のドアから脂顔が出てきた。ガラスの破片で額《ひたい》に長く赤い切り傷ができている。険しい目で窓を見あげてから、数歩さがり、リボルバーを構えて引き金を引いた。スミス氏が後ろへ身をかわすと同時に、一発の銃弾が窓のそばにめりこんだ。

「ケスラーさん、どうやらわたくしは判断を誤ったようです。あの男を逃がすべきでした。こちらは家の反対側から抜け出さなくては」

ケスラーは足踏みをして、引きつった脚の筋肉をほぐしていた。スミス氏はその横を走り抜け、廊下に面したドアを開いた。すぐによろめきながらあとずさり、炎が飛びこもうとするドアを勢いよく閉めた。

部屋にはすでに煙が立ちこめ、壁際の床板には火がちらつきだしていた。

「廊下は使えません」スミス氏は言った。「どのみち、階段は焼け落ちているでしょうしね。だとしたら――」煙で咳きこみながら、あたりを見まわした。ほかにドアはない。

「そうか」元気を絞り出すように言った。「ひょっとしたら、われらが友はもう――」

窓に近づくと、二発の弾丸が飛んできて、脂顔がまだそこにいるのがわかった。そのうちの一発が上の窓の天井近くを貫いた。

スミス氏は脇へ跳びのき、注意深くまた外の様子をうかがった。誘拐犯のリーダーは手にリボルバーを持って、窓の下でつぶれた車の五メートル向こうに立っている。顔が怒りにゆがんでいる。

「出てきてこいつを食らえ、くそ野郎」大声で言う。「じゃなきゃ、そのままそこで焼け死ね」

白髪の男は激しく咳きこんでいた。「いったいどうすれば――」

スミス氏はポケットからオートマティックを取り出し、悲しげにながめた。「もしこれが――ケスラーさん、リボルバーというのは何発弾がはいっているものなんでしょうか。あの男は三回引き金を引きました。ついでに言うと、やつは近視です。もしかしたら――」

「ふつうは六発だと思う。だが――」白髪の男はあえいでいた。

スミス氏は深呼吸をしてから窓へ近寄り、枠を乗り越えた。誘拐犯のリボルバーを空にしてやれば、この弾の出ないオートマティックでどうにか逃げきれるはずだ。

下で銃声が響き、窓の下枠に弾が一発めりこんだ。さらにもう一発――どこに着弾したかはわからない。三発目の弾が頭上をかすめると、スミス氏は手を離し、壊れた車の屋根に落下した。

それから、身をひるがえして草の上へ跳びおりた。思ったより高さがあって、倒れこんだが、銃はしっかり握ったままだった。誘拐犯からほんの数歩のところで、草の上に突っ伏していた。

脂顔は弾をこめなおす手間を惜しんだのか、銃をつかんだまま向かってきた。スミス氏はあわてて体の向きを変え、銃を両手で構えた。「手をあげ――」懸命に銃を握りしめたそのとき、たまたま親指がふれて安全装置がはずれた。銃が突然すさまじい音を立て、予期せぬ反動でスミス氏は手を放した。

だが、脂顔は驚いた表情を浮かべていた。胸には穴があいていた。やがてゆっくりと倒れこんだが、背中の真ん中にははるかに大きな穴があいているのを見て、スミス氏は少し気分が悪くなった。

スミス氏は少しよろめきながら立ちあがり、ケスラーを地面におろすために車のそばへ駆けもどった。炎が音を立てて燃えさかるなか、近づくサイレンの音が聞こえてきた。

白髪の男は倒れている誘拐犯をこわごわと見やった。「この男は――」

スミス氏はうなずいた。「撃つつもりはありませんでした――本人たちには、危険な職業に就いていると忠告しておきましたがね。だれかが火を見て通報したらしい。パトカーのサイレンが聞こえますね。警察はあなたが無事だとわかって喜ぶでしょう、ケスラーさん。長いあいだ――」

五分後、白髪の男は興奮した警官たちに囲まれていた。「はい、全部で三人でしたよ。あの保険会社の人が言うには、ほかのふたりは地下室で死んでいるそうです。ええ、全部あの人がやったんです。いえ、まだ名前は聞いていませんが、報奨金は――」

警察署長が背を向けて芝生を横切り、皺《しわ》だらけの地味なグレーのスーツを着た金縁眼鏡の小男に近づいた。男は燃えあがる家に赤く照らされながら、いちばん大きなホースの先端にいる消防士に向かって流暢《りゅうちょう》にまくし立てていた。

「弊社は生命保険と火災保険の両方を扱っておりますから、消防士のみなさまには特別なプランをご用意してございます。ほかの保険会社のように高額をお支払いいただくのではなく、保険料は安く、補償額は倍という、とっておきの保険でございまして——」

署長は辛抱強く待った。やがて、苦笑する巡査部長に向かって言った。「万が一、この小男が話し終えるようなら、報奨金のことを伝えて、名前を聞いてくれ。夜が明ける前に町に帰らなきゃならんからな」

ティーカップ騒動

おはようございます、ガプスタインさん。あたしはウィルソンと申します。警察本部あたりの連中のなかには、〝かっさらいのウィルソン〟なんて呼ぶやつもいます。あだ名がどうやってつくかなんてことは、よくおわかりでしょう。

実はね、ガプスタインさん、なじみの弁護士があなたの名前を教えてくれまして、自分がいないときに何かあったらその人を訪ねるようにと言われてたんです。それで法律上の相談をしたくて来たわけでして。

いえ、その弁護士は休暇でいないわけじゃないんです。ちょっとちがいましてね。塀のなかにいるんですよ、ガプスタインさん。

で、お尋ねしたいのはこういうことです。先ごろ、懐中電灯の電球くらい大きなダイヤのついたネクタイピンを手に入れましてね。こういうのはもともとの価値に近い値段で売れるもんなのか、それとも売り値には目をつぶって故買屋に押しつけちまったほうがいいんでしょうか。下手すりゃ、何千ドルかはちがってきますからね。

どうやって手に入れたかって？　そう、言ってみれば、ティーカップがくれたんですよ。でも、それじゃ何がなんだかわからないでしょうから、はじめから説明したほうがよさそうだ。

その男にはじめて会ったのは、〈ブランドンズ〉のエレベーターです。体のでかいやつで、ゲートルの紐から山高帽《やまたかぼう》のリボンまでで百八十センチ以上ありました。とにかく何から何まででかい。歳はせいぜい二十五といったところでした。

だけど、あたしの注意をひいたのは目です。これまでに見たこともないような、大きくてやさしい水色の目をしてました。ほんとに、ステンドグラスの窓から出てきた智天使ケルビムみたいでしたよ。ケルビムで合ってますかね——ほら、耳の後ろから翼が生えてるぽっちゃりした子供ですよ。

いや、ガプスタインさん、そいつの耳の後ろに翼は生えてません。あたしはただ、目と顔立ちがそんな感じだったと言ってるだけですよ。

そいつと一階でおりたあと、煙草をとろうとしてポケットに手を入れたんです。だけど見つからない。エレベーターに乗ったとき、ケースごとそこに入れといたはずなのに。それからあわてて、内ポケットに手を突っこみました。

そう、札入れもなくなっていました。

そのときどんな気持ちになったか、想像できますか、ガプスタインさん。このあたしが、かっさらいのウィルソンが、能天気な観光客みたいに、きれいにすられちまったんです！　人にぶつかられた覚えはないし、エレベーターは混んでませんでした。そういうのはあたしの名人芸のはずなのに！

はい？　ええ、ガプスタインさん。そいつがあたしの生業《なりわい》です。ハドソン・トンネルよりこっちじゃいちばんの仕事師だと思ってたんですがね。あたしがどんな気持ちになったか、わかるでしょう。このあたし、かっさらいのウィルソンの財布が、栄養失調の猫にほうった鯖《さば》よりきれいにかっさらわれちまったんですよ。

急いであたりを見渡すと、エレベーターでいっしょだったあの男がドアから表へ出ようとしてるのが目に留まりました。それであとを追っかけたんです。

一ブロック行って、人がまばらになったところで追いつき、マッチをくれないかと呼びかけました。そのときは、自分が煙草をすられたことも、ほかに火をつけるものを持ってないこともすっかり忘れてたんですが、そいつはそんなことを気にも留めてないようでした。

あたしは天気について冗談を飛ばし、歩く方向が同じだってことで、話がはずんで喉も渇いたことだし、酒場で一杯どうかって誘ったんです。

なんと、そいつはあたしの勘定まで払ってくれましたよ、ダイエットが必要なくらい太った財布から金を出してね。それからスコッチの味がひどいって話になったんで、部屋に誘って、あたしが大好きな銘柄を飲ませてやることにしました。不思議なもんで、あたしらは最初っからベーコンと卵みたいに馬が合ったんです。

部屋にはいると、やつはあたしの気に入りの椅子に、スプリングが壊れるんじゃないかって勢いで腰をおろして、自分の家にいるみたいにくつろぎだしました。

「そう言えば、友よ」やつは言いました。「自己紹介がまだだったね。ぼくはキャドワラダー・ヴァン・アイルズリーだ」

さて、ガプスタインさん、ヴァン・アイルズリー家のことはご存じでしょう。マンハッタンの半分を所有してて、ほかにもまだ抵当にとってる土地があるっていうあの一族ですよ。なんでも、ヴァン・アイルズリーの親父さんが朝食後にベッドから出ようとして爪先を角にぶつけるたびに、株価が十ドルさがるんだそうで。

それであたしは冷たく笑ってやりました。「会えてうれしいよ、キャドワラダー。おれはラングーン（ミャンマーの当時の首都ヤンゴンの旧称）の王子《ラージャ》だ」

やつはまばたきひとつせず、急に大声で、こちらこそ会えてうれしい、お国はどんなところかと訊くんです。このときですよ、ガプスタインさん、あたしが疑いだしたのは。

やつの水色の目をじっとのぞきこむと、冗談を言ってるわけじゃないとわかったんです。自分が名乗ったとおりの人物だと考えてて、あたしの言ったこともそのまま受けとってたんですよ。ほかのやりとりもいくつか考え合わせて、こいつは頭がいかれてると判断しました。ただ、いかれてるかどうかはともかく、金は返させたかった。そこであたしは、さりげなくやつのスコッチに睡眠薬をいくらか混ぜてやったんですよ。怪しまれそうな話題をうまく避けながら話をつづけるうち、やつは椅子にもたれてまばたきをはじめ、とうとう目を閉じて午後のそよ風に扁桃腺《へんとうせん》をさらしました。

念のため何分か待ってから、あたしはやつのポケットにはいってるものを全部引っ張り出して、テーブルの上にきれいに積みあげました。

びっくりでしたよ、ガプスタインさん。札入れが七つあって、そのうち四つは、はちきれそう。腕時計が五つに、あたしの煙草ケース、あとはピンクの靴下止めだの、ビー玉の詰まった袋だの、がらくたがいくつか。もちろん宝石もありました。

札入れの中身だけで千ドル近くありましたし、ほかのもメイデン・レーンのこっち側に並んでる故買屋へ持ってけば、その半値はとれたでしょうね。

そして何より、やつのネクタイの上に載ってた石は、ほかの獲物を全部合わせた十倍の値打ちがあるように見えましたよ。もちろん、その前からそいつのことは気づいてたんですが、まさか本物だなんて考えもしませんでした。だけどそいつをしっかり見たら、あまりの興奮でぶっ倒れちまうとこでした。ただのダイヤじゃなかったんですよ、ガプスタインさん。透きとおって青く光る、傷ひとつない完璧なダイヤだったんです。

あたしはそのダイヤをテーブルの山に加え、目玉をひんむいて見つめました。一日でそれだけ盗ったとしたら、やつはブロンクスの七不思議ですよ。

あとはこのままやつを寝かせておいて、歯ブラシだけ持ってテーブルの金と宝石をポケットに突っこみ、バミューダ諸島へ飛べばいい。しばらく手持ちの千ドルで食いつないでれば、宝石を金に換えるあても見つかるでしょう。

ずらかるだけでよかったんです。だけど、あたしはそうはしませんでした。

あたしみたいなやつでも好奇心の虜《とりこ》になることがあるみたいなんですよ、ガプスタインさん。何がどうなってるのか、知りたくなっちまってね。ふだん持ち歩かない銃を虫よけ玉のあいだから引っ張り出してきて、弾《たま》がはいってるかたしかめてから、もういっぺん腰をおろしました。そいつの正体を見きわめてやると決めたんです。機雷がなんだ、全速前進って気分でね。

やつは図体がでかいから、大方の人間より早く睡眠薬の効き目が切れたんでしょう。一時間もしないうちに体を起こして目をあけ、おでこをこすりだしたんです。

「変だな」やつはつぶやきました。「すまん、寝てたみたいだ。ひどく失礼したね」

やつがテーブルに積まれた盗品に目をやると、あたしは拳銃を握る手に力を入れました。でも、やつは目をぱちくりさせただけでした。

「これはどこから持ってきたんだい、ラージャ」やつの声は目と同じくらい混乱してました。

「なんでだろう、ぼくのもある」やつは手を伸ばして、いちばん分厚い財布と、ダイヤのネクタイピン、ほかに二、三のがらくたを拾いあげました。

「おまえのポケットから出てきたんだ、大富豪の友よ」あたしははっきり言いました。「少し前には、あちこちにあったものだろうがね」

やつはため息をつきました。そして、お仕置きを待つ犬みたいな目であたしを見たんです。「わかったよ、ラージャ」やつは言いました。「認めたほうがよさそうだね。ぼくは窃盗強迫症ってやつでね。自分でも知らないうちに物を盗ってしまうんだ。そのせいで外出を禁止されてるんだが、けさ抜け出してきたのさ」

あたしはまたその目に惹かれました。やつはほんとうのことを話してましたし、隅っこでおとなしくしてろと言われるのを待ってる子供みたいに見えました。でも、もしそれがほんとうなら……。

あたしはすばやくすわりなおしました。頭のなかの電球に明かりがともった気がしましたよ。「おまえのだという、その財布を見せてみろ」あたしは大声で言いました。

やつは子羊みたいにびくびくして、それを手渡しました。あたしはやつの身分証を見ました。そうなんですよ、ガプスタインさん。キャドワラダー・ヴァン・アイルズリー。正真正銘、まちがいありません。

「頼むよ、ラージャ」やつは泣きついてきました。「ぼくを家へ送り返さないでくれ。あそこじゃ囚人扱いだ。いずれは帰るけど、ひとまずここにいさせてほしい」

そのころには、あたしは部屋を行ったり来たりしてました。ある考えが頭に浮かんで、その考えがまた新しい考えを生んでたんです。

　あたしはやつを長いこと見つめてから、口を開きました。

「いいか、キャドワラダー」あたしは言いました。「しばらくはここに置いてやるが、条件がある。まず、外出するときはかならずふたりいっしょだ。おまえが何かをくすねちまったときは、おれが尻ぬぐいをして、もとのところへ返してきてやる。その手の持ち主探しは得意なのさ」

「はあ、それはすごいな。ぼくが――」

「それともうひとつ」あたしはつづけました。「たとえ家族に見つかったとしても、おれの名前は出すな。どこにいたのか覚えてないと言うんだ。相手が警察でも同じだぞ。いいな?」

　握った手をやつがあんまり激しく揺するんで、指がとれちまうかと思いましたよ。

　あたしはテーブルの上にあったものを、やつが自分のだと言った品をのぞいて、全部台所へ持っていきました。金はまるごと自分の札入れにしまい、空の財布とがらくたは焼却炉に突っこんだんです。宝石類は、いつもその手のものをしまってある場所におさめましたよ。

　そうやって、まだ手もとには千ドル近くありました。考えてみりゃ、やつはそれを二、三時間かそこらで集めちまうわけです。足し算をして、孵《かえ》ってもいない雛《ひな》の皮算用をしてるうちに、めまいがしてきました。

「キャドワラダー」リビングにもどって、あたしは言いました。「街に用事があるんだ。いっしょに行くか」

やつはついてきました。日が暮れるころまで、混んだ店をあちこち連れまわして、堂々と仕事ができる機会を山ほど与えてやりました。やつがポケットの貴重な空間をくだらないがらくたで埋めちまわないよう、その手のものがある売り場には近づかせませんでしたよ。

家にもどろうといっしょにタクシーに乗って、また財布がなくなってるのに気づいたときは、さすがにびっくりでしたね。煙草まで消えてましたが、運転手に払うぶんの小銭はズボンのポケットにはいってました。

あたしは笑っちまいましたよ、ガプスタインさん、いえ、悔しくてね。一日に二度もすられて、気づきもしなかったんですから。

「さあ、キャドワラダー坊や」無事に部屋へもどると、あたしは言いました。「おれの財布を返してもらおうか。もしもほかに何か盗ったものがあるなら、それも出すんだ。全部返してきてやるから」

やつはポケットをまさぐりだし、だんだんきまりが悪そうな顔になっていきました。笑ってましたけど、なんだか弱々しかった。

「きみの財布はないみたいだよ、ラージャ」やつはあちこち探ったあとで言いました。「きみがなくなったと言うなら、街へ行く途中でぼくが盗ったとしか思えないけど、どこにも見あたらない」

あたしは札入れにあったなけなしの金のことを思って、大声をあげましたよ。静かな夜だったら、スタテン島まで聞こえたでしょう。相手の体が自分の倍以上あるのも忘れて、やつに詰め寄り、体じゅうを隅から隅まで調べました。

一度じゃなく、繰り返しやりましたよ。どのポケットも、選挙翌日の市議会議員の葉巻入れみたいに空っぽでした。信じられませんでしたけど、それが現実だったんです。

あたしはやつを椅子に押しもどしました。銃を使うことも考えましたけど、そんなものは要りませんでしたね。あまりの怒りで、虎の皮だろうと素手で剝《は》がせたでしょうよ。

「なんの冗談だ」あたしは問いただしました。「いますぐ説明しろ」

やつはジャムの瓶に指を突っこんでいるところを見つかった四歳のガキみたいでした。

「たまのことで、ラージャ、しょっちゅうじゃないんだけど、窃盗強迫症があべこべに出るんだ。自分のポケットにはいってるものを、他人のポケットに入れちゃうんだよ。これまで二、三回しかやったことはないけど、今回はまちがいなくそのうちの一回だ。ほんとにごめんよ」

あたしはため息をついて、腰をおろしました。やつに目を向けましたが、そのときにはもう怒りはおさまってたと思います。やつが悪いんじゃない。ほんとうのことを言ってるのは、ひと目でわかりました。それに、やつがあたしの思ってた三倍もいかれてたってこともね。

それでもね、ガプスタインさん、やつを憎む気にはなれませんでした。むしろ、自分の脳みそまでふやけてきたんじゃないかって思いはじめたくらいでしたよ。

そうさ——あたしは自分に言い聞かせました——やつをあと何回か連れ出せば、ちゃんと元手がとれる。窃盗強迫症があべこべに出ることはあまりないと言ってたじゃないか。それに、毎回無一文で出かければ損するはずがないさ、と。

その場はそれでよかったんですが、あれだけ雛の皮算用をやったあとだったんで、気の滅入る夜になりました。おわかりでしょう、ガプスタインさん。

あたしはトランプのカードを出して、やつにクリベッジのやり方を教えてやったんですが、毎回負かされちまうんで、だんだん退屈してきました。それで、ちょっと探りを入れることにしたんです。

「なあ、キャドワラダー」あたしは話しかけました。

「キャドワラダー？」やつははじかれたように言いました。「余の名はそうではない」

あたしは不意を突かれました。「はあ？　おまえはキャドワラダー・ヴァン・アイルズリーだろ！」

「だれのことかね。すまんが、人ちがいだ」

やつは姿勢を正し、右手をシャツの第三ボタンと第四ボタンのあいだに突っこんで、食い入るように見つめ返してきました。もちろんそこで気づくべきだったんでしょうけど、そのときは思いつかなかったんです。

あたしは調子を合わせてみました。「じゃあ、おまえはだれなんだ」

やつが額《ひたい》からありもしない前髪を掻きあげたとき、目に鋭い光が差したように見えました。「失念してしまった」やつはあいまいに言いました。「いや、よそう、きみに嘘をつく気はない、友よ。むろん覚えているが、正体を明かさぬのが最良だと余は思う」

あたしは手に負えないことに首を突っこんだんじゃないかと思いはじめました。こいつはよくこんな戯言《たわごと》を口にするのか、もしそうなら、どうやって相手をしたらいいのか、とね。「おれとしては」あたしは少々うんざりしながら言いました。「なんでも好きなものでいてもらってかまわんよ。ちょっと新聞を買ってくる」

ちょうど朝刊が出る時刻――十一時半だったんで、ヴァン・アイルズリー家の愚《おろ》か者が失踪したことについて、何か書いてないかと思ったんです。まったくふれられていませんでした。

翌朝のことはあまり話したくありませんよ、ガプスタインさん。目を覚ますと、キャドワラダーが肌着姿で立って、窓の外を見つめてたんです。右手を肌着の下に入れ、ていねいに巻いた前髪を額に張りつけてました。あたしがベッドの上で体を起こすのが聞こえたらしく、やつは威厳たっぷりに振り返りました。

「わが友よ」やつは言いました。「長らく思案していたんだが、余は匿名《とくめい》の皮を脱ぎ捨てて、きみにだけ特別に正体を明かそうと考えている」

ええ、ガプスタインさん、お察しのとおりです。どうして頭のねじがはずれた連中の多くが、自分をナポレオンだと思いこむんでしょうね。エディ・カンター（アメリカの俳優、コメディアン）やムッソリーニになったたっていいのに。

やつの妄想が前にもあった一時的なものなのか、それともずっとこのままなのか、あたしにはわかりませんでしたし、やつに訊いたって無駄だったでしょう。

あたしはすぐに着替えて朝めしをすませると、やつをイギリスの密偵からかくまうために部屋に閉じこめ、自分は公園のベンチで考えをめぐらしました。

もちろん、やつを連れ出して、どこかでほっぽっちまえば、この件から手を引けます。警察が拾ってくれるでしょうし、やつはそれまでラングーンの王子といっしょだったと言い張るでしょう。仮にまともにしゃべれたとしてもね。警察本部じゃ、そういうのが受けるはずだ。

でも、そうはしたくなかったんですよ、ガプスタインさん。変に思われるかもしれませんけど、あたしはやつが好きでしたし、ちゃんとした治療を受ければ、やつはその状態を乗り越えて、気のいい窃盗強迫症持ちにもどるような気がしたんです。それこそがやつのあるべき姿でしたからね。あの高い技術を無駄にしたくありませんでした。

それに、思い出したんですよ、もしやつがまともにもどったら――たいしてまともとは言えませんが――おれが足を洗えるくらいの金が一、二週間で稼げるってことを。そのままだと二百ドルの大損でしたから。

そこでふと、名案が浮かびました。頭のねじがゆるんだやつと議論はできない。いや、ひょっとしたら、あなたならできるかもしれませんね、ガプスタインさん。弁護士なんですから。でも、あたしには無理だ。そこでこう考えたわけです。ナポレオンがふたりいたらどうなるのか。ふたりのナポレオンを同じ部屋にぶちこんだら、どっちかが相手を言い負かすんじゃないか。そして、より長いあいだその妄想に浸ってるやつのほうがよく舌がまわるんじゃないか、とね。

あたしは銀行に行っていくらか金を引き出したあと、民間の療養所を探しあてました。うまく話をつけて、そこの所長と会うことになったんです。

「ここにナポレオンはいますか」あたしは尋ねました。

「三人いますよ」所長は認めました。自称ナポレオンたちの主張に異議でもあるのかと問いたげな目をしてます。「なぜそんなことを？」

あたしは内緒話でもするみたいに、顔を寄せました。「同じ妄想に取り憑かれた親友がいるんです。もしそいつが、もっと前から同じことを言い張ってるだれかにやりこめられたら、自分の主張を取りさげるんじゃないかと思いましてね。ふたりともナポレオンでいるわけにはいかないでしょうから」

「そんな処置は」所長は言いました。「医療倫理にもとります。けっしてそんなことは——」

あたしはポケットからまるめた札束を取り出して、相手の鼻先に突きつけました。「百ドルで三日間、試してください。勝つか、負けるか、引き分けか」

所長は気を悪くした様子でした。あたしの提案を突っぱねようと口を開きましたが、目は札束に釘《くぎ》づけでした。

「それに、もちろん」あたしは言い添えました。「通常の診療代も三日ぶん払います。百ドルはこの実験に興味を持ってくださったあなた個人への謝礼です」

「何があろうと――」しゃべりだした所長の目には、あたしがさえぎって額をあげるんじゃないかという期待の色が見えました。あたしはそれに負けませんでした。それ以上出す気はありませんでしたからね。無言のまま、あたしはずっと金を突きつけてました。

「――害はないでしょうな」所長はそう結んで、金を受けとりました。「きょう、そのご友人を連れてこられますか」

家にもどると、キャドワラダーはベッドの下に隠れてました。部屋を密偵どもに包囲されてると言うんです。どうにかやつを説き伏せて、外へ連れ出しました。やつを変装させるために、付けひげと色眼鏡を買いにいく羽目になりましたよ。療養所へ向かうタクシーのなかでは、シェードをおろしました。

あたしは好奇心をどうにか抑えつけて三日間過ごさなきゃいけませんでしたよ。でも、とにかく待ちました。

訪ねると、所長は悲しそうに顔をあげました。

「残念ながら実験は大失敗でした」そう打ち明けました。「前もって忠告はしましたがね。患者は妄想症《パラノイア》のままです」

「やつが膿漏症《パイオリア》のままだろうと、金切り声をあげたりしませんよ」あたしは言い返しました。

「あいつはまだ自分をナポレオンだと思ってるんですか、もう思ってないんですか」

「思っていません」所長は言いました。「ぜんぜんです。ご自分の目で確認してください」

階段をあがると、あたしは所長を部屋の外に残して中にはいり、キャドワラダーに声をかけました。

もうひとりのナポレオンはよそへ移されていました。

水色の目の不思議ちゃんは両手を枕にしてベッドに横になってましたが、あたしの姿を見るとうれしそうに跳ね起きました。

「ラージャ、懐かしい友よ」やつは勢いこんで言いました。「受け皿を持ってないか」

「受け皿？」あたしはとまどって見返しました。

「受け皿だよ」

「受け皿をどうするんだ」

出だしからまずい空気でしたが、あたしはそのまま探りを入れました。知りたいことはひとつだけです。

「おまえはナポレオン・ボナパルトか」あたしは尋ねました。

やつは驚いた様子でした。「ぼくが？」

あたしはうんざりしてきました。「ああ、おまえがだよ」

やつは何も答えませんでした。あたしには、やつの心が——中身がどうなってるにせよ——この会話から離れてるのがわかりました。やつの視線はあちこちへさまよってました。

「何を探してるんだ」あたしは訊きました。

「受け皿だよ」

「受け皿？」

「そう。受け皿だ」

だんだん会話が怪しくなってきました。「いったい受け皿で何をする気なんだ」

「もちろん、その上にすわるんだよ」

「なんだって？」あたしは驚きました。

「当然だろ」やつは言いました。「ぼくがティーカップなのがわからないのか」

あたしは息を呑み、沈んだ気持ちでドアに向かいました。その瞬間、やつはわずかな正気を掻き集めたようでした。「そうだ、ラージャ」やつが声をあげ、あたしは振り返りました。

「もう会えないなら、ラージャ、ぼくの思い出になるものを何かあげたいんだ」やつはネクタイに手を伸ばして、郵便切手くらいの大きさの宝石がついたピンを引き抜いたんです。あたしは冗談抜きで、そいつのことを忘れてました。ピンを受けとると、あたしはやつに感謝しました。心の底からね。

「でも、また来てくれるよね」やつはさびしそうに言いました。

「もちろんだよ、キャドワラダー」あたしはまたドアへ向かいました。これで泣きそうにならなかったら、あたしは人でなしですよ、ガプスタインさん。

迎えをよこしますと所長に告げて、あたしは無事に療養所をあとにしました。それからしげしげとダイヤを見つめて、五千ドルは堅いと値踏みしました。換金しちまえば、こっちのもんです。

まずは鑑定をしてもらおうと、街の高級店に駆けこみました。高い店なら、その大きさのダイヤを光らせてても、たいして疑われずにすみますからね。

店にはカウンターの奥の店員がひとりと、先客がひとりいるだけでした。店内を見まわしてると、そのふたりの会話の一部が耳にはいって、凍りつきました。

「……で、それ以来」店員は言いました。「弟さんからは連絡がなく、なんの手がかりもないんですね、ヴァン・アイルズリーさん」

客はうなずきました。「なんの手がかりもないさ。むろん、新聞社には伏せてある」

あたしはそっちをじっと見ました。そいつのほうが年上で、あまり大柄じゃありませんでしたが、あの窃盗強迫症のティーカップにそっくりでしたよ。

あたしは卵の上を歩くように、そっと店を出ました。でも、すぐ外で待ったんです。キャドワラダーに最後の世話を焼いてやろうと思いましてね。ヴァン・アイルズリーが外に出てくると、あたしは呼び止めました。

「ヴァン・アイルズリーさん」あたしは小声で言いました。「あたしは私立探偵をやってる者でしてね。登録番号五十三です。弟さんは〈少しの辛抱療養所〉にいらっしゃいますよ」男の表情がぱっと明るくなりました。あたしの手を握って、長く音沙汰のなかった兄弟みたいに肩を叩きました。「すぐ迎えにいきます」男は言いました。

「途中で受け皿を買ってったほうがいいですよ」男の車が出るとき、あたしは声をかけましたが、聞こえてなかったと思います。

あたしはあてもなく歩きつづけました。もしあのダイヤがヴァン・アイルズリー家のもので、あの店で売買してるとしたら、ダイヤの出所がわかるでしょうから、危ないところでしたよ。

そのとき、あたしがキャドワラダーの兄さんと話をしてるあいだ、例のものをネクタイにつけっぱなしだったことに気がつきました。ばかなことをしたもんですけど、相手は気づいてなかったと思います。ひどく興奮してましたから。

さて、それがついさっきの出来事なんですよ、ガプスタインさん。ダイヤの鑑定は置いといて、助言をもらいにまっすぐここへ来ることにしたんです。

あたしの代わりにヴァン・アイルズリー家に近づいて、ダイヤの礼金を出す気があるかを探ってもらえませんかね。知ってますよ、ガプスタインさん、あなたがこの手の問題に通じてらっしゃることはね。向こうが礼金をたんまり出してくれるなら、わざわざ売りさばく危険は冒したくありません。

それに、さっき別れたばかりのヴァン・アイルズリー氏は、話のわかるやつに見えましたし――

はい？　あの家のことは知っているが、兄のほうも同じくらいおかしくて、たまに窃盗強迫症になる？

やめてくださいよ、ガプスタインさん、あの弟以上にすりがうまいなんて信じられません。ありえませんよ。ガプスタインさん。あれより鮮やかにやってのける人間なんて――

ただ、まあ、そんなことはいいんです。とにかく、この件に手を貸してくれませんか。

ネクタイピン？　なぜです、ネクタイにつけてますよ、もちろん。ずっと同じところに……

ありゃ？

……ああ、ガプスタインさん、お時間をとらせてすみませんでした。でも、これで決心がつきましたよ。同じ週に、頭のおかしな素人《しろうと》ふたりにすられちまったんじゃ、引退するしかない。

賭け屋をやってる義理の兄貴がいるんですけど、そいつが真っ当ないい仕事を世話してくれると言ってるんです。その話を受けてみますよ。財布を盗るのはこれが最後です。ええ、そう、あたしは本気ですよ、ガプスタインさん。その証拠に、ほら、あなたの札入れをお返しします。では、ごきげんよう、ガプスタインさん。

よい勲爵士《グッド・ナイト》によい夜《グッド・ナイト》を

目の前のカウンターが水浸しだ。サー・チャールズ・ハノーヴァー・グレシャムは一段高くなった乾いたへりに注意深く両の前腕を載せ、折りたたんだ《舞台技法》紙を手に持って読んでいた。載せたのは前腕であって、肘《ひじ》ではない。スーツが一着だけで、しかも擦り切れはじめている場合、カウンターやテーブルに肘を突かないよう気をつけるものだ。腰をおろすとき、ズボンを二、三センチ持ちあげて膝《ひざ》のあたりがたるまないようにするのと同じだ。役者はそういったことに気を配る。たとえ自分が盛りを過ぎていて（正確には盛りなど経験したことがなく、今後も迎えることはないが）、生活費を――かろうじて――ゆすりでまかなう、さわやかな秋の午後二時にバワリー街のバーに入り浸った二日酔いの惨《みじ》めな男であっても。

そんな人間でも、《舞台技法》紙にはつねに目を通す。

そして、まさにいま、それを読んでいた。〝賭博師がメロドラマを後援〟という一段見出しが目にはいったが、それすらもさりげなく読んでいく。ふと、二段落目にある名前に目が留まった。劇作家の名だ。一方の眉がゆうに一ミリあがった。ウェイン・キャンベル――お、世話になっている人物が新しい脚本を書いたという。まる三年ぶりのことだった。もっとも、間隔が空くことはウェインにとってはたいしたことではない。前回と前々回の脚本がどちらもハリウッドにかなりの額で売れたからだ。新しい脚本を書こうが書くまいが、ウェイン・キャンベルの食卓にはキャビアとシャンパンが並びつづけるだろう。そして、サー・チャールズ・ハノーヴァー・グレシャムの食卓にはハンバーガーとビールが並びつづける。ひとつだけ情けなく思うのは――ハンバーガーとビールのことではなく――それらを得るためにとらざるをえない手立てのことだ。ゆすりというのはいやなことばだ。サー・チャールズはそのことばが大きらいだった。

だが今回は、もしかすると、ひょっとして――

こんなチャンスでも、祝うべきなのだろう。目の前のカウンターを見た。そこに十五セント置いてある。ポケットから最後の一ドル札を出し、カウンターの一か所だけ乾いたところに載せた。

「マック！」

壁の向こうを見つめていたバーテンダーのマックが、こちらへやってきた。「同じやつかい、チャーリー」

「いや、別のだ、マック。琥珀《こはく》色の液体をくれ」

「ウイスキーのことか」

「もちろんさ。ぼくときみと、一杯ずつ頼む。〝あわれ、わが衰えゆく命にはブドウを供え〟（ウマル・ハイヤーム『ルバイヤート』英訳版より。以下同）……」

マックは二杯作り、サー・チャールズのグラスにビールを足した。「チェイサーはおごるよ」レジに五十セントと打ちこむ。

サー・チャールズはショットグラスを持ちあげ、それを透かした先にあるものを見つめた。バーテンダーのマックではなく、カウンターの奥の汚れた鏡に映った自分の姿をだ。ひときわ目を引く紳士がこちらを見返している。互いに笑みを交わしたあと、ふたりともマックを見つめた。ひとりは前から、もうひとりは後ろから。

「マック、きみの健康に乾杯」ふたりは言った――サー・チャールズは声に出し、鏡のなかの男は声に出さずに。安っぽく濃厚なウイスキーが喉を焼く感触があたたかく心地よかった。

マックがこちらへ顔を向けて言った。「チャーリー、あんたは変わり者だが、好きだよ。たまに、本物の勲爵士《ナイト》じゃないかと思うことがある。なぜだかね」

「〝ひと筋の髪、真と偽を分かつかや〟」サー・チャールズは言った。「ひょっとしてウマルを知ってるかな、マック」

「どのウマルだ」

「テント職人さ（「ハイヤーム」はテント職人の意）。昔のえらい人だよ、マック。こいつがぼくの気持ちにぴったりなんだ。聞いてくれ。

　つかの間のしじまを破り
　容《かたち》醜き甕《かめ》の語れり
「わが姿ゆがみ傾《かたむ》くを嗤《わら》われ
　なんと、陶人《すえひと》の手や震えけり」

マックは言った。「何がなんだか」

サー・チャールズはため息をついた。「わが姿はゆがんでるかな、マック。まじめな話、いまから電話で大事な約束を取りつけることになりそうなんだ。まともに見えるか、それともゆがんで見えるか、どうだろう。ああ、すまない、マック、ただどんな感じかと思ってね。ゆがんだ大根役者《ハムアライ》かな」

「まともに見えるよ、チャーリー」

「だが、マック、きみは強烈な駄洒落《だじゃれ》に気づかないのか。ハムアライ――ライ麦パンに載《ハム・オン》ったハム《ライ》」

「サンドイッチがほしいのか」

サー・チャールズはやさしく微笑《ほほえ》んだ。「気が変わったよ、マック。やっぱり腹は減ってない。だけど、もう一杯飲むくらいの持ち合わせはあるさ」

なんとかもう一杯飲めた。マックは他の客のもとへ行った。

頭に靄《もや》がかかりつつある。柔らかな靄だ。カウンターの奥の鏡に映る人物が笑みを向けている。まるで秘密を共有しているかのように。秘密があるのは事実だが、酒のおかげで忘れていられた——少なくとも心の奥に押しやってある。いま、ほろ酔いの柔らかい靄に包まれ、鏡のなかの人物は静かだった。ふだんなら、「おまえはほら吹きの落ちこぼれだ、サー・チャールズ。ゆすりで食ってる野郎さ」としきりに非難してくるが、いまはこう言っていた。「おまえはいいやつだ、サー・チャールズ。ここ数年は——何年だったかは言うまい——少しばかり運がなかっただけだ。これからいいほうへ向かうさ。いくつも舞台を踏んで、観客の心をしっかりつかむんだ。おまえは役者だぞ」

サー・チャールズはそのことばに応えるように二杯目のウイスキーをあおったあと、ビールをゆっくり飲みながら、役者にとってのバイブルである《舞台技法》紙の記事にまた目を落とした。

賭博師がメロドラマを後援

くわしいことは載っていないが、それでもじゅうぶんだった。メロドラマのタイトルは

『完全犯罪』だが、それはどうでもいい。大事なのは作者がウェイン・キャンベルであることだ。ウェインなら役を振ってくれるかもしれない。いや、きっと振ってくれる。ゆすられるからではなく、正反対の理由からだ。

また、これもどうでもいいことだが、劇を後援しているのはニック・コリアノスだ。いや、こっちは重要かもしれない。ニック・コリアノスは賭博師で、正真正銘の大物だ。ニックの後ろ楯があるなら、『完全犯罪』が資金に困ることはない。ニック・コリアノスの名は、だれでも耳にしたことがあるはずだ。四十時間つづけてポーカーをやって五十万ドルすり、それを笑い飛ばしたという伝説がある。悪い噂も数多くあるが、警察はまだ尻尾をつかめていない。

サー・チャールズは想像して笑みをこぼした――〝完全犯罪〟をやってのけるニック・コリアノス。そんな考えがコリアノスの頭に浮かび、それこそがこの劇を後援した理由だったのではないか。人生のささやかな喜びのひとつは、こうした想像をふくらますことだ。ばかげているとは思うし、自分がほら吹きの落ちこぼれであることはわかっているが、それでも何かになりきったり、何かを気どったりして、ささやかな喜びを感じながら生きていくものだ――大きな夢をいだいて。

サー・チャールズは穏やかな笑みを浮かべたまま、釣り銭を手にとって入口のそばの電話ボックスにはいった。ウェイン・キャンベルの番号をまわした。「ウェインか？　チャールズ・グレシャムだ」

「ああ、なんの用だ」

「あんたの事務所で会えないかな」

「いいか、グレシャム、もっと金がほしいって話ならおことわりだ。三日後にいくらかはいるはずじゃないか。それに、おまえは同意したんだ——はっきりとな。それだけの額を毎回渡したら、もう——」

「ウェイン、金をくれって話じゃないんだ。その反対なんだよ。金の節約ができる話さ」

「どうやって？」声はそっけなく、疑わしげだった。

「新しい劇の役者を集めるんだろう。そう、あんたが実際に選ぶわけじゃないってことはわかってるけど、あんたの一声——ウェイン、あんたの一声でぼくにも役がまわるはずだ。端役でもなんでもいいさ。そうなれば、もうあんたに迷惑をかけない」

「上演がつづくあいだは、だろ？」

サー・チャールズは咳払いした。そして残念そうに言った。「もちろん、上演がつづくあいださ。だけど、ウェイン、あんたの劇なら長くつづくだろう」

「どうせ酒に酔って、リハーサルが終わる前に、くびになるだろうよ」

「いや、仕事中は飲まないよ、ウェイン。何をこわがる必要がある？　あんたの顔に泥を塗る気はないさ。ぼくは芝居ができるって知ってるだろ。ちがうか」

「知っている」渋々ではあったが、それを認めた。「わかったよ――節約になるなら、たしかに悪くない。出演者は全部で十四人だから、なんとか――」

「すぐそっちへ行くよ、ウェイン。ありがとう、ほんとに感謝してる」

電話を切るとすぐに店を出て、外のひんやりとした空気のなかへ踏み出した。店にいたら、舞台にもどれることを祝してもう一杯やりたくなる。いや、もどれるかもしれないだ、とすぐ心に言い聞かせた。ウェイン・キャンベルに頼めばもう安心というわけではない。

サー・チャールズは少し身震いしながら、地下鉄の駅へ向かった。つぎの――報酬でコートを買わなきゃいけない。寒さが一段と増している。駅を出てウェインの事務所へ向かう途中、さっきより大きく体を震わせた。しかし、ウェインの事務所は――迎えた本人はともかく――あたたかかった。ウェインはすわったまま見つめてきた。

やがて言った。「おまえの見た目じゃ役に合わないんだ、グレシャム。どうにもならない。滑稽《こっけい》なほどだ」

サー・チャールズは言った。「何が滑稽なんだ、ウェイン。そもそも、見た目が役に合ってるかなんてどうでもいい。そのためにメイクや演技ってものがあるんじゃないか。本物の役者ならどんな役にでも合わせられるさ」

驚いたことに、ウェインは愉快そうにくすくす笑った。

「おまえにはわからんだろうが、グレシャム、やはり滑稽なのさ。おまえがやれそうな役はふたつある。ひとつはいわゆる端役で、短い台詞が三つある。もうひとつは──」

「ああ、なんだ」

「滑稽と言ったのはこれさ、グレシャム。ゆすり屋の役なんだよ。忌々しいことに、おまえそのものだ。この五年、わたしから吸いとった金で食いつないできたんだからな」

サー・チャールズは言った。「たいした額じゃないさ、ウェイン。ぼくの要求はささやかなものだったし、値上げを頼んだこともない」

「おまえはゆすり屋の模範生だよ、グレシャム。この役は楽しいはずだ──ほぼまちがいなくな。だが何より滑稽なのは、芝居でおまえがゆすり屋の役をやっているあいだ、わたしはゆすりを受けないということだ。こいつはかなり強烈な脇役だよ。わたしにせびるよりずっと多くの実入りがあるぞ。ただし──」

「ただし、なんだ」

「おまえがそう見えればの話だ。ゆすり屋として説得力がないんだよ。おまえはいつも言いわけがましく、自分がゆすり屋であることを恥じている──それに、ああ、わかってるよ、ほかに食い扶持を──それと飲み代を──稼ぐ方法があるならこんな真似はしないと言うんだろう。だが、この芝居に出てくるゆすり屋はかなり冷酷な男だ。そうでないとまずい。おまえみたいなやつじゃ、客が納得しないんだよ、グレシャム」

「チャンスをくれよ、ウェイン。その役をやらせてくれ」

「もっと軽い役にしたらどうだ。端役でもかまわないと言っていたんだし、そっちのほうがまだましだ。おまえにこの大役は荷が重い。それだけの風格がないんだよ、グレシャム」

「台本を読ませてくれ。目を通すぐらい、いいだろ」

ウェイン・キャンベルは肩をすくめた。机の上の、サー・チャールズに近いほうの隅に置かれた台本を指さす。「わかったよ、役名はリクターだ。おまえの最大の見せ場となる、いちばん長くて大向こうをうならせる台詞は、第一幕の終わりから二ページほど手前にある。さあ、やってみろ」

第一幕の終わりを見つけてページを前へめくりながら、サー・チャールズの指は興奮でかすかに震えていた。「まずは自分だけで読ませてくれ、ウェイン、感じをつかんでおきたい」長い台詞だったが、すばやく二度読んで頭に入れた。昔から暗記は得意だった。台本を置き、しばし考えてから、役のなかへはいっていった。

顔つきは冷たく硬くなり、目は半ば閉じられている。立ちあがって机に手を突き、ウェインの目をしっかり見たあと、語りはじめた。声は冷ややかで、厳然として、非情だった。台詞を聞くウェインの目が大きく開かれていくのを見て、サー・チャールズの役者としての魂は満たされていった。ウェインは言った。「これは驚いたな。できるじゃないか。よし、役がまわるよう手を打ってみるよ。おまえにそんな力があるとは思ってもみなかったが、見なおしたよ。大酒を飲んで下手をやらかしさえしなければ――」

「飲むものか」サー・チャールズは腰をおろした。台詞を口にしているあいだは冷静そのものだったが、いまはまた小さく震えていた。それを感づかれたくなかった。ウェインはこの震えを熱意と興奮のあかしと見なさず、酒か体調不良のせいと考えかねない。ひょっとしたらこれが願いつづけた復帰の第一歩になるかもしれない――どれだけ待ったかは考えたくもなかった。しかし、いい役を得て、公演が長くつづけば、うまく波に乗れるだろう。この舞台が終わって、プロデューサーの目に留まれば、つぎはもう少しいい役をもらって、そのつぎはさらにいい役をもらえるかもしれない。

甘い考えなのはわかっていたが、この興奮は本物で、まぎれもない希望もあった。それはどんな酒場で出されるものよりも強烈に頭に染み渡った。

もしかしたら、シェイクスピアの再演舞台にすら、また出られるかもしれない。シェイクスピアはずっと再演されている。シェイクスピアの有名な役はほとんど知っているが、演じたことがあるのは端役だけだ。ああ、マクベスのあの偉大な台詞――

サー・チャールズは言った。「あんたがシェイクスピアだったらな、ウェイン。ちょうどいま『マクベス』を書いてるところだったらと思うよ。あのなかに美しい台詞があるんだ、ウェイン。こんなやつさ――

　あす、またあす、そしてまたあすと、

時は日に日にとぼとぼと小刻みに歩き
記録される最後の一刻へと進みゆく。
そして、きのうという名の日々は
愚《おろ》か者が塵に還る道を照らしてきた。消えよ、消えよ――」（『マクベス』第五幕第五場より）

「つかの間の燭光《しょっこう》、うんぬん。たしかに美しいな。わたしも自分がシェイクスピアだったらと思うよ、グレシャム。だが、このまま一日じゅう聞いているわけにはいかない」サー・チャールズは深く息をつき、立ちあがった。「マクベス」が役に立ってくれた。震えはもう止まっている。「聞く暇がある人間なんていやしないさ。まあ、いい、ウェイン、ほんとに恩に着るよ」

「ちょっと待て。もう配役が決まって、契約書を交わしたような口ぶりだが、わたしは最初のハードルにすぎないぞ。実際は、演出家がコリアノスとわたしからの助言と承認を受けて配役を決めるんだ。しかし演出家選びはこれからだ。たぶんディクソンになるだろうが、まだ確実じゃない」

「本人と話そうかな。少しは知ってるんだが」

「いやあ――はっきり決まるまではやめてくれ。おまえを行かせたら、もう採用されたと思って、よけいに吹っかけてくるかもしれない。やつを雇うにはただでさえ金がかかるんだ。

でも、ニックとなら話してもいい。資金を出しているのはあの男だし、配役にも影響力がある」

「わかった。そうするよ、ウェイン」

ウェインは財布に手を伸ばした。「二十ドルある。これで身なりを整えろ。ひげと髪をさっぱりさせて、新しいシャツを買うんだ。スーツはそれでかまわない。プレスは頼んだほうがいいな。それから――」

「なんだよ」

「その二十ドルは小づかいじゃないぞ。つぎの支払いから引かせてもらう」

「もっともな話だ。コリアノスにはどうやって取り入ればいいんだろう。役をこなせると納得させりゃいいのかな。あんたにやったみたいに」

ウェイン・キャンベルはにやりと笑った。「〝余に示したとおり、台詞が軽やかに口から流れるよう心せよ。数多《あまた》の役者のごとき仰々しき口上を聞くほどなら、町の広め屋に叫ばせたほうがましだ。これ見よがしのしぐさもご免こうむる〟（『ハムレット』第三幕第二場より）。――わたしだってシェイクスピアはそらで言えるぞ」

「うまいかどうかはともかくね」サー・チャールズは笑った。「感謝するよ、ウェイン。それじゃあ」

床屋で髪を切り、ひげを剃《そ》ってもらった。髪はともかく、ひげはけさ剃っていたので、ほんとうはその必要がなかった。新品の白いシャツを買い、靴をきれいに磨かせ、スーツにプレスをかけさせた。気分を高めるため、しゃれたバーにはいってマンハッタンを三杯頼んだ――どれもゆっくりと飲み干し、ほかには頼まなかった。グラスに残ったチェリーは三つとも食べた。

カウンターの奥の鏡は汚れていなかった。けれども、青い鏡だったせいか、自分の姿が邪悪そうに映っている。サー・チャールズは鏡に向かって邪悪な笑みを浮かべた。ゆすり屋の役だ。とことん演じて、役になりきろう。そして、いつの日かマクベスを演じてやる。バーテンダー相手にやってみるべきだろうか。いや、それなら前にもやったことがある。カウンター奥の鏡に映る青い影が笑いかけてきた。店の表側の窓へ目を移したところ、日が傾いてそちらも淡い青に染まっている。だとしたら、そろそろだ。この時間なら、コリアノスは自分のクラブの上にある事務所にいるだろう。

青い薄闇のなかへ踏み出し、タクシーを拾った。乗る必要があったわけではない。事務所まではたったの十ブロックで、楽に歩いていける。だが、気持ちのうえで、タクシーが欠かせなかった。運転手にチップをはずんだのも同じ理由だ。

ニック・コリアノスがいま経営しているクラブ〈ブルー・フラミンゴ〉は、当然まだ閉まっていたが、従業員用の通用口は開いていた。サー・チャールズはそこからはいった。準備中のウェイターがひとりいて、テーブルにクロスを掛けていた。サー・チャールズは尋ねた。

「ミスター・コリアノスの事務所に行きたいんだが、案内してもらえるかな」

「三階だよ。あそこに自動運転のエレベーターがある」ウェイターは指さして、サー・チャールズにもう一度目を向けたあと、言いなおした。「エレベーターがございます」

「ありがとう」

エレベーターで三階へあがった。おりた先には薄暗い廊下が伸びていて、いくつかドアが並んでいた。そのなかにひとつだけ、磨《す》りガラス越しに明かりの漏れているところがあった。〝関係者のみ〟と記されている。ドアを静かにノックすると、「どうぞ」と声がした。中へ進んだところ、ふたりの大男が机をはさんでトランプでジン・ラミーをやっていた。

ひとりが言った。「なんだ」

「おふたりのどちらかがコリアノスさんですか」

「用件は？」

「名刺をどうぞ」口を開いたほうに手渡した。ふたりを見て、どちらもニック・コリアノスではないと確信した。「コリアノスさんに、後援していらっしゃる劇のことでご相談したいと伝えていただけますか」

男は名刺に目を落とし、「いいだろう」と言って、手札を置いた。奥の部屋へ通じるドアまで歩いていって、中に消えた。しばらくすると、出てきて言った。「はいれ」サー・チャールズはその部屋へ足を踏み入れた。

装飾を凝《こ》らしたマホガニーの机の奥で、名刺を見ていたニック・コリアノスが顔をあげた。

「これはなんの冗談かな」

「冗談とは？」

「すわってくれ。冗談じゃないとしたら、きみの名前はほんとうにサー・チャールズ・ハノーヴァー・グレシャムなのか？　つまり、ほんとうに――あれは勲爵士というんだったか。その勲爵士なのか？」

サー・チャールズは微笑んだ。「それをああだこうだと否定したことはありませんね。一から説明するのもばからしいでしょう？　とにかくこいつのおかげで、人と会うのがずいぶん楽になるんです」

ニック・コリアノスは笑い声をあげた。「そういうことか。なんの用件かわかってきたぞ。きみは売れない役者だな？」

「俳優です。あなたが舞台を後援なさってると聞きまして。実は台本も読んできました。リクターの役がやりたいんです」

ニック・コリアノスは眉をひそめた。「リクターというのは――ゆすり屋の名前だったな？」

「そうです」サー・チャールズは片手をあげた。「どうか、ゆすり屋に見えないからといって、突っぱねないでください。本物の役者は外見も中身も変えられます。ぼくはゆすり屋になれるんです」

ニック・コリアノスは言った。「かもしれない。だが、配役を決めるのはわたしじゃない」

サー・チャールズは笑ったが、すぐに顔から笑みが消えた。立ちあがって身を乗り出し、ニックのマホガニーの机に両手を置いた。また笑ってみせたが、こんどはちがう笑みだった。声は冷ややかで、厳然として、非情だった。「〝よう、あんた、おれを追い出そうったって無駄だ。全部知ってるんだからな。おれじゃ立証できないだろうが、警察ならできる。どこを調べたらいいか教えてやればいいのさ。ウォルター・ドノヴァン。あんた、この名前に心あたりはないか？　九月一日という日付には？　ブリッジポートへ通じる道から百メートル離れた場所のことは？　スタンフォードとブリッジポートのあいだだよ。あんたは――〟」

「そこまでだ」ニックは言った。右手に物々しい黒のオートマティックが握られている。左手は机上のブザーを押している。

サー・チャールズ・ハノーヴァー・グレシャムはオートマティックを凝視《ぎょうし》した。そして見てとった――銃だけでなく、あらゆる物事を。死を目のあたりにして、ほんの一瞬、気が動転した。

だがすぐに恐怖は去り、果てしなく愉快な気分が残った。

何から何まで完璧だった。『完全犯罪』――まさしく、そう書いてあったではないか。こんなことは想像もしていなかったし、疑ってさえみなかった。

もっとも、何年にもわたって控えめなやり方だったとはいえ、ゆすられつづけてきたウェイン・キャンベルが我慢の限界に達していないはずがない――当然だろう？　そして、世界有数の劇作家なら、こんな手を考えるくらい造作もないじゃないか。

それにしても、なんと巧妙で、なんと無駄のない手口だろう。何かの機会にニック・コリアノスの弱味を握ったウェインは、それを書き記した特別なページを用意して、あの台本だけにはさんでおいたわけだ。〝余に示したとおり、台詞が軽やかに〟――

そして、このサー・チャールズ・ハノーヴァー・グレシャムが裏切らないことも確信していたはずだ。引き金がまさに引かれようとしているいまも、その気になれば自分はこうぶちまけることもできる。「ウェイン・キャンベルもこのことを知ってる。仕組んだのはあいつであって、ぼくじゃない！」

だが、いまさらそうしたところで、命が助かるわけではない。黒いオートマティックがすでにフィクションを現実に変えた。それに、キャンベルを道連れにしようと試みても、やはり自分は殺される。そんなこと――なんの得にもならないことをするはずがないと、ウェインは知っていたにちがいない。

サー・チャールズは棒立ちになっていた。手は机から離れているが、用心深く脇におろしている。そのとき、ふたりの大男が隣の部屋から広い戸口を通って、中にはいってきた。

ニックは言った。「ピート、あっちの抽斗《ひきだし》からキャンバス地の郵便袋を出せ。通用口の前に車をつけてあるか?」

「もちろんです、ボス」一方の男が身をかがめてドアから出ていった。

ニックはサー・チャールズから目を――そして冷たい銃口を――離さなかった。

サー・チャールズは微笑みかけた。「ひとつお願いがあるんですが」

「なんだ」

「ひとつだけです。いまからなさろうとしてることをする前に、ぼくに三十五秒ください」

「はあ?」

「時間を計ったことがあって、それくらいの長さになるはずです。ほとんどの役者は三十秒でやります――早口になりますから。そう、もちろん『マクベス』のあの不朽の名台詞のことですよ。三十五秒後に死ぬお許しをください。いまこの瞬間ではなく」

ニックの目が険しくなった。「よくわからんが、三十五秒くらいどうってことはない。手を見えるところに出しておくならな」

サー・チャールズは言った。「〝あす、またあす、そしてまたあすと〟――」

大男の一方がキャンバス地をまるめたものをかかえて、戸口にもどってきた。「その男、頭のねじがどうかしたんですか」

「だまってろ」ニックは言った。

そのあと、邪魔する者はなかった。苛立つ者さえいなかった。そして、三十五秒あればじゆうぶんだった。

「……消えよ、消えよ、つかの間の燭光！
人生はただの歩む影法師、哀れな役者だ。
舞台の上では気どり、騒ぎ立てるが、
そのあとは行方も知れず、聞く者もない。
それは愚者の語る物語で、喧噪に満ちているが、
そこになんの意味もない」（シェイクスピア『マクベス』第五幕第五場より。一〇六ページ引用個所のつづき）

言い終えると、沈黙が流れた。

サー・チャールズは軽く一礼して顔をあげ、観客に芝居が終わったことを示した。そして、ニックの指が引き金を絞った。

万雷の拍手が鳴り響いた。

猛犬に注意

殺意の種がワイリー・ヒューズの心に蒔《ま》かれたのは、老人が金庫をあけるのをはじめて見たときだった。

金庫には金があった。たっぷりと。

老人は整然と積まれた山のひとつから紙幣を三枚抜きとって、ワイリーに手渡した。二十ドル札だった。

「六十ドルちょうどだよ、ヒューズさん」老人は言った。「これが九回目の支払いだ」ワイリーの差し出した領収書を受けとり、金庫を閉めてダイヤルをまわした。

金庫は小さくて骨董品のような代物だった。たがねとバールを使えば、ひとりでもあけられるだろう。大きな音がするのを気にしなくてよければだが。

老人はワイリーといっしょに家の外へ出て、鉄柵まで歩いた。ワイリーを送り出して門を閉めたあと、木のそばへ行き、つないであった犬をまた自由にした。

ワイリーが振り返って門を見ると、そこにかかる注意書きにこう記されていた――〝猛犬に注意〟。

門には南京錠もかけられ、門柱には呼び鈴用のボタンがついている。アースキン老人に会いたいときは、それを押したあと、老人が家から出てきて犬をつなぎ、門の錠をあけて中へ入れてくれるまで待たなくてはならない。

南京錠つきの門など、厄介でもなんでもない。壮健な男なら、たやすく柵を乗り越えられる。だが、ひとたび庭におり立てば、アースキンが見張り用に飼っている地獄の番犬に八つ裂きにされるだろう。獰猛《どうもう》で容赦ない犬に。

人が通りかかると、腹をすかせたその痩せ犬は、顎によだれを垂らしながら殺意のみなぎる目を向けた。柵へ駆け寄ったり吠えたりはしない。うなりさえしなかった。ただそこに立ったまま、首を動かして目で人を追い、黄ばんだ歯をむき出しにするさまは、音を立てないだけにいっそう不気味だった。

その黒い犬には、憎しみに満ちた黄色い目と、ふつうの犬の荒々しさとは次元のちがうひそやかな凶暴さがあった。人殺し犬。そう、まさに地獄の番犬だ。

そして、悪夢のけだものでもある。ワイリーはその夜、そいつの夢を見た。つぎの夜も。

夢のなかで、ワイリーは何かをひどく欲していた。あるいは、どこかへ行きたかった。そこに立ちはだかったのは、よだれを顎からしたたらせ、殺意のみなぎる目を光らせた怪物のような黒い犬だった。大きさはちがうが、姿はアースキン老人の番犬そのものだった。

殺意の種はふくらんだ。

偶然にもワイリー・ヒューズは、老人の家からわずか一ブロックの場所に住んでいた。仕事の行き帰りに前を通り過ぎるたびに、ワイリーは考えた。

造作もないだろう。

犬？　毒を盛ればいい。

探りたいことがいくつかあったが、人に尋ねるのははばかられる。ワイリーは職場で、かつて老人を担当していたが別の区域へ配置換えになった集金人と根気よく親交を深めていった。

その男と何度か酒を飲みにいくうちに、老人の話題が会話に滑りこんだ。そうは言っても、ほかのたくさんの借り手について話したあとのことだ。

「アースキンのじいさんか。あれは、ただのしみったれだよ。支払いを分割にしてるのは、一度に大金を手放すのが耐えられないからだ。じいさんが貯めこんでる札束を見たことは――」

ワイリーはすばやく話題を無難なほうへ向けた。老人が家にどれほどの金を置いているかにはふれたくなかった。

ワイリーは問いかけた。「あの家にいる地獄の番犬より荒っぽい犬を見たことがあります

同僚の集金人は首を横に振った。「ないな。だれに訊いても同じだ。あの犬、じいさんのこともきらってるんだよ。無理もないがね。犬を凶暴にしておくために、ろくに餌もやらないんだから」

「ひどい話だ」ワイリーは言った。「なぜアースキンには襲いかからないんですか」

「そう訓練されてるだけだ。たまに訪ねてくる、じいさんの息子も襲わない。それと、食料品を届ける配達員もな。あとのやつはみんな八つ裂きだ」

ワイリー・ヒューズはそこで熱い炭にふれたかのように話題を変え、いつも返済が遅れるのに差し押さえをほのめかすと泣きだすやもめ女の話をはじめた。

あの犬が襲わないのは、老人のほかにふたりの人間だけだ。つまり、ワイリーと犬が互いに無傷ですれちがうことができれば、疑いはそのふたりへ向くわけだ。

大きな賭けだが、あの犬が満足に餌を与えられていないなら、勝機はある。人の心をつかむには、まず胃袋をつかめと言うが、犬の心だって同じじゃないか？

試す価値はある。

ワイリーはきわめて用心深く事を進めた。まず町の反対側にある店で肉を買った。その夜、だれにも姿を見られないように細心の注意を払いつつ、家を出て裏の路地へ向かった。

路地では真ん中を歩くよう心がけ、アースキン老人の家の前を通っても、足を止めなかった。犬は柵のすぐ内側にいて、音もなく道沿いに追ってきた。

ワイリーは柵の上から肉をひと切れ投げ入れ、そのまま歩きつづけた。角まで行って、引き返した。さっきよりほんの少し柵寄りを歩き、肉をもうひと切れ投げこむ。こんどは、犬が柵を離れて肉へ駆け寄るのが見えた。

だれにも気づかれずに家にもどり、うまく事が運んでいる手応えを感じた。たしかにあの犬は腹をすかしている。投げた肉にみずから食らいつく。すぐにも、柵の隙間から手渡したものを食べるようになるだろう。

ワイリーは念入りに計画を練り、ひとつの失策もないようにした。

必要な道具がいくつかあったが、どれも足がつかない方法で買い入れた。そして指紋を拭《ふ》きとった。犯行現場に残すつもりだからだ。

近隣住民の毎日の行動を観察したところ、同じ街区に住む人々がみな一時までに寝ること、夜勤のふたりだけは四時半まで帰宅しないことがわかった。

見まわりの警官にも気をつけなくてはいけない。明かりを消して窓に張りつき、数夜にわたって寝ずの番にいそしんだすえ、巡回は一時と四時におこなわれることを知った。

となると、最も安全なのは二時から三時だろう。

残るは犬だ。あの犬を手なずけるのは、予想した以上にたやすく、時間がかからなかった。路地に面した柵のあいだから、手渡しで餌を食べるようになった。

柵の隙間に手を入れて体をなでても、おとなしくしていた。最初に試みたときは、指の一本や二本は失うのではないかと恐れたが、要らぬ心配だった。

犬は食べ物に飢え、それに劣らず愛情に飢えていた。

地獄の番犬なんて、ばかばかしい。かつて自分がつけた呼び名の大仰さに、ワイリーは忍び笑いをした。

そしてある夜、思いきって柵を乗り越えた。犬はうれしそうに鼻を鳴らして迎えた。そうなる確信はあったものの、ワイリーはあらゆる対策を講じていた。ズボンの下には厚い革のゲートル、喉には幾重にも巻いたマフラー。与える肉はワイリーの肉体よりはるかに食欲をそそる。ここまでやれば、もう問題はない。

ついに金曜日、決行の夜が訪れた。準備は万端だ。

あまりに周到で、午後八時から午前二時まで手持ち無沙汰になった。そのため、目覚ましをかけて布で覆い、ひと眠りした。

強盗なんてたいしたことじゃない。殺人すらも。

路地を歩きながら、だれにも見られないよう、今回は特に注意した。月明かりのおかげで、裏門に掲げられた〝猛犬に注意〟の文字が読めるのを見て、ほくそ笑んだ。

猛犬に注意、か！　いまでは大笑いしたくなる。ワイリーは柵の隙間から肉を与え、犬が食べているあいだ、その頭をなでてやった。それから柵を乗り越えて、建物へ向かった。

バールでたやすく窓が開いた。

静かに階段をあがって老人の寝室へ忍び寄り、そこですべきことをした。金庫をあける音に気づかれてはならないからだ。

殺すしかなかった、とワイリーは心に言い聞かせた。驚かせたら——たとえ縛られていても——老人は叫び声をあげたかもしれない。あるいは、闇のなかであっても、こちらの正体を見抜いたかもしれない。

金庫の作業には予想より少し手こずったが、それでもたいしたことはなかった。三時よりもかなり早く——一時間以上の余裕を持って——金庫をあけて金を手に入れた。

何もかもが順調に進み、庭から外へ出ようとしてはじめて、ワイリーは何か失敗を犯したのではないかと不安を覚えた。一瞬、激しく動揺した。

けれども、無事に家に帰り着き、ひとつひとつの行動を振り返っても、警察がワイリー・ヒューズを疑うきっかけとなるものは思いあたらなかった。

安全なわが家で、人目につかない明かりをともしながら、ワイリーは金を数えた。月曜日になれば、すでに偽名で借りてある貸金庫に預けるつもりだった。

それまでの隠し場所はどこでもいいが、やはり慎重を期して、最適の場所を用意してある。昼のうちに、裏庭の大きな花壇を掘り返しておいた。

どこかの窓から見ているかもしれない近隣の者に気づかれないよう、塀の陰に身を隠しながら、掘り起こしたばかりの地面に穴を掘った。

深く埋める必要はない。ほぐれた土に浅い穴を掘って、また土をかけるのがいちばんで、それなら人目につくこともけっしてない。ワイリーは金を油紙に包んで埋め、ていねいに土をかけて跡が残らないようにした。

四時前にベッドにはいったワイリーは、心地よく体を横たえて、金を使っても怪しまれなくなった暁《あかつき》には何をしようかとあれこれ思いをめぐらした。

目が覚めたのは九時の少し前だった。またしてもふと胸騒ぎがして、激しく動揺した。何時間にも感じられる何秒間か、じっと体をこわばらせたまま、すべての行動を思い起こした。ひとつひとつ確認し、徐々に自信がよみがえった。

だれにも見られていない。何ひとつ手がかりを残していない。

犬を殺さずに巧みに通り抜けたのだから、疑いの目をほかへ向けることができたのはまちがいない。

あっけないほど簡単だった。才知に長けた者にとっては、証拠をまったく残さずに罪を犯すことぐらい、なんでもない。ばかばかしいほどたやすい。疑われるはずが――

寝室の開いた窓から、何かに興奮しているようなざわめきが聞こえた。昼番の見まわりの警官の声も混じっているらしい。だとしたら、おそらく発覚したのだろう。だが、どうやって――

窓に駆け寄って、外を見やった。

家の裏手の路地に小さな人だかりができていた。全員が裏庭をのぞきこんでいる。

ワイリーは視線をまっすぐ下へ向け、敗北を悟った。花壇の掘り返された土の上に、ばらばらになった紙幣が一面に散らばっている。まるで背の低い若木が唐突に芽吹いたかのようだ。

その上で、ちぎれた油紙に鼻先をくっつけて、あの黒い犬が眠っていた。その油紙は、ワイリーが肉を持っていくときに包み、金を持ち帰るときに包んだものだ。

危険で邪悪な犬。〝猛犬に注意〟。地獄の番犬。ワイリーにすっかりなついたあの犬は、穴を掘って柵をくぐり、家までついてきたのだった。

さまよえる少年

ドアをノックする音がした。ばあちゃんはつくろっていた靴下を膝《ひざ》の上の裁縫かごにもどすと、それをテーブルに載せて、立ちあがろうとした。

しかしそれよりも早く、かあちゃんが台所から現れ、エプロンで手をぬぐってドアをあけた。その目が冷たくなった。

外の廊下に、こざっぱりした若い男が笑顔で立っていて、金歯を二本のぞかせた。男は帽子を額《ひたい》から後ろにずらして、口を開いた。「どうも、ミセス・マードック。エディを呼んで――」

「エディはいないよ」かあちゃんの声は目つきと同じくらいきびしかった。

「いない？　〈ジェム〉にいるって聞いてたんだけど、そっちにいなかったんで、てっきり――」

「エディはいないよ」かあちゃんはこれが最後とばかりに繰り返した。廊下に立つ男がやり過ごせないほど、断固とした口調だった。

男の顔から笑みが消えていった。「帰ったら、伝えといてください。時間は九時半だって」

「なんの時間だい」マードックのかあちゃんの声には抑揚がなく、質問のようには聞こえなかった。

男のかあちゃんを見る目が急に険しくなった。金歯の男は言った。「エディにはそれでわかりますよ」きびすを返し、階段のほうへ歩いていった。

かあちゃんはゆっくりとドアを閉めた。

ばあちゃんはまた靴下に取りかかっていた。高い声で言う。「ジョニー・エヴェラードが来たのかい、エルシー。ジョニーみたいな声が聞こえたけど」

かあちゃんは閉じたドアの前にまだ立っていた。そのまま振り返らずに言った。「ブッチ・エヴェラードよ、お母さん。もうだれもあの子をジョニーとは呼ばないって」

ばあちゃんの針を動かす手は止まらない。

「ジョニー・エヴェラード」ばあちゃんは言った。「あの子は巻き毛でね、エルシー、長さが三十センチもあったんだよ。父親が床屋へ連れてって、切らせてたね。母親は泣いてたよ。このへんじゃ、あの子がいちばん早くキックスケーターを持ってたね。ローラースケートのタイヤで作ったやつだよ。しばらく家出してたんじゃなかったかね」

「そうよ」かあちゃんは言った。「五年もね。お願いだから――」

「チョコレートケーキに目がなかったねえ」ばあちゃんは言った。「あの子が新聞配達に来たときには、焼いたのがあればかならずひと切れあげたもんだよ。でも、びっくりだね、あの子が八年生のとき、エディはやっと一年生になったばかりだったんだから。エディと遊ぶにはちょっと大きすぎないかね。よく言ってやったもんだよ、あんたのお父さんは――」

愚痴《ぐち》っぽい声は徐々に小さくなって、やがて聞こえなくなった。かあちゃんはばあちゃんにちらっと目をやった。かわいそうに。ばあちゃんが生きているのは、過去でも現在でもなく、両方がごちゃ混ぜになった世界なのだ。エディはもう大人だ――それに近い。いま十七歳だ。母親の手を離れつつある。もう押さえつけておけそうにない。

ブッチ・エヴェラードと、ラリーと、スリム。そう、悪の道はまっすぐ伸びていて、怪しげな玉突き場が目のくらむような光を放っている。エディはその手のことを隠していたが、目を見ればわかった。どうにも解決できないこともこの世にはある。

かあちゃんは窓のそばまで行って、三階下の通りを見おろした。数軒先の向かい側の道路脇に、エディが最近手に入れたぼろ車が停めてある。十ドルで買ったと言っていたが、もっとかかったにちがいない。たいした車ではないが、それでも五十ドルはしたはずだ。そんなお金をどこで手に入れたのだろうか。

ばあちゃんの揺り椅子が、規則正しくギーギーと鳴っている。かあちゃんは半ば本気で、ばあちゃんのようでいられたらと思った。そうすれば、夜、ベッドで気分が悪くなるほど思い悩んで、少しでも眠るために睡眠薬を飲む必要もなくなる。エディが落ち着いて、まともな職に就く気になり、あんな連中と遊びまわるのをやめたくなるような手立ては——

ばあちゃんの声が考えをさえぎった。「あんまり顔色がよくないね、エルシー。まあ、あたしもだけどね。もう春だし、湿気やらのせいだろ。自家製の糖蜜を作っておいたからね。あんたのお父さんがよく飲んでたよ。おかげで死ぬ一週間前まで、病気ひとつしなかったもんさ」

かあちゃんは気のない声で言った。「だいじょうぶよ、お母さん。そうね——たぶん、エディが心配なせいね。あの子は——」

ばあちゃんは目をあげずに、白髪頭を縦に振った。「そのうち風邪をひくさ。昼間、あんまり外に出ないだろ。男の子はもっと外で遊ばないと。それにしてもすっかりやつれたね、エルシー。七十丁目でいちばんのべっぴんさんだったのに。エディのことが心配なんだね。あの子はいい子だよ」

かあちゃんはすばやく顔を向けた。「お母さん、わたし、エディがいい子じゃないなんてひとことも——」

ばあちゃんはくすくす笑った。「通知表に立派な星印をもらって帰ってきたこともあったね。担任の先生にばったり会ったときに言われたよ。〝ミセス・ガーヴィン、あなたのお孫さんは——〟」

かあちゃんはため息をつくと、台所にもどって洗い物の残りを片づけはじめた。ばあちゃんはまた過去にもどっていた。エディが星印の通知表をもらってきたのは、いまから八年前、九歳のときだ。そのころは、エディが将来きっと——

「エルシー、糖蜜を大さじ一杯飲みな。流しのところに置いてあるよ。あたしはもう、きょうのぶんを飲んだから」

「ええ、わかった」かあちゃんの足どりは重かった。自分がエディの育て方をまちがえたのだろうか。よくわからなかった。ほかに何ができたと？　どうやったらブッチ・エヴェラードを遠ざけられる？　ブッチはあの子になんの用があるのか？

頭が鈍《にぶ》く痛み、胸のなかが重苦しい。かあちゃんは台所のドアの上にある時計に目をやり、仕事を急いだ。八時四十分、まだ夕食の皿も洗い終わっていない。

エディ・マードックは台所のドアが閉まる音で目を覚ました。部屋は暗い。くそっ、眠りこむ気はなかったのに。すばやく手首をあげて、腕時計の光る文字盤を見つめたとたん、安堵が訪れた。まだ八時四十分だ。時間はある。暗闇のなかで微笑《ほほえ》み、うたた寝ができたことを少し得意に思った。ほかでもない今夜、眠っていられたなんて。

そう、今夜こそ決行のときだ。目が覚めたのは幸いだった。もしも遅れたり、姿を見せなかったりしたら、ブッチは機嫌を損ねるはずだ。でもまだ八時四十分なら、仲間と合流するまでかなり余裕がある。九時半に集合、十時に決行の予定だ。

だが、もし時計が遅れていたらどうする。なんせ安物だ。エディは急にこわくなって、ベッドから飛び出ると、窓のそばへ駆け寄って、通りの向こうの大時計を見やった。ふう。八時四十分——ぴったりだ。

これでなんの心配も要らない。まったく、寝過ごしでもしたら、ブッチから臆病者と思われてしまうところだ。それに——いや、不安など何もない。自分はもう、れっきとしたギャングの一員であり、これがはじめての仕事、狙いは大金だ。本物の金。

まあ、大金ではないかもしれないが、あのチケット売り場ならひとり頭二、三百ドルにはなるはずだ。はした金ってわけじゃない。

ブッチはあらゆることを計算に入れている。数あるなかから、窓口に金が最も集まる夜を選び、そのなかでもいちばんいい時間——チケット売り場が閉まる直前の十時——を選んだ。なんともみごとだ。はいる金がすべて集まったタイミングで押し入るなんて。逃げ道も確保してある。それもブッチが考えた。

エディは明かりをつけて鏡の前へ行くと、自分の姿を念入りに点検しながら、ネクタイを直し、髪に櫛《くし》を入れた。顎も注意深くなでたが、ひげを剃《そ》る必要はなさそうだった。

鏡に映る自分にウィンクをした。頭の切れそうな男がこちらを見返している。これからのしあがっていく男だ。自分が腹の据わった有能な人間であることをブッチに示せたら、たやすく金を稼げるあれこれの仕事に加えてもらえるかもしれない。

鏡台の下から靴箱を引っ張り出し、すでに艶《つや》出ししてあった革靴をさらに布で磨いた。靴の片側が少しひび割れている。まあいい、今夜のことが終わったら、新しい靴と、スーツも何着か買ったらいい。もう何件か仕事をこなしたら、ブッチのみたいな新車を買って、ぼろ車は処分しよう。

それから——部屋のドアは閉まっていたが——用心深くあたりを見まわしてから、靴箱の底へ手を突っこんで、もう使っていない靴磨き用の古い布にていねいに包んで隠してあったものを取り出した。

それはニッケルでメッキを施した三二口径の小型リボルバーであり、エディはそれを誇らしげに見た。数か所メッキが剝《は》がれているが、気にならなかった。弾《たま》ははいっているし、撃つぶんには問題ない。

ブッチからきのうもらったばかりの銃だった。「いいってことよ」ブッチは言っていた。「今回の仕事に使えるはずだ。どのみち撃ち合いにはならんだろうけどな。チケット売り場にいるのはひとりだけで、銃を見ただけで気絶しちまうはずさ。口答えひとつせずに金を差し出すだろう。おまえの取り分で、もっといいやつを買うといい。おれみたいな三八口径のオートマティックでもいいし、ショルダーホルスターも買わないとな」

手に持った銃の重みが心地よかった。小さくていい銃だ、とひとりごとを言った。しかも自分のものだ。もっといい銃を買ったあとも、きっと手もとに置いておくだろう。

エディは銃を上着のポケットに入れ、居間へ向かった。ドアを通り抜けるとき、ポケットのなかのリボルバーがドアの木枠にぶつかって鈍い金属音を立てたが、生地の厚みのおかげでくぐもって聞こえた。背筋を伸ばし、上着のボタンを留めた。気をつけなくてはいけない。最初にこういうことが起こったのが害のない場所だったのは幸運だった。

かあちゃんが台所から出てきた。微笑んだので、エディも笑みを返した。「おう、かあちゃん。寝入っちまうとは思わなかったよ。起こしてくれるように言っときゃあよかったが、でもだいじょうぶ、まだ時間はあるさ」

かあちゃんの顔から笑みが消えていった。「時間ってなんのこと?」

エディは笑いかけた。「大事なデートなんだ」笑みが少し薄れた。「どうしたんだい、かあちゃん」

「どうしても行かなくちゃいけないの、エディ? ああ、そう、洗い物も終わったし、あんたが起きたらいっしょにダブルソリティアでもやらないかと思ってたんだけど」

口調が気になり、エディは母親の顔に注意を向けた。老けたな、と急に思った。「ああ、かあちゃん、できればそうしたいんだけど――」

ばあちゃんの揺り椅子がきしんで、静寂を破った。

「ジョニーが来てたんだよ、エディ」ばあちゃんの声が言った。「あの子が言うには――」

かあちゃんがすぐに割ってはいった。〝ジョニー〟という名前にエディが困惑しているのがわかったからだ。エディはジョニーがだれだかを知らない。ばあちゃんはブッチ・エヴェラードのことを、おもちゃの赤い車に乗って表で遊んでいた幼いジョニーだとまだ思っていて――

「ジョニー・マーフィーのことよ」かあちゃんは言った。ばあちゃんが何を言おうとしていたのであれ、エディの耳に入れたくなかった。「ジョニーのことは――あんたは知らないんじゃないかな。ちょっと用事があったらしくて」さりげなく響くようにつとめ、どうにかもう一度笑ってみせる。「ダブルソリティアをやりましょうよ、エディ。ほんの一回か二回」

エディは首を横に振った。「大事なデートなんだ、かあちゃん」もう一度言う。

エディはほんとうにすまないと思っていた。まあ、これから埋め合わせはしていけるはずだ。いろんなものを買ってやって、それから――そうだ、もしほんとうに出世できたら、町のはずれに土地を買って、そこにかあちゃんとばあちゃんを住まわせて、いい暮らしをさせてやろう。大物ってのは、家族にそんなふうにしてやるものじゃないか？

ばあちゃんが台所のほうへ歩いていった。エディはそれを目で追った。かあちゃんと目を合わせたくなかったからだ。エディはふと、ばあちゃんがさっきジョニーがどうとか言いかけていたことを思い出した。

「ねえ。ジョニーのことだけど――ばあちゃんはブッチのことを言ってたんじゃない？　ブッチがうちへ来たのかい」

　かあちゃんがまっすぐ見つめてきたので、エディも仕方なく目を合わせた。かあちゃんは言った。「あんたの〝大事なデート〟の相手はブッチなんだろう、エディ？　ねえ、エディ、あいつは――」声が濁《にご》る。

「ブッチは変なやつじゃない」エディは少し反発をこめて言った。「いいやつさ、ブッチは。あの人は――」

　そこでことばを切った。やめよう。言い争いはしたくない。

「なあ、エディ」ばあちゃんが台所の戸口から声をかけた。ありがたい横槍だった。けれどもその手には、自家製のまずい糖蜜のはいった大ぶりのスプーンが握られていた。まあ、仕方ない、人のいいばあちゃんのとんちんかんな思いつきでこの場を逃れられるのだから。エディは近づいていって、スプーンに載ったそのひどい代物を口に入れた。

「ありがとう、ばあちゃん。おやすみ、かあちゃん。先に寝てていいさ」

　エディはドアへ向かった。しかし、そう簡単にはいかなかった。かあちゃんが袖をつかんで言った。「エディ、お願い。聞いて――」

　ああ、ここでぐずぐずと言い争っていたら、よけいまずいことになる。エディは袖をつかむ手を振りほどき、また引き止められる前にドアの外へ出た。たぶんあと三十分近く家にいられたはずだが、かあちゃんがあんなふうに取り乱している以上は無理だった。仲間のところへ行くまで、ぼろ車のなかで時間をつぶそう。

かあちゃんはドアへ向かおうとして、立ち止まった。両手で目を覆ったが、涙は出なかった。せめて大声でわめくことができたら——でも、ばあちゃんに相談はできない。悩みを分かち合うこともできないのか。

「気つけ薬でも飲んだらどう、エルシー」

「そうね」かあちゃんはぼんやりした声で言った。テーブルまでゆっくり歩き、椅子に腰をおろした。テーブルについた抽斗《ひきだし》からトランプのカードをひと組取り出して、ソリティアの形に並べていく。エディが帰ってくるまでは、眠ろうとしても無駄だとわかっていた。どんなに帰りが遅くなろうと。

ばあちゃんがもどってきて、窓際へ行った。ときどき、ばあちゃんはその窓から外をながめてそのまま一時間過ごす。年寄りは時間つぶしに苦労しない。

かあちゃんはばあちゃんを見て、うらやましく思った。歳をとると、物事を気にしなくなる。ほとんどの時間を過去の世界で過ごし、現在はあひるの背中を流れる水のようにまわりを流れ去っていく。

かあちゃんは懸命になって、ソリティアで勝つことに気持ちを集中しようとした。世の中には、勝ち方のわからないゲームがほかにもいろいろある。

一回目はうまくいかなかった。つぎのゲームは最後までやりきった。そのつぎはエースすらめくれずに行きづまった。それからまた並べなおした。

赤のジャックに黒の10を載せようとしたところで、手が止まった。階段をのぼる足音が聞こえた。エディが帰ったのだろうか？

いや、ちがう、エディの足音ではない。かあちゃんはゲームにもどる前に時計へ目をやった。十時半。そろそろばあちゃんが寝る時間だ。

エディのものではない足音が近づいていた。そしてドアの外で止まった。重たげなノックが響いた。

かあちゃんは胸に手をやった。脚が動かなくて、立てそうにない。「どうぞ」

警官がひとりはいってきて、ドアを閉めた。かあちゃんの目は制服に釘《くぎ》づけになっていたが、耳にはばあちゃんの声が響いた。

「ディッキー・ウィーラーね。元気にしてるかい、ディッキー」

警官は一瞬、笑顔を見せた。「いまはウィーラー警部だよ、ばあちゃん。でも、まだディッキーと呼んでくれてうれしいよ」

それから、かあちゃんのほうに向きなおり、表情を変えた。「エディはいますか、ミセス・マードック」

かあちゃんはのろのろと立ちあがった。「いえ――あの子は――」だが、知っていると言えるほどの情報は何も持っていなかった。「教えて！　何があったの？」

「三十分前」ウィーラー警部は言った。「閉店間際の〈ビジュー〉のチケット売り場に、男が四人押し入りました。そこに警察車が通りかかって――その、撃ち合いになったんです。四人のうち、ふたりは死亡し、ひとりは重体です。残りのひとりは逃走しました」

「エディは――」

ウィーラーは首を左右に振った。「三人の名前はわかっています。ブッチ・エヴェラード、スリム・ラゴーニ、それにウォルターズという男です。四人目は――みんな覆面をしていました。エディが家にいてくれたらと思ったんですがね。連中とつるんでいるのは知っていますから」

かあちゃんは立ちあがった。「あの子は十時にはここにいました。出かけたのはほんの数分前なんです。だから――」

ウィーラーは彼女の肩に手を置いた。「もういい、かあちゃん」ミセス・マードックと呼ばなくなっていたが、どちらもそのことには気づかない。「逃げた男は腕に怪我をしています。帰ってきたエディに傷がなければ、アリバイは要りません」

「ディッキー」ばあちゃんは言った。揺り椅子のきしむ音が止まっている。「エディはあの子はいい子だよ。今夜からは心を入れ替えるさ」

ウィーラー警部は目を合わせられなかった。今夜からは、か――いや、そうは言っても、こちらはすべてを話したわけではない。警察車に乗っていた巡査もひとり殺されたのだ。逃げた男は死刑になってもおかしくない。

だが、ばあちゃんの声はつづいた。「あの子はまだほんの子供だよ、ディッキー。さまよえる少年ってとこだ。警察署に連れていったら、縮みあがるさ。死体を見せてやったらいい。懲《こ》らしめてやらなきゃね、ディッキー」

かあちゃんはばあちゃんを見た。「もうやめて、お母さん。わかってるでしょ――何がなんでもあの子を引き止めればよかった」

「あの子はポケットに銃を入れてたよ、エルシー」ばあちゃんは言った。「あの子が部屋から出てくるときに、ドアにぶつける音が聞こえたんだ。それと、あんたがジョニー・エヴェラードについて言ってたことを合わせると――」

「お母さん」かあちゃんは疲れた声で言った。「もう寝ましょう」もう怒る気力も残っていなかった。「話をまずくするだけよ」

「だけどね、エルシー。エディは行かなかったんだよ。それを言おうとしてるのに。あの子はいまも、通りの向こうの車のなかにいるよ。ずっとあそこにいたのさ」

ウィーラーはばあちゃんに鋭く目を向けた。かあちゃんは息が止まりそうだった。

ばあちゃんはうなずいた。目には涙が光っていた。「あの子を止めなきゃいけないことはわかってたよ」さらにつづける。「あんたの睡眠薬さ、エルシー。それを四粒、糖蜜に混ぜてあの子に飲ませたんだ。すぐに効き目が出るのはわかってたから、窓から見てたのさ。あの子はよろめきながら通りを渡って、車に乗ったけど、発進しなかった。下へ行って、あの子を捕まえてきておくれ、ディッキー・ウィーラー。すっかり目が覚めたら、さっきあたしが言ったようにしてちょうだい」

姿なき殺人者

古めかしいが美しく磨きあげられた車が、大きな田舎屋敷の私道に乗り入れてきた。屋敷のポーチへとつづく板石の小道の真向かいで停止する。ヘンリー・スミス氏は車をおりた。屋敷へ数歩近づいたところで、玄関のドアにかかった花輪が目にはいり、足を止める。何やら怪しむように、「なんと、なんと」だろうか、そんなふうにつぶやいて、しばらく立ち止まったままでいた。金縁《きんぶち》の鼻眼鏡をはずし、レンズをていねいに磨く。

スミス氏は眼鏡をかけなおし、ふたたび屋敷に目をやった。今回は視線をやや上へ向けている。屋根の上は平たく、高さ一メートル近い手すり壁に囲まれていた。その壁の向こうから、青いサージのスーツを着た大男がスミス氏を見おろしている。一陣の風が大男の上着をひるがえし、ショルダーホルスターに入れられたリボルバーがあらわになった。大男は上着の前をつかんでボタンを留め、後ろへさがって姿を消した。スミス氏はもう一度、こんどはまちがいなく口にした。「なんと、なんと！」

スミス氏はグレーの山高帽《やまたかぼう》をまっすぐに正してから、ポーチにあがって玄関のベルを鳴らした。一分ほどしてドアが開いた。現れたのは屋上にいたあの大男で、怪訝《けげん》そうにスミス氏を見おろしている。その男の身長がゆうに百八十センチを超えるのに対し、スミス氏は百六十五センチほどしかない。

「何かな」大男は言った。

「ヘンリー・スミスと申します」スミス氏は答えた。「ウォルター・ペリーさまにお目にかかりたいのですが、ご在宅でしょうか」

「いや」

「すぐにおもどりでしょうか」スミス氏は尋ねた。「わたくし……その、ペリーさまとお約束がございましてて。と申しましても、厳密には約束ではありませんがね。つまり、何時とは決めてありませんから。ただ、きのうお電話でお話ししたときに、きょうの午後に寄るように言われまして」ドアにかかった弔《とむら》いの花輪をちらりと見る。「まさかペリーさまが……その――」

「ちがう」大男は答えた。「ウォルターじゃなくて、やつの伯父さんだ」

「では、殺されたのでしょうか」

大男の目がほんの少し大きく開いた。「なぜそれを？　新聞にはまだ――」

「ただの推測です」スミス氏は言った。「屋上にいらっしゃったとき、風で上着がはためいて、銃をお持ちなのが見えました。そのことと、あなたの……つまり……見た目の印象から、捜査関係のお仕事のかた、おそらくは郡の保安官ではないかと。殺人があったというわたくしの推測が正しいのであれば、少なくとも捜査関係ではいらっしゃるはずで……さもないと――」

大男は含み笑いをした。「保安官のオズバーンだ、殺人犯じゃない」そう言って、帽子を頭の後ろへ押しあげる。「で、ウォルター・ペリーになんの用だったのかな、ミスター……」

「スミスです。ファランクス保険会社のヘンリー・スミスです。ウォルター・ペリーさまとは、生命保険の件でお話がございました。もっとも、弊社では火災保険、盗難保険、損害保険も取り扱っております。この国で最も歴史ある大手企業のひとつでして」

「ああ、ファランクスなら聞いたことがある。いったい、ウォルター・ペリーはあんたにどんな用があったんだ。まあ、はいってくれ。ここで立ち話をしたってしかたがない。家にはだれもいないよ」

保安官は玄関を通り、贅沢に設《しつら》えられた大広間へ案内した。隅にはスタインウェイのマホガニー製グランドピアノが置いてある。大仰なソファーにすわるようスミス氏に手で促《うなが》し、自分はピアノの椅子に腰かけた。

スミス氏は毛長ビロードのソファーに腰をおろし、グレーの山高帽をそっと隣へ置いた。「事件は」スミス氏は言った。「思うに、昨夜起こったのではないでしょうか。あなたはウォルター・ペリーを容疑者として勾留していらっしゃるのでは?」

保安官は首を少しかしげて尋ねた。「何を根拠にそう思うんだね」

「どう考えましても」スミス氏は言った。「ウォルターさまときのうの遅くにお話ししたときには、まだ何も起こっていませんでした。起こっていたら、きっとその話題を出されたはずです。一方、もしきょう起こったのだとしたら、いまごろ鑑識関係者や葬儀屋や保安官補やカメラマンが忙しく飛びまわっているはずです。遅くともけさ早くまでに発見されていなければ、そういう作業をすべてすませることはできません。それに……片づけることも……その、遺体をです。もうすんだと思うのは、花輪がかけられているからです。葬儀業者がここへ来たしるしですよ。家にはほかにだれもいないとおっしゃいましたか? これだけ大きなお屋敷であれば、使用人が必要ではありませんか」

「ああ」保安官は言った。「庭師がどこかそのへんにいるのと、馬の世話をする係がいる──馬の飼育と繁殖がカルロス・ペリーの趣味だったからな。だが、いるのは家の外だ──庭師と馬の世話係はね。中で働く使用人は家政婦と料理人だけだ。家政婦は二日前にやめて、代わりはまだ雇われていないし、料理人は──おい、まるでわたしが尋問されているみたいじゃないか。ウォルターを容疑者として勾留していると、どうしてわかった?」

「さほど突飛ではない推理ですよ、保安官」スミス氏は言った。「ご本人が不在でいらっしゃること、あなたの態度、そしてどんなご用向きだったかにあなたがご興味をお持ちだったことの三点によります。カルロス・ペリーさまは、いつどのように殺されたのでしょうか」

「検死医によると、午前二時の少しあと、あるいは少し前だそうだ。ベッドで寝ているところを、刃物でやられた。家にはだれもいなかった」

「ウォルター・ペリーさまはいらっしゃったでしょう？」

保安官は眉をひそめた。「いや、いなかったんだ。ただし、いったい——おい、質問しているのはわたしだぞ、スミスさん。ウォルターにどんな用があったのかね」

「以前、保険をお売りしたんですよ——たいした額ではない、三千ドルのものをね。数年前、市内の大学にかよっていらっしゃったときのことです。ところが、きのう本社から受けた連絡によりますと、直近の保険料が支払われず、猶予期間も過ぎているとのことでした。となると、契約が失効し、あとは解約返戻金《へんれい》が支払われるだけですが、契約期間は三年未満ですから、いくらもありません。ただ、猶予期間の満了から二十四時間以内に保険料をお支払いいただき、健康状態が良好で、契約日以降に重病に冒されていないという内容の証書にご署名くだされば、また有効になります。それに、保険料の増額もご検討いただきたいと思っておりまして……ところで、カルロス・ペリーさまが殺害された時刻に、この家にはほかにだれもいなかったと断定できるのはなぜでしょうか」

「それはだな」保安官は言った。「家の上に男がふたりいたからだ」

「家の上に？　すると、屋上ですか」

保安官は陰気な顔でうなずいた。「そうだ。市内から私立探偵がふたり来ていて、互いのアリバイになっているだけでなく、ほかのあらゆる人間のアリバイも証明できる。シアトルのアディソン・シムズ氏（一九〇〇年代の広告で有名な架空の人物）すらな」無愛想に言う。「ひょっとしたら、あんたがウォルターに会う用が何かの形で結びつくかと期待したんだが、空振りらしい。何かあったら、会社を通して連絡できるな？」

「もちろんです」スミス氏は言った。帰るそぶりは見せない。

保安官は後ろを向き、グランドピアノの鍵盤へ手を伸ばした。不機嫌そうな指一本で、ぎこちなく〈ピーター・ピーター・パンプキン・イーター〉（英語の童歌）の節を叩き出す。

スミス氏はコンサートが終わるのを辛抱強く待った。

「なぜ屋上にふたりも探偵がいたのですか、保安官。警告文とか、何かの脅《おど》しでもあったと？」

オズバーン保安官はピアノの椅子の上で向きを変え、小柄な保険外交員を仏頂面で見た。

スミス氏は挑むように微笑を漂わせた。「邪魔立てをするつもりはありませんが、この事件をできるものなら解決することが、わたくしの仕事の一部であり、会社に対する責務であることをご理解いただきたく存じます」

「なぜだね。伯父に保険はかかっていなかったんだろう？」

「はい、ウォルターさまだけです。しかし、問題となるのは——ウォルター・ペリーは殺人犯なのかどうかでしてね。もしそうなら、わたくしが保険を更新してしまうと、会社に損害を与えることになります。逆に無実なら、このままでは契約が失効してしまうとお伝えしなければ、お客さまに損害を与えることになります。ですから、わたくしの好奇心が単なる……そう……好奇心ではないのだとご理解いただきたい」

　保安官は鼻を鳴らした。

「脅しや警告があったのですか」スミス氏は訊いた。

　保安官は大きく息をついた。「ああ、三日前に手紙が届いたよ。おまえが楽曲を盗んで――正確には、剽窃《ひょうせつ》してと言うんだろうが――痛手を与えた相手全員に弁償しなければ殺す、という内容だ。知っているだろうが、カルロス・ペリーは音楽出版社をやっていたんでね」

「ウォルターさまから聞いたことがあります。ウィスラー・アンド・カンパニーですね。ウイスラーというのはどなたでしょうか」

「そんなやつはいないんだ」保安官は言った。「話せば長いんだが――わかった、教えてやろう。カルロス・ペリーは昔ボードビルに出ていて、ソロの口笛吹きだった。まだボードビルがあった大昔のことだ。助手の女を雇ったとき、自分の名前を使わずに〝口笛吹きと相棒《ウイスラー・アンド・カンパニー》〟と名乗ったんだ。わかるだろ？」

「そして、のちに楽曲出版の仕事をはじめたとき、同じ名前を社名に使ったと。なるほど。で、ほんとうに顧客をだましていたのですか」

保安官は答えた。「そのようだな。二、三曲、自分で書いたのがけっこう売れて、手にはいった金で会社を興したんだ。やり口は汚かったらしい。十回ばかり訴えられているが、たいていは勝訴して、そのまま儲けつづけた。金はたっぷりあった。百万長者とは言わないが、その半分くらいのドルは稼いだろう。

そして三日前、脅迫状が郵便で届くと、ペリーはわれわれにそれを見せて、警備をつけてくれと頼んできた。郡としては、手紙の送り主の捜査はできても、自宅の警備にずっと人を置くわけにはいかないから、それが望みならだれか雇う必要があると説得した。するとペリーは市内へ行き、探偵社でふたり雇った」

「信頼できる探偵社でしょうか」

「ああ、インターナショナル社だ。腕利きのクラウスとロバーツを派遣してきた」

ピアノの上で休んでいた保安官の手が鍵盤を叩いた。本人は和音のつもりだったのだろうが、そうならなかった。スミス氏はわずかに顔をゆがめた。

「ゆうべ」保安官はつづけた。「事件が起こったとき、この家にも周辺にも、家の主と——つまり、カルロス・ペリーと——インターナショナル社のふたりのほかにはだれもいなかった。ウォルターはひと晩じゅう街にいて、ショーを観てホテルに泊まったと言っている。裏はとった。ホテルへ行ったことはまちがいないが、部屋にずっといたかどうかまでは確認できない。チェックインしたのは十二時ごろで、朝八時に起こしてもらうよう頼んでいた。ここまで来てもどる余裕はじゅうぶんある。

使用人だが――そう、家政婦が辞めて、まだ代わりがいないことはさっき言ったな。偶然だが、残りの三人はここにいなかった。料理人は母親が重病で、まだここにもどっていない。庭番は夜間休暇の日で、いつもどおり、ダータウンの妹夫婦の家で過ごした。もうひとり、馬の調教師だか世話係だか、呼び方はどうでもいいが、そいつは釘《くぎ》を踏んづけた足が膿《う》んだとかで、市内の医者のところへ行っていた。ペリーのトラックで出かけたんだが、そいつが故障してね。ペリーに電話すると、車を終夜営業の修理工場に預けて町でひと晩泊まり、朝になったら乗って帰ってくるようにと言われたそうだ。そんなわけで、馬と二匹の猫を除くと、家にいたのはペリーとふたりの探偵だけだ」

スミス氏は重々しくうなずいた。「検死医によると、殺人は午前二時ごろに起こったのですね？」

「かなり正確な時刻だろうと言っていて、根拠もある。ペリーが寝たのは十二時ごろだが、自分の部屋へあがる直前に、冷蔵庫にあったものを少し食べている。探偵の片割れのロバーツがいっしょに台所にいたから、何時に何を食べたかまで証言できる。それをもとに――死亡時刻の推定のしかたは知っているだろうが――消化の進み具合を見たわけだ。つまり――」

「ええ、わかります」スミス氏は言った。

「屋上へ出よう」保安官は言った。「残りは自分の目で見てもらったほうが、口で言うより早い」

保安官がピアノの椅子から立ちあがり、階段へ向かうと、とても大きな彗星のとても小さな尾のように、スミス氏がつづいた。保安官は振り返って話しかけた。

「で、ペリーは十二時ごろ眠った。探偵ふたりは屋敷の内外を入念に調べてまわったが、だれも見つからなかった。ふたりともそう宣誓証言するだろうし、さっきも言ったように腕利きの男たちだ」

「そして」スミス氏は明るい声で言った。「もし十二時の時点で敷地内にひそんでいた者がいたとしたら、それはウォルター・ペリーではありえない。十二時にホテルにチェックインしたことが確認できていますからね」

「そうだ」保安官は低い声で言った。「だが、だれもいなかったんだよ。ロバーツとクラウスは、もしだれかいたと判明したら免許を返上してもいいと言いきっている。ふたりはここを通って屋上へあがった。きのうは月が出ていて、見張るのに最高の場所だったからな。この上だ」

二階の奥の廊下から梯子《はしご》をのぼり、あけ放たれた天窓から平らな屋上へ出る。スミス氏は手すり壁のほうへ歩いていった。

オズバーン保安官は大きな手を振った。「見ろ。どの方角もだいたい四分の一マイルか、それ以上は見渡せる。月の光もあった。低く出ていたから、文字が読めるほど明るくはなかったかもしれないがね。とにかく、インターナショナル社のふたりは、十二時ごろから二時半までこの屋上にいた。そこらの草地を横切った者も通り沿いを来た者もいなかったと断言している」

「ふたりとも、ずっと見張りを？」

「そうだ」保安官は答えた。「交替で見張ることになった。まずはクラウスが休憩する番だったが、屋上は居心地がよくて眠くもなかったから、寝にいかずにずっとロバーツと話していた。すべての方角から一秒も目を離さなかったわけじゃないにしろ、何者かが周囲の土地を横切るにはかなりの時間がかかるから、目に留まらないはずがない。それは不可能だったとふたりは言っている」

「そして、二時半には？」

保安官は眉間《みけん》に皺《しわ》を寄せた。「二時半にクラウスが下へ行って仮眠をとることにした。天窓をくぐっているとき、ベルが鳴りだすのを聞いた——電話のベルだ。電話は一階にあるが、二階にも内線が引いてあって、両方で鳴るようになっている。

クラウスは電話に出るべきかどうか迷った。ここみたいな田舎じゃ、家ごとに呼び出し音がちがうことを知っていて、それがペリーの音かどうかわからなかったからだ。屋上へもどってロバーツに尋ねると、あれはペリーの呼び出し音だと言うんで、クラウスは下へおりて受話器をとった。

電話はたいした用じゃなかった。ちょっとした手ちがいさ。馬の世話係のマークルは、終夜営業の修理工場に対して、トラックの準備ができたかどうかを自分から電話してたしかめると伝えてあり、翌朝起きたらそうするつもりだった。ところが修理工のほうは勘ちがいして、修理が終わりしだい電話するよう言われたと思っていた。マークルが市内に泊まってるのも知らずにな。だから、トラックの準備ができたと屋敷に電話してきたんだ。鈍《にぶ》いやつだよ。修理工場の夜勤の男のことだがね」

オズバーン保安官は帽子をさらに後ろへ傾《かたむ》けたが、気まぐれなそよ風に飛ばされそうになり、あわてて引っつかんだ。「クラウスはそのあと、電話の音でペリーが目を覚まさないのを不審に思った。電話は寝室のすぐ外にあったし、ペリーの眠りが浅いのを知っていたからな。本人がそう言ったらしい。それで寝室を調べにいって、ペリーが死んでいるのを発見した」

スミス氏はうなずいた。「それから、敷地内をもう一度調べたのですね」

「いや。あいつらはもっと利口さ。腕利きだとさっきも言ったろう。クラウスが上へ行って報告すると、ロバーツはそのまま屋上に残って見張りをつづけた。まだ犯人が敷地内にいて、逃げていく姿が見えるかもしれないと思ってな。クラウスは下へおりてわたしに電話し、わたしが部下を何人か連れてここへ向かってるあいだ、もう一度あたりを調べた。ロバーツはずっと上で見張っていた。クラウスは屋敷も厩舎《きゆうしや》も全部調べてまわり、われわれが到着したあと、みなでもう一度隅々まで見てまわった。どこにもだれもいなかったよ。わかったか?」

スミス氏はまた重々しくうなずいた。金縁眼鏡をはずして磨いてから、低い手すり壁に沿って歩き、景色をじっくり観察する。

保安官はそのあとにつづいた。「月は北西に低く出ていたんだよ。つまり、屋敷の影が厩舎のほうへ落ちていたということだ。厩舎までの道のりはたいしたことないが、あそこまで往復するには、あのだだっぴろい草地を横切って、ずっと向こうの路肩の木立まで行かなきゃいけない。あんなところを突っ切ればいやでも目立っちまう。

厩舎のほかに、いちばん近場で身を隠せるのがあの木立だ。あそこから草地を横切るのに十分はかかるだろうから、やれたはずはない」

「そんな真似をする愚《おろ》か者はいないでしょうね。月明かりは、どちらの立場でもうまく利用できたはずです。つまり、犯人からも屋上のふたりの姿がよく見えていた。そのふたりが手すり壁の後ろに隠れていたのなら話は別ですがね。どうだったでしょうか」

「隠れちゃいなかったさ。だれかを罠にかけようとしていたわけじゃないからな。ただあたりを見張っていただけだ。たいていは手すり壁の上にすわって、しゃべりながらそれぞれ別の方角を見ていた。あんたの言うとおり、ふたりから犯人が容易に見えたように、犯人からもふたりが見えたはずだ」

「ふうむ」スミス氏は言った。「ところで、なぜウォルター・ペリーを勾留なさっているのか、まだ話してくださっていません。察するに、遺産を相続なさるのではないでしょうか――だとしたら動機になりえますから。しかし、ウィスラー・アンド・カンパニーの倫理観について先ほどおっしゃったことを考えると、動機のある人物はほかにもおおぜいいそうですね」

保安官はしかめ面でうなずいた。「何十人もいるだろうよ。あの脅迫状を信用できるなら な」

「できないのですか」

「できない。ウォルター・ペリーがあれを書いて伯父に送りつけたんだ。やつが使ったタイプライターと便箋《びんせん》を突き止めた。本人も自分が書いたと認めている」

「なんと、なんと」スミス氏は深刻な面持ちで言った。「理由は言っていましたか」

「言っていたよ、妙ちきりんな理由をな。どのみち会いたいんだろうから、本人から直接聞いたらどうだね」

「それは妙案です、保安官。どうもありがとうございます」

「いいさ。口に出して考えてみたら、犯行の手口について何かひらめくかと思ったが、そうはいかなかったよ。まあ、しかたがない。さあ、留置場のマイクに、ウォルターに面会する許可をわたしからもらったと言うんだ。マイクが信じないようなら、ここへ電話させろ。ましばらくいるから」

開いたままの天窓の近くで、ヘンリー・スミス氏はいま一度、あたりの風景を見渡した。デニムのつなぎ服を着た長身瘦軀《そうく》の男が馬にまたがって、厩舎の奥から草地へ走り出るのが見えた。

「あれが調教師のマークルですか」スミス氏は尋ねた。

「ああ」保安官は言った。「まるで自分の子供みたいに馬を手なずけているよ。いいやつさ、あいつの馬をばかにしないかぎり――そう、それはやめたほうがいい」

「そんなことはいたしません」スミス氏は言った。

名残を惜しむようにあたりをしっかり見つめてから、スミス氏は梯子と階段をおりて、車に乗りこんだ。考えにふけりながらゆっくりと運転して、郡都へ向かう。

留置場のマイクは、オズバーン保安官がウォルター・ペリーとの面会を許可したという話を信じた。

ウォルター・ペリーは生まじめそうな瘦せ形の若者で、レンズの厚い鼈甲縁《べっこうぶち》の眼鏡をかけていた。スミス氏に向かって悲しげに微笑《ほほえ》む。「保険の継続のことで会いにきてくれたんですね？　でも、いまはもちろん、そんな気も失せたでしょう。それもやむをえない」

スミス氏はウォルターをじっと見た。「あなたは伯父さまを……その……殺していないのでしょう？」

「はい、もちろん」

「でしたら、ここに署名をお願いします」スミス氏はポケットから書類を取り出して、万年筆のキャップをゆるめた。ウォルターが署名すると、用紙をていねいにたたみ、ポケットにふたたびおさめた。

「ただ、ペリーさま、もしよかったら」スミス氏は言った。「教えていただきたいのですが、なぜあなたは……その——オズバーン保安官のお話によりますと、殺害をほのめかす手紙を伯父さま宛に送ったと、あなたはお認めになったそうですね。それはほんとうですか」

ウォルター・ペリーはため息をついた。「ええ、ほんとうです」

「なぜそんな思慮のない真似をなさったのですか。実行するつもりなどまったくなかったのでしょう?」

「ありませんでした。もちろん、ばかなことだと思いますよ。どうかしていたんです。あんなことをしても無駄だと気づくべきでした。伯父相手にはね」ウォルターはふたたびため息をつき、監房の寝台のへりに腰をおろした。「伯父は詐欺師でしたけど、臆病者ではなかったらしい。ほめられたものかどうか、わかりませんけどね。死んでしまったとなると、いまさら——」

スミス氏は同情するようにうなずいた。「あなたの伯父さまはおおぜいの作曲家を欺《あざむ》いて、著作権使用料を払わずにすませていた。伯父さまを脅して、被害を受けた人たちに弁償させるつもりだったんですか」

ウォルター・ペリーはうなずいた。「ばかでしたよ。一時の気の迷いってやつです。そんなことをしたのは、伯父が元気になったからでした」

「元気になったから？　いったいそれは――」

「きっかけからお話ししたほうがよさそうですね、スミスさん。あれは二年前、ぼくが大学を卒業したころでしたが――学費は自分で稼いで、伯父の世話にはなっていません――ウィスラー・アンド・カンパニーがどんな会社なのかをはじめて知ったんです。伯父のかつての知り合いたちにたまたま会う機会がありましてね。昔のボードビルの仲間で、伯父といっしょに巡業していた人たちです。みんな、伯父を恨んでいました。調べてみたら、伯父が争ってきた数々の裁判のことがわかって――それで、確信したんです。伯父の身内で生きてるのはぼくだけで、自分が相続人であることは知っていました。でも、汚れた金なら――ええ、そんなものはほしくなかった。ぼくたちは口論になって、伯父はぼくを相続人からはずし、そのときはそれで終わりでした。ところが一年前、わかったことがあって――」

ウォルターは口をつぐみ、監房のドアの格子を見つめた。「何がわかったのですか」スミス氏は促した。

「偶然知ったんですが、伯父には何か心臓の病気があって、医者の見立てでは、先が長くないということでした。おそらく一年もたないだろうと。それで――まあ、ぼくの動機が善意によるものとはだれにも信じてもらえないでしょうが、このままじゃ、伯父にだまされた人たちを助ける機会を逃してしまうと思ったんです。ぼくが相続人となったら、伯父が死んだあとで被害者に補償できる。わかるでしょう？」

ウォルター・ペリーは寝台に腰かけたまま、小柄な保険外交員を見あげた。スミス氏はウォルターの顔をまじまじと見て、うなずいた。

「だから和解したと？」スミス氏は尋ねた。

「そうです、スミスさん。偽善だという見方もあるでしょうが、伯父が犯した罪の埋め合わせができると思いました。ぼく自身は、伯父の金なんかまったくほしくない。でも、被害に遭った人たちのことはほんとうに気の毒で――だから、その人たちのために偽善者になることにしたんです」

「その人たちとは直接の知り合いだったのですか」

「全員ではありませんけど、昔の訴訟の記録を調べれば、知らない人たちの情報もほとんど見つかるはずでした。最初に会ったのはウェイド・アンド・ウィーラーという昔のボードビリアンです。そのふたりを通じて何人かに会い、ほかにも数人を見つけました。みんな、伯父を毒みたいにきらってましたが、無理もありません」

スミス氏は思いやるようにうなずいた。「しかし、あの脅迫状ですが、あれはどうからんでくるんですか」

「一週間ほど前、伯父の心臓がだいぶよくなっていると知ったんです。新しい薬を使った治療法ができたらしく、完全回復とまではいきませんが、あと二十年生きる可能性がじゅうぶんにあった。まだ四十八歳でしたからね。それで、ええ、事情が変わったんですよ」

ウォルターは悲しげに笑い、先をつづけた。「そんなに長いあいだ、自分の偽善に耐えつづけられるかどうかわかりませんでしたし、何より、損害を受けた多くの人たちに対して弁償が間に合うとも思えませんでした。たとえば、ウェイドとウィーラーのふたりは伯父よりもいくつか年長です。ほかの何人かも含めて、伯父のほうが長生きするかもしれない。わかるでしょう？」

「そこで、あなたは意を決し、伯父さまにだまされた人々のひとりを装って、殺害をほのめかす脅迫状を書いた。怖じ気づいた伯父さまが弁償するかもしれないと思ったのですね」

「意を決したというほどじゃありません」ウォルター・ペリーは言った。「よく考えれば、あんなことに効果を期待するのがどんなにばかげているか、気がついただろうに。伯父は探偵を雇っただけでした。そして殺されてしまい、ぼくはこのとおり、みごとな窮地に陥《おちい》ったというわけです。脅迫状の送り主はまちがいなくぼくですから、殺しもぼくのしわざだとオズバーン保安官が思うのもやむをえません」

スミス氏はくすくすと笑った。「あなたにとっては幸いなことに、犯人がだれであれ、どうやって伯父さまを殺せたかを保安官は突き止めていません。ところで……あなたのいたずら、つまり脅迫状のことを知っている人はほかにいたでしょうか。もちろん、あなたが書き送ったことを保安官が知る前、そしてあなたがそれを認める前からということです」

「ええ、いますよ。あれを受けとった伯父の反応にがっかりしたものですから、ウェイドとウィーラー、それから著作権使用料で損害を受けた何人かにその話をしました。もっといいアイディアがあれば教えてもらいたいと思ったんでね。何もありませんでしたけど」

「ウェイドとウィーラー――そのふたりは市内に住んでいるのですか」

「ええ。むろん、ボードビルはもうやめてますけどね。いまはテレビで端役をやっています」

「ふうむ」スミス氏は言った。「何はさておき、保険継続の書類にご署名くださって、ありがとうございました。ここからお出になったら、追加の保険契約について、あらためてご相談したく存じます。ご結婚なさるつもりだと、きのうおっしゃいましたね？」

「ああ、きのうはね」ウォルター・ペリーは言った。「まだそのつもりですよ、保安官に殺人犯だと断定されなければね。ええ、スミスさん、このごたごたから抜け出せたら、喜んで検討しましょう」

スミス氏は微笑んだ。「でしたら、ファランクス保険会社といたしましても、あなたさまの一刻も早い釈放をいっそう強く願うところでございますよ。これからもどって、保安官ともう一度話をしてまいります」

ヘンリー・スミス氏は、さっき来たときよりもさらにゆっくりと、考えをめぐらしながらペリーの屋敷へ車を走らせた。ただし、ずっと乗っていたわけではなく、年代物の車を屋敷から四分の一マイルほど離れたところで停めた。最寄りの隠れ場所である例の木立に沿って、道がカーブを描いている。

スミス氏は木々のなかを歩き、木立のはずれ近くの、開けた草地の向こうに屋敷が望めるところまで進んだ。保安官がまだ、あるいはふたたびだろうか、屋上へ出ている。

スミス氏が草地に出たとたん、保安官がその姿に気づいた。スミス氏が手を振ると、保安官も振り返す。スミス氏は草地を通り抜け、屋敷と草地のあいだに建つ厩舎へ向かった。

さっき馬を走らせていた背の高い痩せた男が、いまは馬にブラシをかけてやっていた。

「マークルさんですね」スミス氏が言うと、男はうなずいた。「わたくしの名はスミス、ヘンリー・スミスと申します。わたくしは……その……保安官のお手伝いをしたいと考えておりましてね。立派な雄馬ですね、そのグレーのは。アラブ種とケンタッキー・ウォーキング・ホースの混血ではありませんか」

痩せた男の顔が輝いた。「おお、そのとおり。馬をご存じなんだね。今週はずっと、都会から来たあの探偵さんたちをからかって楽しませてもらってますよ。わしの言うことを信じて、こっちがクライズデール、あっちにいる栗毛のアラブの雌《めす》がペルシュロンだと思いこんでましてな。ペリーさんを殺した犯人がわかったんで？」

スミス氏は男をじっと見つめた。「わかったかもしれませんよ、マークルさん。殺しがどうやっておこなわれたのか、ひょっとするとあなたが教えてくれたかもしれません。それがわかれば――」

「はあ?」調教師は言った。「わしが教えたんですか」

「そうです」スミス氏は答えた。「どうもありがとう」

スミス氏は厩舎をまわり、屋上の保安官のもとへ向かった。

オズバーン保安官はうなり声でスミス氏を迎えた。「あんたが草地に出てきた瞬間、すぐに気がついたよ。そう、ゆうべ、だれにも見つからずにあそこを横切るなんて、だれにもできたはずがないんだが」

「月はあまり明るくなかったとおっしゃいませんでしたか」

「ああ、かなり低く出ていて――そう、半月だったか」

「下弦の月ですね」スミス氏は言った。「だから、草地を横切った男たちは、百メートルも歩かないうちに厩舎の影にまぎれることができたんですよ」

保安官は帽子を脱ぎ、ハンカチで額《ひたい》をぬぐった。「そりゃあ、あれだけ離れていたら顔まではわからんだろうが、それでも――おい、待て、草地を横切った男たちだって? つまり、あんたは――」

「そのとおりでございます」スミス氏はほんの少し得意げにさえぎった。「ひとりなら、あの草地を見つからずに横切ることはできなかったでしょうが、ふたりであれば可能でした。

ばかげて聞こえるのは認めますが、消去法で考えますと、その答しか残りません」

オズバーン保安官は呆然と見返した。

「ふたりの男の名は」スミス氏は言った。「ウェイドとウィーラーです。市内に住んでいて、ウォルター・ペリーさまが住所をご存じですから、居場所はすぐわかります。事実さえわかれば、ふたりが犯人だと証明するのはたやすいでしょう。たとえば、ふたりが……なんと申しますか……小道具を借りたことが判明すると思います。舞台を去って何年にもなるのに、自前でまだ持っていたとは考えにくいですから」

「ウェイドとウィーラーだと？　ウォルターから聞いた名前だが――」

「そのとおり」スミス氏は言った。「ふたりは舞台となるこの場所をよく知っていました。ウォルターがウィスラー・アンド・カンパニーを相続すれば、自分たちの受けとるべき金が手にはいるということも。ですから、昨夜ここへ来て、カルロス・ペリーを殺害したのです。街からやってきた探偵たちの目の前で、あの草地を横切ったんですよ」

「わたしがいかれてるのか、あんたがいかれてるのか」オズバーン保安官は断言した。「いったい、どうやったんだ」

スミス氏は穏やかに笑みを浮かべた。

「ついさっき、ここへあがってくるまでのあいだに、ある突飛な推測を裏づけることができました。もう何年も芸能事務所を営んでいる友人がおりまして、電話で尋ねたんです。ウェイドとウィーラーのことをよく覚えていましたよ。そう、それがただひとつの答です。ほの暗い月夜だったこと、距離があったこと、それに、都会育ちの探偵たちの無知のせいでしょう。夜は厩舎にいるはずの馬が外を歩いていても、ふたりはなんとも思わなかった。そもそも、馬など目に留まらなかったのでしょう」

「つまり、ウェイドとウィーラーは――」

「さよう」スミス氏は、こんどは明らかに得意満面になって答えた。「ウェイドとウィーラーは、ボードビルでそれぞれ前脚と後脚を演じていました。道化の馬のね」

サタン一・五世

おわかりの人もいらっしゃるだろうが、創作に取り組むときはひとりになりたいものだ。そして、ひとりになったとたん、孤独でいることが不安になる。何かに熱中していたさなかには、「知人すべてを遠ざけておけたら、ひと仕事成しとげられるのに」と考えていた。しかし、いざそれが実現すると、どうなるだろうか。

わたしにはわかる。孤独になってからほぼ一週間経過し、ひどく神経が参っている。作る予定のピアノ協奏曲は、まだ音符ひとつすら書けていない。冒頭の数小節ほどが頭に浮かんでいたが、怪しいほどガーシュウィンに似ていた。

わたしは町はずれの小さな一軒家に滞在していた。借りたときは、まさしく医師が処方してくれたかのように思えた。だれにも居所を告げなかったので、パーティーも即興の演奏会もなく、気を散らすものは何もない。

そう、孤独だけだった。ほかの気を散らすものすべてを合わせても、孤独よりはましだということに、わたしは気づきつつあった。

ただピアノの前にすわって、耳に鉛筆をはさんだまま、わたしは玄関のベルが鳴らないものかと待ち望んでいた。だれでもいい。なんでもいい。電話機を置いて、友人たちに番号を知らせておけばよかった。この家に亡霊が取り憑いていればいいのに。そのほうがどれだけましか。

ベルが鳴った。

わたしは跳びあがって席を立ち、駆け出さんばかりに玄関へ向かった。

だが、そこにはだれもいなかった。

だれもいないことはドアをあける前からわかった。ドアの大部分はガラスでできていたからだ。だれかがベルを鳴らしたあと、猛然と走って姿を消さないかぎりは、こんなことはありえない。

ドアをあけると、猫がいた。わたしは特にそれを気に留めず、顔を突き出して両脇を見やった。通りの向かい側で芝を刈っている男のほかに、人影は見あたらなかった。

ピアノの前へもどろうとしたとき、またベルが鳴った。

このとき、わたしはドアから一メートルも離れていなかった。わたしは振り返り、ドアを大きく開いて外へ踏み出した。

だれの姿もない。最寄りの隠れ場所と言えば、家の角を曲がったところだが、こちらから見られずにたどり着くには遠すぎる。

まさかこの猫が……。

視線を落としたとき、最初は猫もいなくなったと思った。しかし、すぐにまた発見した。落ち着き払った優雅な足どりで、家の廊下を居間へ向かって歩いている。わたしが最初にドアをあけたときにも増して、猫はこちらを気にもかけていなかった。

わたしはまた振り返って、通りを端から端までながめた。この家の芝生に生えた木々、北側の隣家、南側の隣家へ目を向ける。どちらの隣家ともゆうに五十メートルの距離があり、だれかがベルを鳴らしてどちらかの家へ駆けこんだとは考えられなかった。

こんな子供じみた真似をなぜするのかはさておき、だれにもできたはずがない。

家のなかへもどると、猫は居間の安楽椅子の上でまるくなり、すっかり眠りこんでいた。体の大きい黒猫で、風格がある。眠っていても、どこか粋なところを感じさせる猫だ。

わたしが「おい」と声をかけると、猫は黄色がかった緑の大きな目を開いてわたしを見た。その美しい目には、驚きも恐怖もなく、威厳が傷つけられたと言いたげな表情が見てとれた。

わたしは言った。「だれがベルを鳴らしたんだ?」

当然ながら、猫は答えなかった。

そこで、こう尋ねた。「何か食べるか?」なぜ一度目は答えなかったのに、この問いかけには答えたのかとは尋ねないでもらいたい。わたしの声の調子のせいかもしれない。猫は「ミャオゥ……」と鳴いて、椅子の上で立ちあがった。

「よし、ついてこい」わたしは言い、台所へ行って冷蔵庫のなかを探った。そこにはミルクがひと瓶あったが、どうもこの客はたくさんミルクを飲む猫とは思えなかった。だがさいわい、挽き肉がたくさんあった。自分で料理するときは、よく好物のハンバーガーを作るからだ。

ボウルに挽き肉を入れ、別のボウルに水を入れて、流し台の下に置いた。猫が食べているあいだに、わたしは玄関へもどってベルを調べた。

ベルの装置は玄関のドアのすぐ上についていて、この家で鳴るのはこれだけだった。電話は引いていないので、電話の鳴る音とはまちがえようがないし、裏口にはベルの代わりにノッカーが取りつけられている。ベルを鳴らす電池やら電源トランスやらはどこにあるのかわからないし、壁を壊してもしないかぎり、どんなふうに配線されているのかは知りようがなかった。

玄関の押しボタンは、戸口の階段をあがったところから一メートル余り上にあった。あの猫が後ろ脚で立てるくらい利口だとしても、ベルには届かない。もちろん、ボタンめがけてジャンプすれば、猫でも届くが、それならベルは鋭く、短く鳴ったはずだ。ベルは二回とも、それより長く鳴った。

外からベルを鳴らし、わたしに見られずに姿を消すことは不可能だ。仮にベルの配線を家のどこかでショートさせられていたとしても、それでは説明がつかない。この家は小さくて静かなので、窓やドアがあけられれば、すぐに気づくだろう。

わたしはまた外へ出てあたりを見まわし、こんどはある考えを思いついた。これは隣家の若い女性と知り合いになれる絶好のチャンスではないか――数日前にはじめて見かけてから、この機会を待ち望んでいたのだった。

わたしは芝生を横切って、隣家のドアをノックした。

遠くから姿を見たとき、絶世の美女だと思った。そしていま、ドアをあけた本人を間近に見て、それが正しかったことを知った。

わたしは言った。「ブライアン・マレーと申します。隣に住んでおりまして――」

「ラス・ウイットロウ楽団で演奏していらっしゃるかたですね」その女性は笑みを浮かべ、わたしは美しさを低く見積もっていたことに気づいた。至高の美だ。「こちらにいらっしゃるあいだに、お近づきになれたらって思っていたんですよ。おはいりになりませんか」

異論のあるはずはなかった。中へはいると、美しいウォールナット材のグランドピアノがまず目に飛びこんだ。わたしは尋ねた。「ピアノをお弾きになるんですか、ミス――」

「カーソンです。ルース・カーソン。べとついた指の子供たちにピアノを教えています。みんな、ボール遊びや縄跳びのほうが楽しいようですけどね。数日前の晩、ラジオでウイットロウ楽団の演奏を聴いていたときに、ピアノの音色がちがうように思いました。あなたはまだ――」

「いまは休暇中でしてね」わたしは説明した。「一年前に何曲か作って、それがたまたま出来がよかったもので、ラスが一か月の休暇をくれて、ほかにも作ったらどうかということになったんです」

「いくらか書けましたか」

わたしは沈んだ声で言った。「きょうまでに書いたのは楽譜の左端の記号ふたつだけですよ。でも、これからは……」あなたと会ったので状況が変わるかもしれない、と言うつもりだったが、性急すぎるので思いとどまった。

ルースは言った。「おかけください、マレーさん。じきに伯父夫婦が帰ってくるので、ぜひふたりに会ってもらいたいです。待っているあいだにお茶でもいかがですか」

わたしは誘いに応じ、ルースが台所へ去ってからようやく、訊くべきことをまだ訊いていなかったことを思い出した。ルースがもどると、わたしは尋ねた。

「カーソンさん、ここへ来たのは、黒猫についてお尋ねしたかったからなんです。さっき、うちにはいってきたんですよ。その猫がこの近所のだれかの飼い猫かどうか、ご存じありませんか」

「黒猫ですって？　変ね。ラスキーさんが飼っていましたけど、ほかにはこのあたりでは見かけません」

「ラスキーさんというのは？」

ルースは驚いたようだった。「あら、ご存じないんですか。あなたの前にあの家に住んでいた男の人ですよ。ほんの数週間前に亡くなったばかりです。あの人――自殺なさったんです」

背筋にごくかすかな戦慄《せんりつ》が走った。おかしなことだが、都会の人間は自分が住む家のことをほとんど知らない。家や部屋を借りても、以前だれが住んでいたのかや、そこでどんな悲劇が起こったのかに思いを向けることはない。

わたしは言った。「それで説明がつきますね。つまり、その人が飼っていた猫なら、ということですが。猫は人になつきます。だからあの猫は――」

「いえ、ちがいます」ルースは言った。「その猫も死んだんですよ。わたし、ラスキーさんが裏庭で猫を埋めているところを偶然見かけました。カエデの木の下にね。たしか、車に轢《ひ》かれたはずです」

電話が鳴り、ルースが応対に向かった。わたしは猫のことをまた考えはじめた。はいってきたときのそぶりは、自分の家であるかのようだったから――どうも気味が悪い。前の住人の猫なら、場慣れしているのもうなずける。だが、あれは前の住人の猫ではない。もう一匹飼っていたなら話は別だが……。

ルース・カーソンが廊下からもどった。「伯母からでした。帰りは遅くなるとのことなので、お引き合わせできるのはあすになりそう。そんなわけで、わたしひとりで夕食をとることになってしまいました。でも、わたしはひとりで食べるのが好きじゃないんです。夕食をごいっしょしてもらえないかしら、マレーさん」

これほど返答に困らない質問をされたのは、生まれてはじめてだった。

わたしたちは台所の隅のテーブルですばらしい食事を満喫した。音楽についてひとしきり語り合ったのちに、わたしは猫と玄関のベルの話を持ち出した。

ルースもわたしと同じくらい、その謎に頭をひねった。ルースは言った。「どこかの子供がいたずらでベルを鳴らして、あなたがドアをあける前にすばやく逃げ出したということはないの？」

「そんなこと、無理なんだ」わたしは言った。「二度目に鳴ったとき、ぼくはドアのすぐ内側にいたからね。ラスキー氏と猫について話してくれないかな」

ルースは言った。「ラスキーさんがどのくらい前から住んでたかはわからない。わたしたちがここへ一年前に引っ越してきたときには、もう住んでたから。ずいぶん変わった人で、なんだか世捨て人みたいだった。だれも訪ねてこなかったし、だれとも話をしなかった。同居してたのは猫だけ。飼い猫に夢中だったと思う」

「年寄りだったのか？」わたしは尋ねた。

「いえ、それほどでもない。たぶん五十代ね。顎ひげはグレーで、そのせいで老けて見えたけど」

「猫のことだが、黒猫を二匹飼っていたということはないかな」

「いえ、どう考えても一匹だけだった。サタンって呼ばれてた大きな黒猫しか見たことがなかったもの。それに、あの猫が死んだあと、近くをうろつく猫はいなくなったし」

「猫が死んだのはまちがいないね？」

「ええ。ラスキーさんが埋めてるところを見かけたけど、そのとき猫は箱にもなんにもおさめられてなかったの。それに、ラスキーさんがしゃべってるのを聞いたのは、そのときだけだったと言ってもいいくらい。ひとりごとをつぶやいてて、不注意な車の運転手のことを罵《ののし》ってた。気を落としたんでしょうね。だから――」

ルースがことばを切ったので、わたしは余白を満たした。「一週間後に自殺したというわけか」

「まあ、ほかにも理由はあったでしょうけど、それが理由のひとつなんだと思う。書き置きを残したらしいの。そのころ、新聞にも載ったのよ。とても気の毒ないきさつがあってね。ラスキーさんは書き置きをしたためてから、毒を飲んだ。でも、毒がまわる前に、後悔したのか気が変わったのか、警察へ通報したんですって。救急車と医者が駆けつけたけど――着いたときにはもう亡くなってたそうよ」

ほんの一瞬、家に電話がないのにどうやって警察に通報したのかという考えが頭をよぎった。そしてすぐ、以前は使われていて、わたしが引っ越してくる前に取りはずされたことを思い出した。電話を使いたければ、すでに回線は引かれていると賃貸業者が教えてくれたが、静かな暮らしを望んでいたわたしは、設置しないことにしたのだった。

食事を終え、わたしは洗い物を手伝うと申し出た。その後、こう言った。「その猫に会ってみないか」

「ええ、ぜひ」ルースは言った。「家に住ませるつもり？」

わたしはにっこり笑った。「むしろ、あの猫のほうがこっちを住ませるかどうかを決める立場にあるような気もするな。うちへ来てくれ。きみからも推薦してくれないか」

わたしたちは台所のドアのすぐそばにいたので、裏庭を横切って、わたしの家の台所へはいった。流しの下に置いた挽き肉はすっかりなくなっていて、猫は安楽椅子へもどってまた眠っていた。わたしが部屋の明かりをつけると、猫はまばたきしながらこちらを見た。

ルースは足を止めて猫をじっと見つめた。「ラスキーさんのサタンと瓜ふたつよ。同じ猫だと言ってもいいくらい。だけど、そんなことはありえない、ない！」

わたしは言った。「猫には九つの命があるというからね。ともあれ、この猫をサタンと呼ぶことにするよ。はたしてこの猫はサタン一世なのかサタン二世なのかわからないから、折《せっ》衷案《ちゅうあん》を考えよう。サタン一・五世だ。では、サタン一・五世、おまえはこの部屋でたったひとつしかないすわり心地のいい椅子を占領している。ご婦人に譲ってあげたまえ」

猫がどう思おうとお構いなしに、わたしは猫を持ちあげて、背もたれのまっすぐな椅子へ移動させた。サタン一・五世はすぐさま椅子から床へ跳びおりて、安楽椅子のほうへもどり、ルースの膝《ひざ》の上に跳び乗った。

わたしは言った。「台所に閉じこめておこうか」

「いえ、平気よ。わたし、猫が好きなの」ルースがやさしい手つきでなでると、猫はすぐに黒い毛糸の玉のようになって眠りだした。

「なんにせよ、こいつはいい趣味をしている。でも、これできみは動けなくなってしまった。こいつを起こさずに動くことはできないし、そんなことをしたら失礼だからね」

ルースは微笑《ほほえ》んだ。「何か演奏してくださる？　あなた自身の曲を。ここに来てからまったく作曲してないと言ってたけど、ほんとうにそうなの？　それとも謙遜《けんそん》だったのかしら」

わたしはピアノの上の譜面へ目を向けた。冒頭の数小節だけ書きこんである。だが、これでは使い物にならない。わたしは言った。「謙遜なんかじゃないよ。アイディアが浮かんでくれば作曲できる。でも、ここへ来てからさっぱりなんだ」

ルースは言った。「〈黒猫のノクターン〉を弾いて」

「すまないが、その曲を――」

「知らないのは当然よ。まだ書かれてないんだもの」

ルースが何を言っているのか理解したとき、頭に少しひらめいた。

ルースは言った。「ベルが鳴ったけど、そこにはだれもいなかった。死んだ黒猫の亡霊がさまよいこんで、この家を乗っとる。猫は――」

「それでじゅうぶんだ」わたしはぶっきらぼうに言った。それ以上聞きたくなかった。最初のきっかけさえあればいい。

不気味な音色のアルペジオからはじめると、曲は滑りだしていった。ほぼひとりでに。頭ではなく、指がそれを生み出した。猫がバスドラムの表面を歩くような静かな不協和音を副旋律にして、主旋律は高音域へのぼっていき、やがて――

玄関のベルが鳴った。

わたしはぎょっとして、ピアニストとして生涯最悪と言ってよい不協和音を叩き出した。それまで三十秒ほど現実世界から抜け出していたこともあり、突然のベルの音は、バケツにはいった氷水を投げかけられたのと同じくらいの驚愕をもたらした。

ルースの顔を見ると、やはり驚いた表情を浮かべていた。膝の上の猫は顔をあげている。だが、光に瞳を細めた黄緑の目からは何も読みとれなかった。

ベルがまた鳴り、わたしは椅子を強く押しのけて立ちあがった。演奏することで自己暗示をかけて、恐怖に陥《おちい》っていたのかもしれないが、玄関へ向かうのがこわかった。きょうはすでに二回、あのベルが鳴った。こんどはだれを、あるいは何を見ることになるのだろうか。

何を恐れているのかと問われても、答えられなかっただろう。いや、こんなふうには言えるかもしれない。だれもが心の奥底では超常現象を恐れている。先ほどベルが鳴ったのは、死んだ猫が帰ってきたからかもしれない。だとしたら今回は——ひょっとしたら飼い主が……。

玄関へ向かうとき、わたしはなんでもないふうを装っていたが、ルースの顔つきを見ると、同じ気持ちなのがわかった。あの曲のせいだ！　まずいタイミングで自分をこんな陰鬱《いんうつ》な気分にさせてしまった。玄関へ行ってだれもいなかったら、ひと晩じゅう怯えて過ごすことになるだろう。

だが、そこには人影が見えた。居間から廊下へ足を踏み出すなり、玄関に男が立っているのがわかった。顔の特徴を見分けるには暗すぎたが、灰色の顎ひげを蓄えていないのはたしかだ。

わたしはドアをあけた。

玄関先にいた男は言った。「ミスター・マレーでしょうか」

体の大きい男で、背が高くて肩幅が広く、顔は丸々としていた。おもねるような笑みを浮かべて、顔がゆがんでいる。なんとなく見覚えがあって、会ったことがある気がするが、どこでだったか思い出せない。はっきりしているのは、この男が好きになれないことだ。自分に不思議な力が働いたのか、ただの愚《おろ》かな思いこみなのかはわからないが、見た瞬間に恐怖と憎悪を覚えた。

わたしは言った。「はい、マレーです」

「ハスキンズと申します。マイロ・ハスキンズです。通りの向かいに住んでいる者です」

そうか、だから見覚えがあるわけだ。きょうの午後、猫が来たときに、向かいで芝を刈っていた男だ。

ハスキンズは言った。「わたしは保険業に携っています。保険については、いずれご説明させていただきたいと思いますが、今夜お訪ねしたのはその件ではありません。猫のことです。黒猫の」

「それで？」

「うちの猫なんです」ハスキンズは言った。「わたしが家のなかにもどる直前に、こちらのお宅へはいっていくところを見かけました。ようやく手が空いたもので引きとりにきたんです」

「残念ですが、ハスキンズさん」わたしは言った。「餌をやったあと、その猫は裏口から出ていきましたよ。どこへ行ったのかわかりませんね」

「そうですか」ハスキンズは言った。わたしを信用していいものか決めかねているようだった。「窓やどこかからもどっていませんかね。よろしければ、わたしも家のなかを探すのに協力しますよ」

わたしは言った。「いえ、それには及びません、ハスキンズさん。では、おやすみなさい」

ドアを閉めようと一歩さがると、何やら柔らかいものがわたしの脚をさすった。それと同時にハスキンズの視線が足もとへ落ち、またわたしの顔を見たとき、その目は険しくなっていた。

ハスキンズは言った。「それで？」かがみこみ、猫へ向かって片手を差し出す。「さあ、こっちへおいで」

こんどはわたしが苦笑する番だった。猫がハスキンズの指に爪を立てたからだ。

「あなたの猫なんでしょう?」わたしは言った。「わたしもあなたが嘘をついていると思ったんですよ。だから猫を渡したくなかった。でも、気が変わりました。猫が自分の意志でついていくなら、ごいっしょにどうぞ。ただし、力ずくで連れていこうとするなら、ただじゃすまさない」

ハスキンズは言った。「ばかを言うな、おれは――」

「帰ってもらうしかないですね。あなたがこの通りを渡りきるまで、ドアをあけたままここにいることにしますよ。猫は自由についていける。あなたの猫ならね」

「それはおれの猫だ！　いいか、おれは――」

「正式な返還申立書を持ってくるといい、あすにでも」わたしは言った。「飼い主だと証明できるならね」

ハスキンズは長々とこちらをにらみつけ、何かを言おうと口を開いたが、考えなおして、勢いよく去っていった。わたしはドアを閉めた。猫はまだ中にいて、廊下にもどっていた。

振り返ると、ルース・カーソンもまた、わたしの背後で廊下にたたずんでいた。ルースは言った。「あの人が名乗って用件を告げたのが聞こえたの。猫が膝からおりて玄関へ向かったから、わたしも――」

「あいつはきみの姿を見たのか」

「ええ。見られないほうがよかったかしら」

「それは――さあ、どうかな」わたしは言った。ハスキンズに見られなければよかったのはたしかだ。なんとなく、どことなく危険な気がした。不穏な空気が漂っていた。しかし、だれにとって、なぜ危険なのか。

ふたりで居間へもどったが、わたしはピアノの前でなく、別の椅子に腰をおろした。今夜はもう音楽はおしまいだ。ベルが鳴ったことと、そのあとに起こった出来事によって、斧でピアノを叩き割られたかのように、即興で演奏したい気持ちが失せていた。ルースはわたしの気持ちを察したにちがいなく、また弾いてくれとは言わなかった。

わたしは言った。「あのわれらが愉快な隣人マイロ・ハスキンズについて、きみは何か知っているのかな」

「ほとんど知らない」ルースは言った。「知ってるのは、わたしたちが去年この界隈《かいわい》に越してくる前からあそこに住んでたってことだけ。奥さんがいて――あまり会いたくなる人じゃないけど――子供はいない。保険の外交員をしてる。大方が火災保険だと思う」

「猫を飼っていたかどうかは？」

ルースは首を左右に振った。「見たことがない。この近所で見かけた黒猫は、ラスキーさんの猫と、それから——」ルースはサタン一・五世のほうを見やった。猫はラグに仰向けに寝そべり、見えない何かに向かって前脚をぶつけようとしていた。

わたしは言った。「おまえがしゃべれたらなあ。サタンがほんとうに死んだのかどうかわかれば——」わたしは唐突に立ちあがった。「ラスキーが猫を埋めたのはカエデの木のどちら側で、そこからどのくらい離れていた？」

「まさか……」

「そのまさかだよ。懐中電灯と小型のシャベルが台所にあるから、これからたしかめにいく。いますぐに」

「それなら、わたしが案内する」

「いや」わたしは言った。「教えてくれるだけでいいよ。見て楽しいものじゃないだろう。きみはここで待っていてくれ」

ルースはまた腰をおろした。「わかった。木の西側で、幹から一メートル余りのところよ」

わたしは懐中電灯とシャベルを探し出して庭へ出た。

五分後、家のなかへもどった。

「あったよ」わたしはルースにそれだけ言い、不快な詳細にはふれなかった。「手を洗ったあとで、きみの家の電話を借りたいんだけど、いいかな」

「もちろんよ。警察に通報するの？」

「いや。たぶんそうすべきだろうけど――なんと言えばいい？」わたしは笑おうとしたが、うまくいかなかった。笑い事ではない。どう感じるべきかはともかく、笑ってはいられない。わたしは言った。「伯父さん夫婦は何時に帰ってくるのかな」

「十一時までには」

わたしは言った。「どういうわけか、あのハスキンズはこの猫に関心がある。ありすぎるくらいにね。この家を空けたりしたら、あいつははいってきて、猫をさらうか、殺すか、よくわからないが、目的を果たすだろう。ハスキンズに見つからないように、裏口からこっそり抜け出してきみの家へ行こう。明かりをつけたままにすれば、いなくなってもわからない」

「ほんとうに何か――何か起こると思ってるの？」

「わからない。ただの直感だ。もしかすると、すでに起こったことのつじつまが合わないから、まだ終わっていない気がするだけなのかもしれないけどね。そして、このことにきみを巻きこみたくないんだ」

台所で手を洗い、わたしたちは外へ出た。あたりはかなり暗く、二軒のあいだの庭を横切っても、通りのほうから見られる心配はなかった。

ルースの家の台所の明かりはつけっぱなしになっていた。わたしは言った。「電話の場所はわかっているから、明かりをつけずに使わせてもらうよ。この件をはっきりさせるために、何か情報が手にはいらないかを確認したいんだ」

わたしは《ニューズ》紙に電話をかけ、地方記事の夜間編集を担当しているモンティ・ビリングズを呼び出した。「マレーだ。ちょっと調べてもらいたいことがあるんだけど、手を借りられるかな」

「ああ、いいさ。何を調べるんだ」

「ラスキーという名前の男について。三、四週間前にデヴァートン・ストリート四九二三番地で自殺した。どんなことでも教えてもらいたい。折り返し連絡を――」懐中電灯を使って、電話機の底に記された番号を見た。「ソーンダーズ四八四八番にくれ」

モンティは三十分以内に連絡すると言い、わたしは台所へもどった。ルースはコーヒーを淹れているところだった。

「電話が来たら家へ帰るよ」わたしはルースに告げた。「きみはここを動かないほうがいい。伯父さんはもちろん鍵を持っているよね?」

ルースはうなずいた。

「じゃあ、ぼくが出ていったら、すべてのドアと窓に鍵をかけるんだ。だれかが家のまわりをうろついているとか、おかしな物音が聞こえたら、警察へ通報するんだ。それか、こっちに聞こえるくらいの大声で叫んでくれ」

「でも、だれがなんのために?」

「まったく見当がつかない。きみがぼくの家にいたことをハスキンズが知っているのはたしかだがね。あいつはここに猫がいるとか、そんなふうに思うかもしれない。何かが起こりそうだという予感がするだけで、はっきりした根拠はないんだ。きみを巻き添えにしたくない」

「でも、そんなに危険だと思ってるなら、あなただって……」

コーヒーを二杯ずつ飲みながらあれこれ話し合っているうちに、電話が鳴った。

モンティからだった。「三週間前、十四日の木曜日の真夜中に、警察は取り乱した様子の男から通報を受けた。モルヒネを大量に摂取したが、気が変わったので、ただちに救急車と医者を呼んでくれと要請したという。その男はコリン・ラスキーと名乗り、きみが言っていた所番地を告げた。救急車が八分以内に駆けつけたが、手遅れだった」

「書き置きがあったと聞いている。どんな内容かな」

「生きているのに疲れたとか、一週間前に最後の友を失くしたとか、そんな内容だ。友というのは飼っていた猫のことだと、警察は判断した。猫はそのころ事故で死んでいたし、その猫以外に友達と呼べるものはいなかったらしい。その場所に十年以上住んでいたのに、だれとも親しくならなかったんだ。世捨て人のたぐいで、かなりの変人だったのかもな。ああ、それと――書き置きには、亡骸《なきがら》は火葬にしてもらいたい、寝室の棚の箱にじゅうぶんな金がはいっているから、その費用にあててくれとあった」

「金はあったのか?」

「ああ。じゅうぶんすぎるほどだ。正確には五百十ドル。遺言書はなく、財産も、火葬に使った費用の残りといくつかの家具だけだった。その家をラスキーに貸していた大家が、家具を引きとりたいと法廷に申し立てて、許可された。そのまま家に置いて、家具つきの家として貸し出すつもりだと言っていたそうだ」

わたしは尋ねた。「金はどうなったんだろう」

「さあな。相続人がなく、財産の所有権を主張する者も現れないなら、州のものになるんじゃないか。たいした額でもないし」

「なんらかの収入源はあったのか」

「判明していない。現金の蓄えで暮らしていて、それが数百ドルまで目減りしていったことが、みずからモルヒネを打った理由のひとつじゃないかと警察は見当をつけている。あるいは、ただのいかれた男だったのかもしれない」

「〝モルヒネを打った〟と言ったな」わたしは言った。「注射だったのか」

「そうだよ。ところで、みんながおまえのことを尋ねまわってるぞ。どこに隠れてるんだ」

わたしはもう少しで居場所を告げるところだったが、今夜ようやく作曲できる寸前まで近づいたことを思い出した。それに、もう孤独ではないことも。

わたしは言った。「ありがとう、モンティ。いずれ近いうちに、また顔を出しにいくよ。

人に訊かれたら、ぼくはラブラドルでイヌイットといっしょに暮らしていると伝えてくれ。それじゃ」

わたしはルースのもとへもどって話の内容を伝えた。「すべて確認がとれたよ。ラスキーは死んでいるし、猫も死んでいる。唯一の問題は、その猫がうちの居間にいるということだ」

来たときと同じように裏を通って、わたしは台所のドアから家にもどった。猫はまだいた。また安楽椅子の上で眠っている。居間へはいっていくと、猫は顔をあげ、問いかけているとしか思えない調子で、また「ミャオゥ？」と言った。

わたしは猫に笑いかけて答えた。「わからないんだよ。おまえがしゃべれたら、教えてくれるのにな」

それからわたしは部屋の明かりを消した。これで外からよりも中からのほうがよく見える。窓のそばに椅子を引き寄せて、ルースの家をじっと見た。

ほどなく、一階の明かりが消え、二階の明かりがともった。そのすぐあと、ルースの伯父と伯母にちがいない男女ふたりが、玄関から鍵を使って中へはいるのが見えた。もうルースがひとりではないことがわかったので、わたしは自分の家を見てまわることにした。

玄関と裏口のドアを両方とも施錠した。玄関の内側に鍵を挿したままにして、裏口のドアにはさらに頑丈なかんぬきもかけた。鍵をかけられる窓はすべて施錠したが、ふたつの上げ下げ窓は鍵がかからなかった。

そのふたつには、下の窓枠の上部にミルク瓶を載せ、外側からあけようと窓を持ちあげれば落下するように調節した。それから明かりを消した。

安楽椅子の上の黄色い目ふたつがこちらへ向かって輝いている。無言ながらわかりやすい問いかけに、わたしは答えた。「なぜこんなことをしているのか、自分でもわからないんだ。頭がおかしくなったのかもな。でも、だれなのか何なのかわからないが、おまえはそれをおびき寄せる餌だ。これから見つけ出すつもりだよ」

わたしは部屋のなかを手探りで進んでいき、猫がいる椅子の肘掛《ひじか》けに腰をおろした。なめらかな毛をなでていると、猫が喉を鳴らしたので、機嫌がよさそうなのを見計らってわたしは尋ねた。「おい、おまえ、どうやってベルを鳴らしたんだ」

このひっそりとした暗がりのなかで猫が返事をしたとしても、わたしはさほど驚かなかっただろう。

そのまま暗闇に目が慣れてくると、家具や、黒く平たいグランドピアノや、戸口の輪郭が見えてきた。わたしは窓のひとつへ歩み寄って、外をながめた。月が家の反対側に出ていたので庭を見渡せたが、そこからわたしの姿を見ることができる者はいないだろう。

横道へ斜めに向かう途中、シナノキが三本固まって生えているあたりだが――あそこの影が濃くないだろうか。かすかに影が動いたが、あれはこの家を見張っている男ではなかっただろうか。

確信が持てなかった。自分の目と想像力のいたずらかもしれない。だが、この家の玄関と裏口へつづく道をどちらも見張りたかったら、まさにあの場所に立つにちがいない。

ずいぶん長く感じられるあいだ、わたしは窓辺にたたずんでいたが、結局、見まちがいだと自分に言い聞かせた。わたしは安楽椅子へもどった。今回はサタン一・五世を床におろし、自分が椅子を使った。ところが、椅子に落ち着いたかどうかというとき、猫が膝に跳び乗ってきた。猫が喉を鳴らす音は、静まり返った室内でモーターボートの船外機さながらに響いた。じきに音がやみ、猫は眠った。

しばらくのあいだ、さまざまな考えが脳裏を駆けめぐった。やがて音だけで――旋律だけで満たされた。ピアノの鍵盤を求めて指がうずき、こんな愚かな不寝番をはじめたことが悔やまれた。曲の手がかりをたしかにつかめたのだから、明かりをつけて書き留めたかった。しかし、そうもいかないので、記憶に刻もうとした。

覚えきれたと確信したので、また想念を自由に漂わせた。だが厳密には、まったく自由ではなかった。何もかもがあのルース・カーソンと結びついてしまう……。

わたしは眠りに落ちたにちがいない。というのも、ルースが部屋にいたからだ。もっとも、わたしにまったく注意を払っていなかった。わたしもルースも、あの大きな黒猫が話すのにそれぞれ熱心に耳を傾《かたむ》けていた。猫はピアノの上にいて、念力を用いたベルの鳴らし方を説明していた。

やがて猫はルースに、わたしの膝の上にすわったらどうだと提案した。ルースは従った。実に聡明な猫だ。猫はピアノの上からおりて、鍵盤を左へ右へ飛び跳ねながら演奏した。まずは、〈女心の歌〉（オペラ〈リゴレット〉で歌われるカンツォーネ）で口火を切り、それから――世界一の美女が膝に乗っているというのに――よりによってアメリカ国歌『星条旗』を弾きはじめた。

もちろん、ルースは立ちあがった。わたしも立ちあがろうとしたが、動けなかった。わたしはもがき、もがいたせいで目が覚めた。

膝にはだれも乗っていなかった。ちょうどサタン一・五世が跳びおりたところだった。あたりは静まり返っていたので、窓辺へ駆けていくサタン一・五世の柔らかな足音が聞きとれた。そして窓から物音がした。

ガラス越しに人の顔が見えた――白っぽい顎ひげがある！

虫の知らせは正しかった。たしかに猫をさらいにきた。モルヒネで死んだラスキーが、車に轢かれて裏庭に埋められた黒猫を連れもどしにきた。わけがわからないが、現に目の前にいる。これは夢ではない。

一瞬、異様な非現実感に襲われたが、それを振り払って勢いよく立ちあがった。少なくとも、猫は実在している。

窓が上へ開いていった。猫は後ろ脚で立ちあがり、窓の桟に前脚をかけている。黒くとがった耳を立てて警戒している頭部の影が、ガラスに映った灰色の顔に重なって見える。

そのとき、危ういバランスを保っていたミルク瓶が窓枠から落ちた。猫にはあたらなかった。猫は窓の中央にいたが、瓶は目立たないように端に置いてあったからだ。窓はまだ十センチも開いていないが、ミルク瓶は部屋の床にぶつかった。瓶は派手に割れ、静かな部屋に巨大な爆弾が炸裂したかのような音が響き渡った。

わたしはすでに窓へ向かって駆けだしていて、走りながらポケットの懐中電灯をつかんだ。窓辺に着くと、男も猫もいなくなっていた。男の顔は瓶が割れる音と同時に掻き消え、猫はわずかに開いた窓をどうにかくぐり抜けて、男につづいて消えていた。

わたしは窓をあけ放し、窓枠を跳び越えて庭へ出ようかと一瞬ためらった。男は横道へ向かって庭を斜めに突っ切り、いっしょに猫も走っている。その先にあるのは、先ほど、こちらを見張っている男の影を見たような気がしたシナノキの木立だ。

窓から半身を乗り出したまま、これ以上かかわるべきかどうか決めかねていたが、わたしは懐中電灯のスイッチを入れ、逃げていく人影を照らした。

このとき懐中電灯を使ったせいで、ひとりの男が命を落としたのかもしれない。使わなければ無事だったのかもしれない。顎ひげの男は、木陰にひそんだ男に姿を見られずに通過できたのかもしれない。あとでわかったことだが、見張っていた男が自分の存在を知らせたくなかったのはたしかだ。

だが、懐中電灯の光に照らされて、第二の男――シナノキの木立にひそんでいた男の姿が浮かびあがった。マイロ・ハスキンズだった。

顎ひげの男は家から走り去りながら、自分と横道のあいだに立っているハスキンズを見て、急に足を止めた。ポケットに手を入れて銃を取り出す。

ハスキンズも同じくポケットへ手を伸ばし、先に発砲した。顎ひげの男は倒れた。

黒い稲妻が空を裂き、猫がマイロ・ハスキンズの青白い丸顔に全力で飛びかかった。ハスキンズは、顔面をめがけて飛んでくる猫に向かって発砲したが、狙いが高すぎた。流れ弾《だま》でわたしの頭上のガラスが砕け散った。

顎ひげの男は銃を握ったまま地面に倒れていたが、意識はあった。男は体を起こし、狙いを定めてハスキンズを二度撃った。

わたしは窓を通り抜けて走っていったにちがいない。そのときにはもう、ふたりの近くにいたからだ。ハスキンズがくずおれる。わたしは顎ひげの男の銃に飛びついたが、男はすでに絶命していた。最後に撃った二発はどうやら、わずかな余命を振り絞ったものらしい。

わたしはハスキンズのリボルバーを拾った。猫はハスキンズが倒れるときに大きく跳びのいて、木の根もとでうずくまっていた。

わたしはハスキンズのほうへ身をかがめた。まだ息はあったが、ひどい怪我を負っていた。

周囲の家の明かりがつぎつぎとともり、いくつもの窓が開いた。わたしは木のそばから離れ、ルース・カーソンの家へ目を向けた。ルースは二階の窓から身を乗り出して、恐怖で顔が蒼白になっている。

ルースは大声で言った。「ブライアン、だいじょうぶ？　何があったの？」

わたしは言った。「なんともないさ。救急車を呼んでくれるかな」

「エルサおばさんがもう警察に通報したの。すぐにそう伝える」


事件の全容が明らかになったのは、翌日の昼近くにベッカー警部補が訪ねてきたときのことだった。むろん、わたしとルースはあれこれ推理していたし、そのうちのいくつかは正解に肉薄していた。

ベッカー警部補を招き入れると、あの安楽椅子ではない別の椅子にすわり、事の顚末《てんまつ》を話してくれた。警部補は言った。「マイロ・ハスキンズの命に別状はないんですが、本人は死ぬと思ったようで、しゃべりましたよ。ラスキーの正体はウォルター・バークでした」これで納得しただろうと言いたげに、警部補はことばを切ったが、わたしたちの鈍《にぶ》い反応を見て、話をつづけた。

「ウォルター・バークは、十五年ほど前に世間を騒がせた――凶悪指名手配犯四号だったんです。やがて、だれも話題にしなくなりました。引退して、うまいこと逃げおおせたんです。その後ここへ引っ越してきて、ラスキーと名乗り、変人になりすましました。あえて意図しなくても、もともとそういう男で、ひとりで生きていくのが性に合っていたようです」

「でも、あの猫は特別だった」わたしは言った。

「ええ、そのとおり。やつはあの猫に首ったけでした。しかし、一年ほど前に、あのハスキンズが通り向かいに住む男の正体を見抜いたんです。ハスキンズはそのことを警察に宛てた手紙に書き、それを貸金庫に預けて、ラスキーを、つまりバークをゆすりはじめました」

「なぜ警察宛に手紙を書いたんですか」ルースが尋ねた。「どうして——」

わたしはルースに説明した。「殺して口封じをするという手立てをラスキーにとらせないためだよ。殺したら、その手紙が公《おおやけ》になってしまうからね。つづけてください、警部補」

「バークは金を渡さざるをえなかった。逃げても、ハスキンズが警察に通報して逮捕となるだけですからね。そこで、追いつめられたバークはハスキンズをだますことにした。ハスキンズだけでなく、ほかのすべての者にも、自分が死んだと思わせることにしたんです。当然、バークは猫も連れていきたかったので、まず猫の死をでっちあげた。猫を飼育場か猫舎か何かに一時的に預け、どこかから別の黒猫を調達して、それを殺し、人目につくようにして庭に埋めた。そうすれば、自分が自殺する話にも真実味が増します。猫を異常なまでにかわいがっていたのはだれもが知っていましたから。

それから、おそらく広告を使って、自分と同年代・同体型で顎ひげのある男を見つけ出した。その計画では、ほかの点は似ていなくてもかまわなかったんでしょう。

ラスキーがどんな手立てでその男をここへおびき寄せたのかはわかりませんが、ともかくやってきて、ラスキーは男をモルヒネで殺害しました。その一方で書き置きを用意し、頃合を見計らって警察に自分がモルヒネを打ったと通報して、すぐに逃亡した――もちろん、残りの金を持ってね。そのあと警察が駆けつけ、遺体を発見したというわけです」

「でも、だれかに身元を確認させなかったんですか」

警部補は肩をすくめた。「本来なら、そうすべきです。しかし、呼べるような親類縁者や友人はいませんでした。それに、疑わしい点はなかったようですからね。ラスキーの筆跡による遺書があり、警察への通報もしていたんですよ。さらなる身元確認が必要だとは、だれも考えなかったんでしょう。

近所の住人たちも、たぶんハスキンズを除いては、ラスキーのことをよく知らなかった。ラスキーは身代わりの男の顎ひげや髪形を自分に似せて整えたのかもしれない。近所のだれかが安置所に呼ばれたとしても、ラスキーの遺体だと証言したでしょう。死んだあと、人間は生前とはずいぶん変わって見えるものですから」

わたしは言った。「でも、なぜゆうべハスキンズは――」

「それですがね」警部補は言った。「何かのきっかけで、猫はラスキーの――いえ、バークのもとから逃げ出した。預け先へ迎えに行ったらすでに逃げていたとか、新しい家に慣れる前に迷子になったとか、そんなところですかね。とにかく、猫がここへもどると考え、危険を顧みずに自分ももどった。おわかりでしょう?」

「なるほど。しかし、どうやってハスキンズはそのことを？」わたしは尋ねた。

「猫がもどったのを見たにちがいない」警部補は言った。

わたしはうなずいた。わたしが玄関へ出たとき、ハスキンズが芝生を刈っていたのを思い出した。

「ハスキンズはそれがラスキーの猫だと気づき、一杯食わされたことを知った。猫が生きているなら、おそらくラスキーも生きているだろう。ハスキンズはラスキーが猫を取りもどしにくると考えて、この家を見張ったんです。最初は自分の飼い猫だと言って、あなたから猫を奪おうとした。猫を自分のものにしておけば、いざというときの切り札になると考えてね。ハスキンズはラスキーを殺すつもりなどなかった。そんなことをする理由がありません。ただ、あとをつけて居場所と身元を突き止めれば、またゆすれると考えたんです。しかし、あなたが懐中電灯をつけたとき、ラスキーはハスキンズを見た。ラスキーは銃を構えた。ハスキンズもまた、危険な男とやり合うことになると覚悟していたから、銃を持っていた。ハスキンズのほうが、ラスキー、つまりバークより早く撃った。そういうことです」

それですべての説明がついた――一点を除いて。わたしは言った。「ハスキンズはこの家のベルを鳴らせるほど近くにいませんでした。バークもいなかった。では、だれが鳴らしたんですか」

「猫ですよ」ベッカー警部補は事もなげに言った。

「えっ、どうやって？　ボタンの位置は猫には高すぎるし——」

警部補はにやりと笑った。「ラスキーは猫に首ったけだったと言ったでしょう。ドア枠の片側の下のほうに、猫専用のベルがあるんですよ。猫を外へ出しても、もどったときに鳴いて知らせなくてもすむようにね。猫は足でベルを押すだけでいい。中へはいりたいときにはそうするよう、しつけたんでしょう」

「やられたな」わたしは言った。「下のほうを調べてみれば——」

「黒猫はどれも似たようなものですが」警部補は言った。「そうしたからこそ、ハスキンズはこれがラスキーの猫だと見抜いたんです。猫がベルの仕掛けを押すのを、通りの反対側から見たんですよ」

わたしは猫を見て言った。「サタン」猫は目を開く。「なぜそう教えてくれなかったんだ、まったく」

猫は一度まばたきをして、また眠った。

わたしは言った。「こんな呑気《のんき》な生き物には会ったことがない。ところで、警部補、この猫には引きとり手がいないようですね」

「いないでしょうな。引きとるつもりなら、あなたと奥さんで登録の届け出をなさるといい」

わたしはルースを見て、妻とまちがえられてどう思っているかを確認した。頬紅とは別のかすかな赤みが頬に差している。

だが、ルースは笑みを浮かべて言った。「警部補、わたしは――」

わたしは言った。「この際だから、ふたつ許可証をもらわないか」

それは冗談ではない。わたしは本気だった。ルースはわたしを見て、わたしはルースの顔に驚き以外のものが表れているのを読みとった――それから、警部補がまだこの場にいることを思い出した。

わたしは警部補に向きなおった。「きっかけを作ってくれてありがとうございます、警部補。でも、ここから先は警察の手助けは必要ありません――おわかりですね」

警部補はほくそ笑んで、立ち去った。

象と道化師

ウィリアムズのおっちゃんがひと振りすると、またも一のゾロ目が出た。苦りきった口調で口汚くまくし立てながら、その目はホワイティ・ハーパーが二十五セント玉をふたつ、隣の黒人が十セント玉をふたつつかみとるのを追っていた。

おっちゃんはサイコロへ手を伸ばし、それから左手に目をやって、資金がいくら残っているかをたしかめた。十セント玉ひとつに、二十五セント玉ひとつだ。

二十五セント玉を軽く投げると、ホワイティが賭けに応じた。

おっちゃんが振り、五と三が出た。「タコの八ちゃん」おっちゃんは言った。「のるかそるかの大勝負だぞ」手のなかにあった最後の硬貨をほうると、こんどは黒人が乗ってきた。おっちゃんはサイコロふたつにやさしくささやきかけ、転がるのを見守った。

四と三で七（クラップスでは、一回目に七か十一を出すと勝ち）。

おっちゃんはうめき声をあげて立ちあがった。

命知らずのヴァレンティがさっきからテントの支柱に寄りかかって、このクラップスの勝負をおもしろくもなさそうに見ていた。「おっちゃんよ、あんた、ホワイティとサイコロ賭博をするほどの抜け作でもないだろうに」

サイコロを手にしたホワイティが、怒った様子で顔をあげ、口を開きかけたが、ヴァレンティの肩が目にはいるなり、その口を閉じた。薄手のポロシャツ越しにもわかるほど、その両肩には筋肉がたくましく盛りあがっている。ヴァレンティひとりで、コイン投げゲーム担当のホワイティ・ハーパーならふたりぶん、ウィリアムズのおっちゃんなら三人ぶんに匹敵する。

ところが、ヴァレンティはこうつづけた。「ただの冗談だよ、ホワイティ」

「そういう冗談は好かんな」ホワイティは言った。一瞬、まだ何か言いたそうな顔をしたが、そのまま賭けにもどった。

ウィリアムズのおっちゃんはテントを出ると、怪奇人間の見世物小屋の杭柵《くいさく》にもたれて中通りをながめ渡した。ほとんどの小屋や露店の明かりが落ち、乗り物はどれも止まっている。正面ゲートの近くで、ボールあてゲームやルーレットの店が数軒、宵《よい》っ張りのカモのために店をあけていた。

ヴァレンティが隣に立った。「負けがこんだか、おっちゃん」

おっちゃんはかぶりを振った。「ほんの二、三ドルだ」

「そりゃ大金さ」ヴァレンティは言った。「それが全財産だったらな。賭けってのはそうでなきゃ楽しくないぜ。おれも昔はサイコロのことしか頭になかったよ。いまじゃ何千ドルか貯まったし、あいつには何千ドルか投資したことだし――」そう言って、中通りの中ほどにあるのぞき用の装置のほうを手で示した。「で、二十五セントごときじゃ物足りなくなっちまった」

おっちゃんは不満げな声を出した。「でも、賭けをしてないとは言えないだろうよ。おまえさん、あんな高いとこから、それこそ金魚鉢みたいのに飛びこむんだからな」

「ああ、そういう意味じゃ、たしかに賭けだな。あんたんとこのお嬢ちゃんはどうしてる?」

「リルか? 上々だよ。テッパーマンのあんちくしょうめ――」文句が口をついて出た。「座長がまたリルのこと、あれこれ言ってるのか」

「ああ。たかだか二、三日、リルの機嫌が悪かっただけでな。たしかに、あの子はときどき手に負えなくなるがね。象ってのは人間と同じなんだ。テッパーマンが七十五になったときには、リルばあさんほど穏やかでいられやしないだろうよ、まったく」

ヴァレンティはくつくつと笑った。

「笑い事じゃないぞ」おっちゃんが言う。「今回はな。リルを売っちまうって話なんだから」

「前にもそんな話があったじゃないか、おっちゃん。座長の言いたいこともわかるよ。トラクター一台あれば――」

「トラクターなら何台でもある」おっちゃんは苦々しく言った。「だがな、でかい荷車をぬかるみから引っ張り出すことにかけちゃ、リルのほうが上手《うわて》だ。それに、トラクターじゃ、象《ブル》みたいに客を呼べないさ。トラクターのまわりに人垣ができてるのなんて、見たことないだろ。パレードをやったって、トラクターじゃぱっとしないが、ブルなら華がある」

サーカスや巡業ショーの世界では、象は性別を問わず〝ブル（雄象）〟と呼ばれる。

ヴァレンティはうなずいた。「たしかにな。だが、この前のパレードで何があったか思い出してみろよ。リルは列をはずれて駐車場のほうへ――」

「ありゃあ、ちび男《ショーティ》・マーティンのせいだ。象の扱い方も知らないくせに、ただ肌が浅黒いから頭にターバンを巻いたら象使い《マホート》のできあがりってんで、座長に言われてリルに乗ってパレードに出たんだよ。リルにしてみりゃ、たまったもんじゃない。リルから聞いたんだが――まったく、ひどい話だ」

「まあ、一杯飲めよ」ヴァレンティは言った。「ほら」

ヴァレンティは銀メッキのフラスクを差し出した。おっちゃんは飲んで、「口あたりがいいな」と言った。「だが、ちょっと弱いんじゃないか」

ヴァレンティは声をあげて笑った。「混じり気なしのスコッチだぞ。ふだん、黒人ショーで売ってる一パイント二十五セントの安物ばっか飲んでるんだろ」

おっちゃんはうなずいた。「こいつにはフーゼル油《ゆ》か何かが足りないんだろうよ。とにかく、ごちそうさま。さてと、リルの様子を見てくるとするか」

おっちゃんは回転式の乗り物の裏をまわって、象をつないである場所へ向かった。リルはそこで穏やかに眠っていた。

だが、おっちゃんが近づいていくと、豚のように小さなその目があいた。

おっちゃんは声をかけた。「よう、お嬢さん。お目々はつぶっときな。あすの夜には撤収だ。ろくに眠れやしないだろう」ポケットをごそごそやって、共同食堂の調理場からくすねてきた角砂糖をふたつ取り出した。

おっちゃんの手のひらに、柔らかい鼻先が探るようにすりつけられ、角砂糖をとっていった。

「困ったやつだな」おっちゃんは愛しそうに言った。

おっちゃんは闇にぼんやりと溶けこんだ象の巨体を見つめた。リルの目はまた閉じていた。

「おまえの困ったところは神経質すぎるところだ。だがな、よく聞けよ、相棒。この先、緊張しちゃまずいんだよ。そういうのはプリマドンナのやるこった。おまえにまかされてるのは力仕事なんだからな」

おっちゃんはリルが何か言ったかのようにふるまった。「ああ、わかってる。昔はちがったとも——だが、それを言うなら、おれだってずっと象使いだったわけじゃない。前は道化だったんだ。覚えてるか、おい？

いまじゃおまえもすっかり老いぼれて、荷車を引くのが関の山だな。おれだってもう若くはない。五十八になっちまったよ、リル。ああ、おまえのほうが十五ばかり年上なのは知ってる。ほんとのところ、もうちょい上かもしれないがな。でもおまえは、おれみたいに飲んだくれたりしないから、それでおあいこってことだ」

鼻をそっと叩いてやると、大きな耳がバサリと一度動いて、おざなりな同意を伝えてきた。

「あのショーティ・マーティンときたらなあ。おい、あいつにいじめられたりしてないか？ パレードでおまえに乗るのがおれだったらよかったんだが、ちくしょう。それならだいじょうぶだろ、おまえだって」

おっちゃんはにやりと笑った。「そうすりゃショーティのやつ、マホートをくびになって、まあほっとするだろうよ！」

だが、リルには駄洒落《だじゃれ》が通じなかったらしい。それに、冗談を言ったところで、もうじき仕事がなくなることに変わりはない。テッパーマン・ショーは、リルを売りに出すことにしたんだから。それも、買い手がつけばの話だ。もし買い手がつかなかったら――いや、そんなことは考えたくもなかった。

やるせない気持ちで、おっちゃんはハーレム・カジノの裏手にある黒人村へ歩いて行った。

「やあ、おっちゃん大先生」怪物小屋の見世物師のジェイベズが声をかけてきた。「なんだか沈んでるじゃねえか」

「そうよ、ジェイブ」おっちゃんは答えて言った。「あんまり深く沈んでるもんで、竹馬に乗ってても余裕でテントの横幕をくぐれそうなぐらいだよ」

ジェイベズが笑い、おっちゃんは酒を一パイント、つけで買った。

ひと口飲むと、気分が少しましになった。さっきの酒は名ばかりだった。酒というのは、高い金を出せば出すほど弱くなる。前にシャンパンを試したことだってあるが、ソーダ水みたいな味だった。しかし、こいつは――

「ありがとよ、ジェイブ」おっちゃんは声をかけた。「またな」

ぶらぶらと歩いて、クラップスの勝負にもどる。おっちゃんがテントの横幕をくぐってはいっていくと、ホワイティ・ハーパーが立ちあがった。

「すっちまった」ホワイティが言った。「ビル、しばらくおまえにサイコロをまかせるよ。あとでもどる。よお、おっちゃん。コーヒーでもおごってくれようってのか？」

おっちゃんは首を左右に振った。「でも、調子をあげるにはぴったりなのがあるぞ。ほら」

ホワイティは勧められた酒をひと口飲んで、食堂へ向かった。おっちゃんは、クラップスであたりを出していたメリーゴーラウンド係のビル・レンデルマンから、二十五セント借りた。途中参加で二度賭け、十五セントと十セントで勝負に出たが、どちらも負けた。

だめだ、今夜は、つきがない。

どこか町のほうで、時計が十二時を打った。おっちゃんもそろそろ寝ることにして、今夜はお開きにした。酒の残りは寝台で飲めばいい。

いまでは、おっちゃんも気が大きくなっていた。酔いがまわりはじめ、朗《ほが》らかで幸せな気分になってくるといつものことだが、知っているなかでいちばん悲しげな歌を口ずさみながら、人気《ひとけ》のない中通りを横切った。グランドオペラの曲で知っているのはこれひとつきり。オペラ〈道化師《パリアッチ》〉のアリアだ。

「——苦痛も涙も
おどけに変えて
さあ——笑え、パリアッチョ
打ち砕かれた愛を
笑え、身に付きまとう嘆きを！」

そう、このパリアッチョってやつも道化師だった。それによくわかってやがる。道化師にとって、人生とは美しく悲しいものだ。元道化師にとってはさらに美しく悲しいし、飲んだくれの元道化師にとっては、とことん美しく悲しい。

「道化を演じりゃ、不幸もふーきー飛ぶ——」

たっぷりフルコーラスで三度歌い終えるころには、靴だけ脱いで服は着たまま、ハワイアン・ショーの裏に停めた六号車の下の寝床にもぐりこんでいた。酒の残りを飲み干すことは、すっかり頭から抜け落ちていた。

空では、少し欠けたおぼろ月が流れる雲の後ろに姿を隠し、中通りに点々とともされたままのアーク灯の明かりもテントにさえぎられて、会場のまわりは謎めいた闇に沈んでいた。その闇のなかで、いくつものテントが、息をひそめた夜に薄ぼんやりとかすむ灰色の怪物のように浮かびあがっていた。殺しでも起こりそうな夜――

何者かが体を揺すってきた。ウィリアムズのおっちゃんは寝ぼけ眼を片方だけあけた。

「ああ、ううん。何時だ」そしてまた目を閉じた。

だが、揺れはつづいた。「おっちゃん！　起きろ！　リルがやつを殺し――」

それを聞くなり、おっちゃんは跳ね起きた。目を大きく見開いても、なかなか焦点が合わない。目の前の顔はぼやけているが、声はホワイティ・ハーパーだ。

おっちゃんはホワイティの肩をつかんで体を支えた。

「はあ？　おまえさん、いま……」

「あんたのブルがショーティ・マーティンを殺した。おっちゃん！　起きろ！」

起きろだと？　ふざけんな、これまでの人生でこんなにばっちり目が覚めてたことがあるか。おっちゃんは寝台から、ほとんどホワイティの上に転がり落ちんばかりになりながら這い出た。あわてて靴に足を突っこんだので、靴の舌が両方とも裏返しになって巻きこまれた。靴ひもを引いたり結んだりする間もなく、そのまま駆けていく。

ほかにも走りまわっている連中がいた。ずいぶんな数だ。寝台車から飛び出すのもいれば、暑い夜にはよく寝床代わりになる中通り沿いのテントから出てくるのもいる。中通りの入口付近で明かりに煌々《こうこう》と照らされた食堂から走ってくるのもいた。

ハワイアン・ショーの前まで来ると、おっちゃんは後ろへさっと目を走らせ、ホワイティ・ハーパーの姿が見えるかを確認した。いなかった。

そこでおっちゃんは身をかがめてハワイアン・ショーのテントにもぐりこみ、正面ではなく横から出て、テッパーマンの専用トレーラーのほうへ引き返した。もちろん、車にはまだテッパーマンの妻がいるかもしれないが、おっちゃんにはやらなくてはならないことがあり、それは大至急、象のところへ行く前に果たすべきことだった。そのためには、座長のトレーラーが無人であることに賭けるしかない。

あたりだった。ほんの一分で、探していた高性能ライフルが見つかった。ライフルを体にぴったりとつけて持ち、だれにも見られずにハワイアン・ショーの大テントに持ちこんだ。そして、お立ち台の足もとに垂れた幕の裏に隠した。

隠し場所としては、あまり上等とは言えない。あすの昼までには見つかるだろう。だが、あすの昼になれば、もう構いはしない。そのころにはもう、別の銃が調達されているだろうから。とにかく、今夜手にはいる銃のなかでじゅうぶんな力があるのは、これ一挺《いっちょう》きりなのだ。

しばらくすると、おっちゃんは愛しいリルのまわりにできた人垣を押し分けていた。人の輪はリルからかなりの距離を置いて作られている。

おっちゃんが真っ先に目を向けたのはリルだったが、なんともなさそうだ。どんな癇癪《かんしゃく》だか不機嫌だかをぶつけたにしろ、いまは落ち着いている。赤い目には頓着の色もなく、鼻はゆったりと揺れている。

医者のバーグが、そこから三、四メートル離れたところでかがみこんでいて、足もとの地面に何かが横たわっている。そばにテッパーマンが立って見ている。だれかがおっちゃんに大声で呼びかけると、テッパーマンがすかさず振り向いた。

鋭い、ほとんどヒステリーを起こしたような声が発せられた。「だから言ったろう、あのくそブルが――」テッパーマンはそこでことばを切り、じっとねめつけた。

「何があったんで?」おっちゃんは声を抑えて尋ねた。

「見てわからんのか」テッパーマンは、かがんでいるバーグに視線をもどした。バーグの眼鏡がだれかの懐中電灯の光を反射し、うなずきに合わせて輝いた。

「肋骨《ろっこつ》が三本」バーグは言った。「頸椎《けいつい》の脱臼《だつきゅう》、それから頭蓋骨はそこの杭《くい》にぶつかったところが砕けている。どれが致命傷でもおかしくない」

おっちゃんは首を左右に振りながらも、悲しみのせいなのか否定したいのか、自分でもわからなかった。

もう一度尋ねた。「何があったんで？　ショーティがリルにちょっかいを出したんですか」

「見た者はいない」テッパーマンが吐き捨てた。

「ふうむ」おっちゃんは言った。「ショーティはここで見つかったんですか？　リルがやったとしたら、そんなところまで投げ飛ばすのは無理そうだが」

「やったとしたらってのはどういう意味だ」テッパーマンの声は冷ややかだ。「知りたきゃ教えてやるが、ショーティはそこの杭に頭をもたせかけて倒れてたんだよ」

「こいつはリルをいじめてたにちがいないんだ」おっちゃんは退《ひ》かなかった。「リルは人殺しなんかじゃない。唐辛子でも食わせたか、でなきゃ――」

おっちゃんはリルに近寄って、鼻を軽く叩いてやった。「おまえがやったはずないよな、リル。しかしなあ――ちくしょう、おまえがしゃべれりゃいいのになあ」

座長は鼻を鳴らした。「撃っちまうまで、そいつには近づかないほうがいいぞ」

おっちゃんはびくりとした。覚悟はしていたが、まさしく恐れていたことを言われてしまった。

それでも、言い返すのはやめた。いまは何を言ったところで無駄だとわかっていた。少し時間が経って、テッパーマンの怒りが静まってからなら、チャンスがあるかもしれない。ごくわずかなチャンスだが。

おっちゃんは言った。「リルならだいじょうぶですよ、テッパーマンさん。蝿《はえ》一匹傷つけやしません。もしリルが……その……やったんだとしたら、ぜったいに何か理由があったはずです。しかたのない理由がね。あのショーティのほうに何か問題があったんだ。そもそも、パレードであいつをリルに乗せたりしちゃいけなかったんですよ。リルだって、あいつのことはちっとも……」そこでふと、リルがショーティをきらっていたことを強調すれば墓穴を掘ることになると気づいて、おっちゃんは口をつぐんだ。

何ブロックか先から、救急車の音が響いた。

テッパーマンはまたバーグのほうを向いていた。「ショーティのやつ、飲んでたのか」

だが、バーグは首を横に振った。「酒のにおいは特にしないようだ」

おっちゃんの望みは薄れた。ショーティが酔っていたのなら、わざとリルにちょっかいを出したというのもありそうなことだったのに。それにしても、酔っていなかったのなら、なんだってわざわざリルに近づいたりしたのか。しかも、こんな時間に――

「いま何時かな」おっちゃんは尋ねた。

「じき一時だ」答は医者から返ってきた。思っていたより早い時刻だ。騒ぎが起こったのは、寝入り端《ばな》だったにちがいない。こんなにおおぜいがまだ起きているのも当然だ。

救急車がやってきて、地面に横たわっているそれを回収し、ふたたび走り去った。集まった人垣は、すでにゆるやかに崩れはじめていた。

おっちゃんは、もうひと押ししてみた。「ショーティはどっちにしろ悪党でしたよ、テッパーマンさん。何日か前、ブロンデール興行をやってるときにパクられたじゃないですか」

「何が言いたいんだ」

ウィリアムズのおっちゃんは頭を掻いた。自分でもわからなかった。けれども、また口を開いた。「万が一、リルがショーティに何かしたんなら、理由があったはずなんです。どんな理由だかはわからんけど、ぜったい——」

座長はひとにらみして、おっちゃんをだまらせた。

「ここで待ってろ。そのブルをしっかり見張ってろよ。またたれかを殺す前に撃ち殺してやる」

そして大股で歩き去った。

おっちゃんは、リルの肩のごわついた皮膚を軽く叩いてやった。「心配ないからな、リル。銃なんか見つかりゃしないんだから」まわりにいる仲間たちの耳にはいらないよう、小さな声で言う。つとめて明るい声を出してはみたものの、執行猶予を与えてやったにすぎないことはわかっていた。朝日が差すころになってもあの銃が見つからないとなれば、近くの店で別のを一挺手に入れるのはわけもない。

だれかの大声が響いた。「そいつから離れたほうがいいぞ、おっちゃん」

ホワイティ・ハーパーの声だ。

おっちゃんは答えた。「間抜けめ。リルは蠅一匹傷つけやしない」それから、大声で話さなくてもすむように、リルからじゅうぶんな距離をとって立っているホワイティのそばまで歩いていった。「なあ、ショーティ・マーティンが今週頭にブロンデールでしょっぴかれたのはどういうわけだったんだ」

「なんでもないさ。疑いをかけられた、それだけのことだ。すぐに釈放された」

「なんの疑いを？」

「誘拐事件があって、おまわり連中が大騒ぎしてたんだ。目抜き通りをぶらついてた不審者を片っ端から捕まえてな。うちのやつらもおおぜい尋問された」

「誘拐されたやつは見つかったのか」

「子供だよ――銀行家の息子さ。まだ見つかってないんじゃなかったか。なんでだ？」

「いや」おっちゃんは言った。藁《わら》をもつかみたい一心で尋ねたことだったが、それをうまく説明する術《すべ》がなかった。「ショーティに敵はいたかな？　一座のなかにってことだが」

「聞いたことがないな。リルは別だがね。それとあんたと」

おっちゃんは忌々しげにうめき声を漏らし、リルのそばにもどった。「心配ないからな、リル」と声をかけたが、これは無用もいいところだった。リルには心配そうな様子など、かけらもなかったからだ。ウィリアムズのおっちゃんのほうは、そうも言っていられなかったが。

テッパーマンがもどってきた。ライフルは持っていない。

「どこかのど阿呆がおれの銃を盗んでいきやがった。朝までどうにもならん。おっちゃん、あんた、ここに残ってブルを見張っててくれるか」

「もちろんです、テッパーマンさん。ただ、どうですかね、どうしてもリルを――」

「ああ、おっちゃん、やらなきゃならん。ブルが一度でも殺しをしたら、それ以上、危険を冒すのは割に合わんよ。でもな、おっちゃん。こんどのことはあんたのせいじゃない。一座に残って、テント係でもなんでも――」

「いや」ウィリアムズのおっちゃんは言った。「やめさせてもらいますよ、テッパーマンさん。おれは根っからの象使いなんです。やめさせてもらいます」

「だが、あすまではいてくれるんだろう?」

「ええ」おっちゃんは答えた。「あすまではいます」そして、去っていくテッパーマンを見送った。

ああ、あすまではちゃんといるつもりだ。追い出そうったって、古女房を救うチャンスがまだあるうちは、そんなことはさせない。たとえ頼りないチャンスでもだ。

そのあとは――ああ、ちくしょう、そのあとの心配なんかして、なんになる?

中通りのアーク灯が少しにじんできて、おっちゃんは袖の裏側で目もとをこすった。そのあと、テッパーマンの言うとおりだと頭ではわかっていたのもあり、だれかを責めずにはいられなかったのもあって、ぼそりとつぶやいた。「ショーティのくそ野郎！」夜中に寝ているリルのまわりなんかをうろついて、ショーティはいったいどういうつもりだったのか。そして、リルに何をしたのか。

リルのほうを見ると、赤ん坊のようにすやすや寝ている。このリルが人殺し？ ちょっと待て！ ちがうかもしれないんだぞ！ さっきはかばってみたものの、ここへきて突然、実は腹の底では自分だってリルがショーティを殺したと思っていることに気づいた。しかし、リルがそんなことをするだろうか？ リルが癇癪持ちなのは否定しない。だが、怒ったとき、リルはラッパのような咆哮《ほうこう》をとどろかせる。今夜のリルは鳴き声ひとつあげなかった。酔っていようが素面《しらふ》だろうが、寝ていようが起きていようが、リルの声を聞き逃すはずがない。

「リル、おまえはほんとに——」

リルは小さな赤い両目を眠たげにあけ、それからまた閉じた。くそっ、こいつが口さえきけたら。

ショーティの死体を見つけたのはだれだったのか。そして、ショーティはその直前にどこで何をしていたのか。その答が肝心なのかもしれない。だれもそういう疑問を口に出していなかった。みんなが口にしていたのはただの——おまわり連中の言い方はなんだったか——

そう、状況証拠ってやつだ。

そのあたりを尋ねようと思って見まわすと、だれもいなかった。自分ひとりきりで、ほかにはリルがいるだけだ。

どこかで時計が二時を打った。

おっちゃんはリルの足の鎖と、鎖がつないである杭を見た。どちらにも異状はない。リルを起こさないように注意深く歩き、回転式の乗り物をまわりこんで中通りへ出た。湿気を吸った木くずが敷かれた道を通って、食堂へ向かう。

座員が五、六人ほど、テーブルやカウンターに集まっていた。

そこにいたホワイティが声をかけてきた。「よお、おっちゃん。コーヒー飲むか?」

おっちゃんはうなずいて腰かけた。どうにも尻が落ち着かず、まるで熱い椅子にでもすわっているようだと自分でも思ったが、それはリルのそばにいると約束しておいて、こんなところにいるのがテッパーマンに見つかるとまずいからだと思いあたった。もっとも、座長に見られたからなんだというのか。どっちみち、今夜で最後じゃないか。辞めた男をくびにすることなんかできない。

おっちゃんは体の緊張を解き、熱いコーヒーも味方につけた。

それから尋ねた。「あのとき何があったのか、見たやつはいるか? つまり、ショーティがリルに何をしてたのかとか、そもそもなんであんなとこへ行ったのかってことだが」

「知らんな」ホワイティ・ハーパーが答えた。「ショーティは、あんたが出てったすぐあと、見世物小屋のテントにいたよ。おれがあいつを見たのはそれが最後だ」

「ショーティも賭けを？」

「いいや。しばらく見てただけだ。たしか、おれはここへ来て、一ドル借りてもどったろ。そしたらショーティがいて、二、三分したら出てったんだ、十二時ごろに。そのあとどこへ行ったかは知らんな」

カウンターにいた乗り物係の男が口を開いた。「おれが見たのは、そのときにちげえねえ。見世物小屋の大テントから出てきて、観覧車のほうへ歩いてったからな。ピート・バウチャーがディーゼルをいじってたんだ。たぶんそこへ話しに行くんだろうと思ったぜ」

「ショーティは素面だったか？」

「見た感じではな」乗り物係は答えた。ホワイティもうなずいた。

おっちゃんはコーヒーを飲み終えると、ピート・バウチャーを探しにのそのそと外へ出た。探しあてるのはわけもなかった。ピートはまだ、手強いエンジンと格闘していた。

「やあ、おっちゃん」ピートは言った。「ブルは撃たれるのか？」

「そうらしい」おっちゃんは答えた。「テッパーマンが銃を見つけられなくてな。じゃなきゃ今夜やってただろう。十二時ちょっと過ぎに、ショーティがしゃべりにきたんだって？」

「ああ。それぐらいの時間だったろうな」

「リルのこと、何か言ってたか。それか、あのあたりに行くとかなんとか」

バウチャーは首を横に振った。「あすの話をしただけだ。いい一日になりそうかどうかってな。長居はしなかった。二、三分ってとこだ」

「これからどこへ行くとか言ってなかったかな、ひょっとして」

「いや。でも、たまたま目にはいってな。やつは中通りを横切って、ホットドッグ屋台と怪物小屋のあいだをはいってってたよ。ヴァレンティのトレーラーがそのあたり、怪物小屋の裏にあるんだ。そっちへ向かったんじゃないかと思うがな」

おっちゃんはうなずいた。近づいたぞ、と思った。ショーティはきっと、トレーラーからまっすぐリルのところへ向かって、その最後の歩みはだれにも見られなかったのだろう。中通りの突きあたりのカーブに沿って、テント裏の暗がりを歩いていったんだろうから。

おっちゃんは言った。「どうにもわからないのは、いったいなんでリルが――なあ、ピート、ショーティはしゃべってるとき、どんな様子だった？」

「上機嫌だったぞ。冗談を飛ばしてな。あすには金持ちになるんだって言ってた」

「それには……なんて言うか……意味ありげな感じだったか？」

「そんなことはないな。いったいどんな意味があるっていうんだ。なあ、おっちゃん。リルが撃たれちまったら、あんた、どうするつもりだ」

「わからんよ、ピート。わからん」

おっちゃんは水浸しになった中通りをのろのろと横切り、ヴァレンティが毎晩一度飛びこみをおこなう大型水槽と高さ二十五メートルほどの飛びこみ台の横を通り過ぎた。台の上のほうには目をやらなかった。おっちゃんには高所恐怖症の気《け》があって、高いところが苦手だった。そんな高さから飛びこむと考えただけでぞっとした。

ホットドッグ屋台の脇を抜けて、ヴァレンティのトレーラーのほうへ引き返した。トレーラーの明かりが消えていたので、おっちゃんはためらった。おそらくヴァレンティと相棒のビル・グルーバーは眠っているのだろう。もう二時半は過ぎているはずだ。

トレーラーそのものが、暗闇にたたずむ黒い影と化している。

おっちゃんはドアの前に立ち、声をかけるべきかノックすべきかと迷った。ひょっとしたらら、ふたりはまだ眠っていないかもしれない。

「ヴァレンティ」おっちゃんはそっと声をかけた。眠っている相手が目を覚ますほどではないが、ヴァレンティかグルーバーが中にいてまだ起きているなら気づくのではないかという程度の声だった。

返事はなかった。じっと耳を澄ましていると、そうしていなければ気づかなかっただろう音が聞こえた。小さくて不規則な呼吸の音に、おっちゃんはとまどった。とても大人のものとは思えない。まるで子供の息づかいだ。けれども、ヴァレンティにもグルーバーにも子供はいない。子供がこんなところで何をしているのか。

しかも、その息づかいがふつうではない。そうでもなければ、いくら静まり返った夜中だとしても、気づかなかっただろう。しかし、いったいなぜ――

後ろから近づく足音は耳にはいらなかった。

ヴァレンティが問う声がした。「おい、だれだ？　ああ、なんだ、おっちゃんか。なんの用だよ」

「トレーラーに子供がいるのか、ヴァレンティ」おっちゃんは尋ねた。「喉の病気にでもかかってるように聞こえるが」

ヴァレンティは笑った。「空耳だよ、おっちゃん。そりゃあ、ビルだ。ひどい風邪をひいたうえに、ぜんそく持ちでな。子供の喉の病気だと思われたぞって言ってやるのが楽しみだぜ。で、なんの用だい」

おっちゃんは居心地が悪そうに足で地面をこすった。「ああ、ちょっとな……ショーティのことでひとつふたつ訊きたいことがあっただけさ」声を落とす。「なあ、ここで話すのはまずいんじゃないか。ビルが病気で寝てるんなら、起こさないほうがいい」

「そうだな」ヴァレンティは言った。「食堂に行くか」

「いままでいたんだ。リルのそばにもどってやりたいな。いっしょに来てくれ」

ヴァレンティはうなずき、ふたりは並んだテントの裏に茂る丈の高い濡れた草を掻き分けて、おそらく一時間か二時間前にショーティ・マーティンがたどったのと同じ道を歩いていった。ヴァレンティなら何か知っているかも――

眠っている象が見えるところまでくると、ふたりは足を止めた。おっちゃんが言った。

「今夜何があったのか、どうしても知りたいんだよ、ヴァレンティ。そもそもショーティがなんでこんなところにやってきたのか、それに、もしリルがショーティを襲ったとしたら、どうしてそんなことをしたのか」

「〝もし〟ってのはどういうことだ」

「わからないんだよ」おっちゃんは正直に答えた。「ただ……リルがそんなことをするなんて、これまで一度もなかったろ。ピート・バウチャーの話じゃ、ショーティは十二時過ぎにあんたのトレーラーのほうへ向かったっていうんだ。そのとき、ショーティに会ったのかい」

ヴァレンティはうなずいた。「ビルとおれに、いっしょに町へ行くかって訊きにきたんだ。おれたちはふたりとも出かけたくなかった。だから、あいつはそのままこっちのほうへ歩いてったよ。ショーティを見たのはそれきりだ。たぶん最後の目撃者ってことになるんだろうな」

「理由は言ってたかな。なんでそんな――」

問いかけたとき、おっちゃんの視線はヴァレンティを通り越して、敷地の端へ向けられていた。そちらから何者かが歩いてきたが、それがだれだかはっきりしなかった。

そして、おっちゃんの声は質問の半ばで尻すぼみに消えていき、目は当惑のあまり大きく見開かれた。

ヴァレンティは嘘をついていたのだ。相棒のビル・グルーバーはトレーラーで寝てなどいない。というのも、こちらへ向かって歩いてくるのは、まさしくビル・グルーバー本人だったからだ。

ヴァレンティが嘘をついていて、あそこには子供が――

「どうしたんだ、おっちゃん」ヴァレンティが尋ねた。「まるで目の前に……」そう言って振り向き、おっちゃんが見ていたものを目にした。

突然おりた静寂を切り裂いて、ビルの呑気《のんき》な声が響いた。「やあ、おっちゃん、調子はどうだ。まだあいてる薬局がやっと見つかったよ、ヴァル。なんとか――おい、ふたりともどうした？」

ヴァレンティは笑いながらおっちゃんに向きなおった。「おっちゃん、さっきのは冗談――」

そのひとことが、ヴァレンティが体の向きを変える隙を埋めて、おっちゃんを油断させ、助けを求めて叫ぶか逃げ出すかできたはずの一瞬を奪った。その一瞬ののち、おっちゃんはヴァレンティに背後にまわられ、大きな手に口をふさがれた。

それから、ヴァレンティの腕が肋骨をつぶす勢いで締めつけ、口をふさいだ手が頭をのけぞらせるあいだに、おっちゃんはショーティの身に何が起こったのかを、そしてその理由も悟った。もはや手遅れだが、ショーティがなぜあす〝金持ち〟になるはずだったのかもわかった。ショーティは、ヴァレンティが例の子供をトレーラーに閉じこめていることに気づき、身代金の分け前を要求しにいったのだ。

すべてが瞬時に納得できた。ブロンデールで誘拐された銀行家の子供だ。おそらく薬を盛られて、あのトレーラーに監禁されているのだろう。ショーティがやられたようなやり方で人を殺せるほど腕っぷしが強いのは、一座でもヴァレンティしかいない。同じように、いまこうしておっちゃんも殺そうとしている。そしてリルに罪を着せるというわけだ。

リルがショーティを殺したはずがないと思っていたとき、なぜヴァレンティに思い至らなかったのか。少額の賭けでは物足りないといって、サイコロを振ろうとしないヴァレンティ。ニワトリの首を絞めるように、いとも簡単に人間の首をひねりあげる腕力の持ち主。浅い水槽へ二十五メートルの高さから毎日飛びこむだけの度胸のすわった男――

ほんの一瞬前なら、叫び声をあげられた。リルを起こすこともできたし、そうすればリルは杭を引き抜いて走ってきただろう。

いまとなっては手遅れだ。口を覆う手は万力の鉄の顎のようだ。肋骨も首も――

自由がきくのは足先だけだ。なりふりかまわず、かかとを後ろに蹴《け》りあげた。なりふりかまわず、どうにか物音を立て、リルを起こすか、別の助けを呼ぼうとした。

一方のかかとがヴァレンティの足首に強くぶつかったが、はずみでそちら側の靴が脱げた。

大あわてで寝台から飛び出し、テッパーマンのライフルを隠したあと、靴ひもを結ぶ余裕がなかったせいだ。

　胸を締めつける力がいっそう強まるのを感じながら、もう一度大声をあげようとした。しかし高く弱々しい声しか出ず、ついさっきまでの声の大きさにも及ばない。そのふつうの話し声ですら、象の眠りを妨げなかったというのに。

　おあつらえ向きの救いの手がほんの三メートルのところにあるのに――すっかり眠りに落ちている。

　ヴァレンティのほうは、両脚を大きくひろげて踏ん張っている。こちらは自分を殺そうとしている男の足首を蹴ることすらできない。少し試したが、残った靴まで危うく失いそうになった。

　こうなったら絶体絶命、一か八かの最後の賭けだ。

　おっちゃんは、後ろではなく前へ、ありったけの力を掻き集めて足を振りあげた。そして、振りきったところで足先をまっすぐ伸ばし、靴がすっぽ抜けるにまかせた。

　奇跡のごとく、靴はまっすぐ飛んでいった。鈍《にぶ》い音を立てて靴が鼻にあたると、リルは低くうなって目を覚ました。

　ほんの一瞬、リルは小さな目を怒らせて、目の前で繰りひろげられる無言劇をにらみつけた。無礼な手立てで起こされたことに対する、ただの怒りだった。

だがそのとき——裸足《はだし》でなす術もなく宙を蹴るおっちゃんの様子を見たからか、あるいは単なる動物としての本能からか、それともおっちゃんが自分をぶったことなど一度もないからか、リルには大好きなおっちゃんが窮地に陥《おちい》っていることが伝わった。

リルは荒々しく鼻息を吐き、ラッパのような音を発した。そして突進すると、地面に刺さっていた杭は、バターに埋まっていたかのようにあっけなく抜けた。

ヴァレンティはおっちゃんを放して逃げ出した。どんな命知らずにとっても、相手にするには限度というものがあり、真っ赤な目で襲いかかる象はその限度を超えていた。はるかに超えていた。

おっちゃんはあえぎながら「いい子だ」と声を絞り出し、そのあいだにもリルは、見えていないものでも避《よ》けて通れるという不可思議な象の能力を発揮して、おっちゃんをまたいで駆けていった。「いい子だ。そいつを捕まえろ」——おっちゃんはリルの背後でどうにか立ちあがり、よろよろとあとを追った。

おっちゃんが回転式の乗り物をまわりこみ、ハワイアン・ショーのテント横に来たころには、ヴァレンティはほんの数メートル先を中通りに向かって走っていた。ヴァレンティはロープの下をかいくぐり、リルはロープを蜘蛛《くも》の巣並みに扱って突き抜けていく。リルがもう一度咆哮すると、その轟音《ごうおん》を聞いて、敷地内からも、裏手の鉄道の側線に停まった車輛《しゃりょう》からも、一座の連中が飛び出してきた。

さえぎるもののない中通りに出たヴァレンティの顔には、恐怖がにじんでいた。死神の熱い吐息をうなじに受けながら、ヴァレンティは中通りの真ん中あたりの、水槽と飛びこみ台のある一画にたどり着いた。飛びこみ台の梯子《はしご》をがむしゃらにのぼり、引きずりおろそうと伸びてきた象の鼻を間一髪で振りきった。

そのころにはテッパーマンも来ていて、会場担当の警官もリボルバーを抜いてそこにいた。そしておっちゃんは、リルをなだめたあと、すぐに事情の説明をはじめていた。ビル・グルーバーがハワイアン・ショーのテント裏で伸びている、とだれかが言いにきた。逃げる途中でテントの杭に蹴つまずき、小道具入れのトランクに頭から突っこんだらしい。

医者のバーグがそちらへ行こうとしたが、そのころにはもうおっちゃんの話があらかた伝わっていたので、テッパーマンは代わりにバーグをヴァレンティのトレーラーへ向かわせた。どうせ電気椅子送りになる男の手当てを急ぐことはない。子供が先だ。

警官がヴァレンティに、おりてきておとなしく捕まれと大声で呼びかけた。

だがヴァレンティは、すでにいつもの度胸を取りもどしていた。つぎに何が起こるかを直感したおっちゃんは、リルをいつもの場所につないでくると言ってその場を離れた。そのときヴァレンティは鼻に親指をあてて警官を挑発していたが、やがて飛びこみ板の先端で身構えた――そこから二十五メートル下にあるのは水の抜けた空っぽの水槽だった。

「笑え、パリアッチョ
打ちくーだーかれた愛を――」

ウィリアムズのおっちゃんの歌声は調子はずれでがらがらだったが、じゅうぶんに大きく、敷地から裏手の車輛のほうまで響き渡った。もう空が白みかけていたが、座長から好きなだけ遅くまで寝てよしと言われた男にとっては、そんなことは気にもならなかった。賃上げの前払いとして十ドルもらい、それを一気にすってしまった男にとっては。なんのかんの言って、スコッチも悪くはない。ずいぶんと量が必要だが。

おっちゃんの隣にはホワイティがいて、やはりスコッチに手を出していた。ホワイティが尋ねた。「あんたの歌に出てくるそのパ、パリーアチョーとかいうのは、いったいなんなんだ、おっちゃん」

「道化師さ、おれとおんなじだよ、ホワイティ。パレードで道化の衣装を着て、リルに乗ってもいいって、テッパーマンから言われたんだ。もう教えたっけ」

「たった五十回ほどな」

「そうか」おっちゃんはそう言うと、また大声を張りあげた。

「呑みこんだかーなーしーみを、みんな笑いに変えて――」

美しい歌詞なのはたしかだが、気分は少しちがっていた。おっちゃんはこの五十年で、いまほど幸せを感じたことはなかった。

不吉なことは何も

法を守り、そこそこ真っ当に暮らしている者なら、殺人事件に巻きこまれることを本気で考えたりはしない。義憤の女神ネメシスが追うのは別のだれかで、やがてどこかで捕まえる。自分はそのいきさつを、朝のコーヒーを飲みながら新聞で読む。被害者の名前は聞いたこともない。自分の名前であるはずがない。

しかし、ほんとうにそうだろうか。

カール・ハーロウを見てみよう。ごくふつうの男だ。弾丸があたるまさにその瞬間まで、ネメシスに追われていることを知らなかった。そのときですら思いも寄らず、はずれた二発目がまるで鋼鉄に身を包んだ地獄のスズメバチのように耳の近くをかすめたとき、ようやくそれに思い至った。

知らなかったからといって、カール・ハーロウを責めることはできない。言うまでもなく、殺害の前ぶれなどなかった。安物の便箋《びんせん》に活字体で書いた殺害予告もなかった。前の日の晩にポーカーをして車で帰宅するときも、ラジエーターのキャップに亡霊が腰かけてわけのわからないことを口走ったりはしていない。黒猫が前を横切ることもない。不吉なことは何もなかった。

それどころか、ポーカーで十七ドルも勝っていた。二重にうれしかったのは、そのほとんどが医師のミラードの金だったからだ。ミラードのことはとても好きだったが、とんでもない額の請求書を送ってきていたことを考えればいい気味だ。そして、二、三ドルはトム・プライヤーの金だった。この世に金を奪われて当然の人間がいるとしたら、それは銀行員だ。たしかにカールは大酒を飲んでいた。しかし、いつものことなので、もはやそんなことはなんともなかった。この土曜の朝はいつもどおり早起きして、朝食のときには勝った金を妻のエルシーと折半するという善行にまで及んだ。もっとも、おそらくそれは、いくら勝ったかをエルシーが仲間の妻のだれかから聞きつけるだろうからだ。ウィルシャー・ヒルズにはどこの町にも負けない情報網がある。

上司——正確には、ふたりいる上司の一方——から、〝永代《エターニティ》棺《ひつぎ》ケース〟の宣伝文句を書くよう指示されたときも、不吉なことは何も感じなかった。カール・ハーロウは机の前にすわって、この棺ケースのセールスポイントを検討しはじめ、どんどん夢中になっていった。

「見てくれよ、ビル。この棺ケース、ほんとうにすごいぜ。考えてみたら、ふつうの棺はすぐに腐っちまう。でも、こいつはコンクリートでできてて——」

「おまえの頭みたいだな」ビル・オーウェンがぶっきらぼうに言った。「よりによっておれに売りつけようとするなよ。とにかく書いて——ああ、カール、苛立っててすまんな。でも、わかってくれるだろ。エルシーにはもう話したのか」

カール・ハーロウは真顔でうなずいた。「先週話したさ、ビル。もちろん、深刻にならずに聞いてくれた。同じような仕事か、もっといい仕事が見つかるってね。おれもあれぐらい平気でいられたらって思うよ。二十年も同じところで働いて、目の前でそこがつぶれちまうんだからひどい話さ。当然、貯金はあるけど——月のはじめにつぶれるのは確実なんだな?」

「まちがいない」ビル・オーウェンは言った。

カールはエターニティ社の資料をまとめたフォルダーを自分の机に持っていき、腰を落ち着けて大まかなレイアウト案を作った。キャッチフレーズも書かなくてはいけない。永遠の安らぎとか、そういったものだが、〝永遠の《エターナル》〟は会社名にあまりにも近いからまずい。それに、亡骸《なきがら》や死や腐敗に直接ふれるのもだめだ。不吉なものは何も使わないほうがいい。

むずかしい案件だ。頭が鈍《にぶ》く脈打っている。ドク、ドク、ドクという音がネメシスの足音だとは気づかなかった。そうした足音に気づく者はほとんどいない。カール・ハーロウにとって、それは〝ここのところ飲みすぎだ。控えなきゃな〟という意味でしかなかった。もっとも、控える気などないのだが。

気つけの一杯が習慣になると、廃人の一歩手前だとわかっていた。少し飲みすぎた翌朝、目覚めて最初に考えるのが一杯やることだったら、もうすっかり酒の虜《とりこ》だ。しかし一杯やらなければ、靄《もや》のなかにいるも同然だ。そしてドク、ドクが訪れる。

当然ながらけさもベッドを出てすぐに目覚ましの一杯をやったが、どうやらそれでは足りなかったらしい。いま机のいちばん下の抽斗《ひきだし》からボトルを出して、もう一杯やった。

おかげで頭がすっきりして、手の震えも落ち着いた。ほら見ろ、もう案が浮かんだ――エターニティ社の広告では使ったことのない切り口のものだ。うまくいけば、文句なしで採用されるにちがいない。カールはレイアウトに着手した。キャッチフレーズの書体はオールド・イングリッシュ。鉛筆の動きが速くなる。

仕上がったものを、十時半にビル・オーウェンに見せた。「これ、どうかな」

「ほう！　なかなかいいじゃないか。そのままの形で先方に送ろう」

「ありがとう、ビル。ほかに大事な仕事は？　きょうは正午に銀行が閉まるだろ。用があるから、十一時ぐらいにちょっと出たいんだが」

「いいとも。なんなら、もう出たってかまわんぞ」

「ところで、二時から医者のミラード先生とゴルフをするんだ。三人でやらないか」

ビル・オーウェンはにっこり笑った。「ポーカーのとき、ぼけっとしてたんじゃないのか。トム・プライヤーとおれが言ったろ、三時から別の四人でプレイするって」

「ああ、そうだ、忘れてたよ。さて、まだ十一時になってないが、失礼するかな。エルシーがけさから母親のところへ行って、向こうで一泊するから、食い物を見つくろわなきゃいけなくてね。じゃあ、十九番ホールで会おう」

カールは机を整理して、家に電話することにした。特に理由があったわけではない。「ああ、もしもし、きみか」エルシーが電話に出ると、カールは言った。「家を出る前に話せたらと思ってね。週末は楽しんでこいよ」

「ええ、そうする、カール。電話ありがとう。タビーの世話を忘れないで」

カール・ハーロウはくすくす笑った。「心配するな。時計を外に出して猫のねじを巻いておく。こっちは心配無用だ……。それじゃあ」

銀行では、カールが窓口に出した小切手を見て窓口係がやや驚きの表情を見せた。カールもそれは予想していた。何しろ一万ドルの小切手なのだから、何も言われずに金を渡されたら、いささかがっかりしただろう。

窓口係は「少々お待ちください」と言って窓口から離れた。もどってきたときには手に小切手はなく、こう言った。「出納《すいとう》主任のプライヤーがオフィスでお目にかかりたいとのことです」

カール・ハーロウは柵の出入口を抜けて、奥にあるプライヤーのオフィスへ行った。「やあ、トム。小切手のことを尋ねたいんだろう？」カールは帽子をプライヤーの散らかった机に置いて、太った四十がらみのこの出納主任が手で示した椅子に腰かけた。

カールはトムににっこり笑った。「ああ、いいとも。あれは投資用の金だ。農場をはじめようと思ってね。ミミズを育ててるんだ。毎年夏にはあれだけ釣り客が来るから、きっと元がとれ——」

「カール、まじめな話だ」プライヤーは言った。「そもそも、ふつうなら預金をおろすには十日前に手続きをする必要がある。むろん、たいした額じゃなければ、そんな規則にはこだわらないが——」

カール・ハーロウはもどかしげに体を揺すった。「そこをなんとかしてもらえないか、トム。金を渡してくれ」

トム・プライヤーはカールをじっと見た。「渡せないこともないんだ。しかし、言いたいのはそれだけじゃない。まず、一万ドルはきみにとって大金だよ、カール。きみの預金残高は、当座預金と普通預金を合わせて一万四百ドルなんだから、口座を閉じるも同然じゃないか。きみのことはよく知っているから、この世で持っているのはそれっきりなのもわかっている。ほかには住宅資産と二台の車、それに一万か一万五千ドルの生命保険だ」

カールはうなずいた。「でも聞いてくれ、トム。引き出した金は何も一気に使っちまおうってわけじゃないんだ。ちゃんと話したほうがいいかもな。キーフ＝オーウェン広告代理店の経営状態がよくないのは聞いてるだろ。実はそれどころじゃない。倒産寸前なんだ。

つぶれちまったら、ああ——おれはどうすりゃいいんだ。そこで、ロジャー・キーフの持ち分の株を買いあげようかと思ってるんだ。オーウェンは問題ないが、キーフが足を引っ張ってる。もしビル・オーウェンとおれが共同経営者になって、あの忌々しい——まあ、言いたいことはわかるだろ。ちなみに、これは内緒だ。おれの考えはビルも——それにキーフもまだ——何も知らない」

トムは小さく口笛を吹いた。「ずいぶん大きな賭けに出る気だな、カール」

「かもしれんな。でもキーフが出てったら、ビル・オーウェンとおれで会社をうまくやっていけるにちがいない。もしほんとうに、やつに株を売らせることができたらな」

「だがカール、なぜ現金が必要なんだ。だれも現金取引なんかしないぞ。それに、その金を持ち歩かなきゃならないし、場合によってはひと晩、手もとに置いておく必要もある。なぜそんな危ないことをするんだ」

カール・ハーロウはうなずいた。「当然、その心配はあるな。でも、うちには小さな金庫がある。それに、おれが金を引き出したことは、きみと外の窓口係のほかはだれも知らない。どっちもうちに盗みにはいろうなんて気はないだろう——もっとも、ゆうべのポーカーできみが一、二度はったりをかまそうとしたのを考えると——」

プライヤーは小さく笑った。「とんでもないな。一万ドルは大金だ。わたしの給料一年ぶんだよ、カール。きみやビルのような高給とりの広告代理店幹部じゃないからな。ただ、なくす危険がまずないのはわかるとしても、現金でほしいってのは、やはり解《げ》せないな」

「これだから銀行家ってやつはな」カール・ハーロウは言った。「何もかも知っておかなきゃ気がすまないのか。わかったよ――ただし、これは内緒だぞ。キーフは債権者たちに追っかけまわされてる。やつらは目に見えるものは何もかも持っていくさ。もし半額を裏でこっそり見せてやったら、キーフは株を安く譲るかもしれない。

つまりだ、書類の上では四千ドルにしておいて、それとは別に四千ドル払う――破産審理官にわからないようにな。そういう形にすれば、やつは一万ドルの小切手じゃなくて八千ドルの現金で手を打つんじゃないかと思うんだよ。さあ、これで満足だろ」

「ううむ」プライヤーは言った。「満足はしたが、尋ねなきゃよかったな。とても合法とは言えないぞ。まあ――」プライヤーは肩をすくめた――「わたしには関係ないがね。キーフとは会う約束をしているのか」

カール・ハーロウは首を横に振った。「あす直接訪ねてみるつもりだ」

「あいつは週末、よく町の外へ出る。ここから電話して約束したらどうだ。この週末に会えないなら、金を持ち出す必要もないだろう」

「いい考えだ」ハーロウは賛成した。キーフの家に電話をかけ、一分後、不機嫌そうに受話器をプライヤーの机にもどした。「きみの言ったとおりだ。弟が言うには、ロジャーは月曜までニューヨークにいるんだと」

「カール、これで週末にゆっくり考える時間ができたわけだ。月曜になっても、やはりそうしたいってことなら、銀行の規則を曲げて金を渡そう」

「わかったよ、トム」カール・ハーロウは立ちあがって扉のほうへ歩みだし、それから振り返った。「ああ、小切手。それはきみのほうで――」

プライヤーは机の隅に置いてあった小切手を手にとって、それを差し出した。「さあ、破いてくれ。裏書きしたのを持ち歩かないほうがいい。まだ金が必要なら、月曜に新しいのを書くんだな」

ハーロウは小切手を二度引き裂き、ごみ箱に入れて言った。「なんなら、現金は六千ドルでじゅうぶんかもしれないな。表向きの取引のぶんは小切手を使えばいい」

「おいおい」プライヤーは言った。「わたしに話すのはやめてくれ。尋ねなきゃよかったと言ったじゃないか。共犯者になるのはご免だぞ。わたしに話したのは忘れてくれ。このことは、きみのもうひとりの家族には話したのか」

「いや。エルシーにはうまくいったら話すつもりだ。知らせておいて、がっかりさせるのもなんだからな。さて、じゃあな。ありがとう」

家までゆっくり車を走らせながら、このことをビル・オーウェンに話すべきかもしれないと思った。いずれにせよ、ビルには午後のゴルフのあとに会えるのだから、それまでによく考えればいい。

そして、もぬけの殻になった家に着いた。エルシーがいないと、自分の部屋以外は、まったくわが家という感じがしない。腹は減っていなかったが、台所でサンドイッチを作り、ゴルフ用の服に着替えようと二階へあがった。

出かけるには早すぎたので、書き物机の上のデカンターからライ・ウイスキーを一杯ついで飲み、サンドイッチを胃にほうりこんだ。部屋でタイプライターの前にすわり、クレップズ金物店の宣伝文句の案をざっと作る時間もあった。名案とまではいかないが、忘れる前に紙へ打ち出しておく値打ちはある。

そうこうするうちに、ゴルフクラブへ車を走らせる時間になった。

ネメシスはなおもあとを尾《つ》けていたが、ロッカールームの入口でカールが会ったのはプロゴルファーのスウェンダーだった。スウェンダーは言った。「ミラード先生から電話がありましたよ、ハーロウさん。オフィスに電話したそうですが、あなたが出たあとだったらしくて。ここに来るのはむずかしそうだとおっしゃってました」

「なぜだい」カールは言った。「理由は言ってたか」

「お産だそうです。ノードホフさんの」

「ノードホフ？　ああ、トムのいとこか。女ってのは気が利かないな、申し分なしのゴルフの約束を台なしにしちまうんだから。たかが——ああ、ところで、おれといっしょにプレイする気はないか。チップショットを決めたら拍手でもしてくれよ」

「いやあ、申しわけないです、ハーロウさん」スウェンダーはほんとうに残念そうな声で言った。「きのう足首をくじいてしまって、休んでるんです。三日ほど、クラブハウスの置き物ですよ」

カール・ハーロウは魅惑的なフェアウェイを憂鬱《ゆううつ》そうに見やった。このコースもほかの小さなプライベート・コースと同じで、土曜の午後に混み合うことはない。土曜の午後は混んでいると思われていて、予約している人しか来ないからだ。二時に予約していたカールと医師のように。

一時間待てばオーウェンとプライヤーが来るが、すでに四人そろっているというから、割ってはいるわけにもいかない。まあ、もうここにいてゴルフウェアも着ているのだから、ひとりでプレイしてもいいかもしれない。運動は体にもいい。

ひとりでプレイしても、あまり楽しくなかった。みごとなアプローチを決め、ちょうどいい具合にバックスピンをかけて、グリーンのピンから一メートルのところにボールを載せたところで、だれも見ていなければうれしくもない。逆に、サンドトラップからのエクスプロージョン・ショットをしくじったときも、へたくそと言ってくれる仲間がいなければいっそう不快になる。

カールがエクスプロージョン・ショットをしくじったとき——うっとりするほどの新品の九番アイアンは、そのときは傘の持ち手ほどの役にしか立たなかった——弾丸が飛んできた。最初は、とがった氷のかけらで脇腹を切りつけられた感じがした。思わず体をのけぞらせて言った。「おい、いったい——」下を向くと、セーターに水平の裂け目ができていて、その裂け目に沿ってセーターが白から赤に変わりつつある。

そしてそのときはじめて、銃声が聞こえていたことに気づいた。

カールは顔をあげ、弾丸が飛んできたと思われる方向を見た――前方にひろがるフェアウェイの脇にある丘の斜面で、サンドトラップからアプローチしようとしていたグリーンの向こう側だ。おそらく二、三百ヤード先の丘のてっぺん近くで、バンクスマツの隙間に金属に反射する日の光が見えた気がした。ライフルの銃身かもしれない。

そこにいるだれかが銃をいいかげんに扱って、ゴルフコースに向けて撃ったのにちがいない。どこかの間抜けなハンターめ、そもそもここは狩猟の場じゃない。カール・バーロウは大声をあげた。「おい！　銃を持ってるそこのやつ――」あそこまで声が届くだろうか。

すると、二発目の銃弾が肩と耳のあいだあたりを風を切って飛んでいき、カールは自分が狙われているのを察した。わざとだ。これほど遠くから撃っているのだから、おそらく望遠照準器をつけた銃を持ったやつだろう。

脇腹をかすった一発目は、偶然の発砲だった可能性もある。しかし二発目となると話は別だ。

狙撃された経験はなかったが、どうするのが最善かはすぐに思いついて、砂に身を伏せた。体を隠せるほどの凹地《くぼち》はなかったが、サンドトラップ自体がややくぼんでいて、真ん中の部分はフェアウェイよりもおそらく二十センチは低かった。

カールはふたつの狙いから、そこにうつ伏せになった。ひとつは、自然に倒れ、二発目の弾《たま》があたって致命傷を負ったように見せかけること、もうひとつは、サンドトラップのいちばん深いところに体の大部分が隠れるようにし、遠くの狙撃手からできるだけ狙いにくい標的になること。

さらに二度の銃声が聞こえたが、体にあたらなかったというだけで、銃弾がどこへ飛んでいったのかはわからない。その後、何時間にも感じられる二十分ほどのあいだ、何も起こらず、銃声もそれ以上は聞こえなかった。

カール・ハーロウはうつ伏せのまま動こうとせず、呼吸もかすかにするだけだった。脇腹が痛んだが、さほどひどくはない。弾丸は皮膚にひと筋の裂傷を残し、上等のセーターを台なしにしたが、それだけだった。

そのとき「カール!」という大声が響き、医師のミラードが駆け寄ってきた。ミラードのゴルフバッグがフェアウェイの二百ヤードほど先に横たわっている。そこでサンドトラップにうつ伏せになった人の姿を認め、バッグを投げ出してこちらへ来たわけだ。

ミラードはセーターの深紅色の筋を見て言った。「おい、どうした?」

カール・ハーロウはゆっくり起きあがった。まず丘の斜面に目をやったが、金属に反射する日差しはなく、銃声ももう聞こえない。

ミラードは「じっとしていろ」と言い、セーターとその下のシャツを引きあげて傷を検《あらた》めた。「これは驚いたな！」そして、ハーロウのハンカチと自分のハンカチを使って、即席の包帯を作った。事情の説明と包帯による手当てがほぼ同時に終わった。

「かすり傷だ」ミラードは言った。「クラブハウスにもどったら、傷口をきれいにしてちゃんとした包帯を巻かなきゃならんが――銃声を四回聞いたって？　いいかカール、それは二二口径を持ったどこかの子供が、木の上の生き物か何かを撃とうとしていたのにちがいない。きみはゆっくりクラブハウスに向かえ。わたしが様子を見てこよう」

「いや」落ち着きを取りもどしつつあったカール・ハーロウは言った。「おれもいっしょに行きますよ。たいした傷じゃないし、もちろん歩けます。それに、敵の姿はもう見えないし」

そして、いぶかしむような表情でミラードを見た。「先生、おれは銃のことはまったくわからないんだが、二二口径の弾ってのは、こんなに遠くまで届くもんですか」

「二二口径のロングライフル弾なら一マイルは届くし、二百五十ヤード先の獲物も仕留められる。それを使ったにちがいない。あと、二発目の弾がすぐ近くを飛んでいったのを聞いたというのは、思いこみかもしれないな。きみが聞いたのは、たぶんミツバチかスズメバチか何かだろう。それに、三発目と四発目の銃声は、反対側に向けて撃たれたものかもしれない」

「傷口から弾の大きさはわからないもんですか」

ミラードは首を横に振った。「貫通していれば、もちろんわかる。だが、かすっただけじゃな」そして急にことばを止め、カール・ハーロウを見た。「なあ、だれかに狙い撃たれるような理由でもあるのか」

こんどはハーロウが首を横に振った。そう言われてみると、たしかにおかしい。コースを囲うフェンスのそばまで来て、狙撃者がいたとおぼしき場所から百ヤード以内のところにいると、なおさらそう思える。まったく、おれを狙うやつなんているわけがない。

カール・ハーロウは言った。「いや――ありませんね。でも、ちくしょう、たしかに二発目の弾がかすめていく音を聞いたんだ。ミツバチなんかじゃない！」

ふたりはフェンスをよじのぼった。ミラードが言った。「そうか、そこまでたしかだと言うなら――しかし、何か理由がなければ、だれも人を撃とうなんて思わんぞ」

こんどは丘を歩いていく。カールが言った。「もちろん、木に止まった鳥を狙って二発撃って、どちらもあたらずに同じような方向に弾が飛んだ可能性はある」

丘の斜面には、特に目を引くものや大事なものはなかった。てっぺんにたどり着くと、すぐ先に曲がりくねった脇道が一本あったが、車は停まっているのも走っているのも一台も見あたらない。

カールはためらいがちに言った。「通報したほうがいいでしょうか、念のため――」

ミラードは鼻息を荒くして言った。「通報だって？　当然だ、通報するに決まっているじゃないか。どんなものであれ、銃創の手当てをして報告しなかったら、わたしは免許を取りあげられる。もちろんゴルフは中止だ。クラブハウスへもどるぞ。数日は運動するな。散歩はかまわんが、腕を使うのはだめだ」

カール・ハーロウはにやりと笑った。「片腕でもだめですか。怪我をしたのは左側だから、反対の手でなんとかできる。ああ、いますぐ一杯やりたいな。神経がくらくらして、頭のなかで踊りまわってるぞ！」

クラブハウスにもどったあとは、当然ながらいろいろと尋ねられ、酒はあまり飲めなかった。警察に行かなくてはならなかったからだ。カールはワンダリー警部に事のしだいを話した。

その時点でカールは、あれは二二口径のライフルを持った子供だったにちがいないと思うようになっていて、恐怖のあまり二十分近くもうつ伏せで隠れていたのを認めるのがばかばかしかった。しかしワンダリー警部は、それでもやはり数人の警察官を送りこんであたりを確認させた。

それからカールとミラードはバーに立ち寄って何杯か飲み、カールはさらに飲みたがった。しかし医師のミラードは——まだ夕暮れどきなのに——カールがもう酔っぱらっていると言い、家に帰って寝たほうがいいと譲らなかった。怪我をしているのだから、病人も同然というわけだ。

カール・ハーロウは食いさがったが、やがて降伏した。

家に着いたときには、たしかにかなり酩酊《めいてい》していた。エルシーがいないのは忘れていたが、書き物机に置いたライ・ウイスキーのデカンターはまだそこにあった。しばらくすると、中身はほとんどなくなった。

別にかまわなかった。外はすっかり暗くなり、カールは眠気を覚えていた。時計と猫のことを思い出し、うとうととして眠りこんでしまうとまずいので、どちらも片づけようと思った。

猫は見あたらなかった。裏口から首を出して「おい、にゃんこ、にゃんこ、にゃんこ、にゃんこ――」と呼び、舌がもつれそうな呼び名をまだはっきり言えて得意になった。しかし猫はいない。

ただ、芝生には影がたくさんあった。暗い影だ。

このとき、もしゴルフバッグに穴があいているのに気づいていたら、こうした影に不安をいだいたかもしれない。底の近くの目立たない穴だが、二二口径ではなく、確実に三〇‐三〇弾の大きさだ。リスや鳥を狩る子供は、三〇‐三〇弾のライフルなど使わない。ネメシスならひょっとしたら――

そう、この女神ネメシスはまだ仕事をつづけていた。午後のあの恐ろしい二十分間、カール・ハーロウは彼女の存在を感じた。しかし、カール・ハーロウはもう忘れていた。ネメシスは忘れていなかった。

裏口を閉めたのはカール・ハーロウだったが、施錠させなかったのはネメシスかもしれない。扉が施錠されているからといって、殺人が長く先送りにされるわけではないが、鍵があいていればやりやすくはなる。

カールが二階へあがっていくと、大きく揺れる船のデッキのように足もとの階段がぐらついた。酒が効いてきた。気分の悪い段階だ。これまでは気持ちがよかったし、じきにまたよくなる。いまは狭間のときだ――何もかもが動きまわっていて、正しい場所におさまっていない。

部屋にはいったときには、嵐に揺さぶられた船が安全な港にたどり着いた気分だった。港にも怒濤《どとう》は押し寄せてくるが、あまり高さはなく、命を脅《おびや》かすほどでもない。船の揺れが揺りかごのように心地よくすら感じられる。

わが家にいる。屋外の開かれた土地にいて、隠れる場所もなく弾丸が音を立ててまわりを飛んでいくのとはまったくちがう。カールは安楽椅子に身を沈め、重苦しい青空のもとで経験した恐怖の時間をしばし追体験している気分になった。恐ろしい屋外。蠅《はえ》とり紙に捕まる蠅のように、地面にある浅い罠《トラップ》へ、重力によってからめとられた。

しばらくしてカールはかぶりを振り、あれは二二口径を持った子供だったと思い出した。気分がよくなってきた。立ちあがって椅子の肘掛《ひじか》けをつかみ、よろめかずに歩けるとわかったところで、書き物机へ向かった。また一杯飲む。とびきりのライ・ウイスキーだ。なめらかで、芳醇《ほうじゅん》で、金色に輝いている。

残りはあと一杯ぶんだけで、このまま眠ってしまうなら、それを寝起きの一杯にしたかった。慎重にグラスに注ぎ、そのグラスを椅子のそばの小さなテーブルに置いた。

ほかにもすべきことがあった気がして、部屋のなかを見まわした。タイプライターをしばし見つめる。その前にすわって、撃たれたときの心境を書き記そうかという気分になりかけた。雑誌かどこかに売れるかもしれない。いや、何をばかなことを！

あまりにも眠く、安楽椅子はあまりにも心地よかった。頭が後ろへ傾《かたむ》き、左右のまぶたは石がひとつずつ載っているかのように重たくて、部屋にも家全体にも柔らかな明かりがともっている。閉じたまぶた越しにそれが見える。裏庭を猫が歩く音が聞こえた――あるいは聞こえた気がした。あまりにもはっきり聞こえたので、立ちあがって一階におり、裏口からまた呼びかけそうになった。

そしてもちろん、これは夢なのだと悟った。

つぎからつぎへと妙なことが起こった。猫が屋根にいる。煙突を伝っておりてきて、暖炉のなかで鳴き、ライフルをこちらに向けて、医師のミラードの声で「さあ。たいして痛みはない」と言って引き金を引いたが、後ろへ暴発したらしく、猫は煙突の上へと吹っ飛んでいった。

そして、ビル・オーウェンが姿を現して言った。「なあ、トミー・プライヤーが言うには、銀行には金がなくて、おまえの五百万ドルは渡せないらしい。だから、代理店はおまえにただでくれてやろうって、ロジャー・キーフとふたりで決めたよ。全部おまえのもんだ、カール。お望みなら、おれもおまえのもとで働こう。そしたら新しい注文がどんどんはいってきて、一年後には十億ドルで会社を売れるぞ」

やがて、ビル・オーウェンの愛想のいい笑顔が徐々にガーゴイルのしかめ面へと固まっていき、ビルはポケットからライフルを――おもちゃのライフルを――取り出して、「二二口径だ、失せろ」と言ったが、ライフルを持っていたのはキーフで、悪魔のようににやりと笑いながら、それを五番アイアンの代わりに使ってホール・イン・ワンを決めると言い張り、どこの穴《ホール》にするかあててみろと問いかけた。それから、キーフはいなくなった。

何もかもが奇妙で混沌としていた。エルシーも登場して「どうしてそんなに飲むの、カール」と言い、カールはしかつめらしい顔で見返して、すまない、でもきみはわかってない、愛しているし、すまないと思っていると言おうとした。エルシーは、それでもあなたを愛していると言って、部屋のなかを踊りまわった。

そして、タイプライターの前にすわって何かをタイプした。カタカタと音を立てるキーは二二口径の銃声を思わせるが、ペースが速い。ずっと昔に代理店で速記者をしていたときのエルシーのようだったが、カールは椅子から立ちあがれず、抱きしめて自分がどれだけひどいばか者かと伝えることもできなかった。するとエルシーは言った。「さよなら、カール。起きたら目覚めの一杯を忘れずにね」

それからまた医師のミラードが現れて、暖炉を指さして言う。〝永遠の《エターナル》〟は使い古されたことばであり、エターニティ社はいま、虫に気づかれないように棺ケースを暖炉に見せかけて作っているらしい――だから、それがわかるように宣伝コピーを変えてもらいたいが、虫たちに感づかれないように細心の注意を払わなければいけない、と。

「ただのかすり傷だ」ミラードは言い添えた……。

ところが、様子が変わった。長い時間が経過したらしく、いまは午前二時ごろの雰囲気で、扉が開いて男が部屋にはいってきた。これは本物だ。

そこに男が立っていて、カール・ハーロウは目をしっかり見開いた。今回はまぶた越しに見る必要はない。友人のトム・プライヤーだ。まちがいなくそこにいて、手に拳銃を持っている。

カールは濁《にご》った声で言った。「ト、トム！　何を――」

そう、リボルバーを持った男がほんとうにここにいる、ほんとうにトム・プライヤーだ。トムは「ちくしょう」と言った。そしてつづけた。「なぜ起きちまうんだ。くそ、こんなことはしたく――」

「ゴルフコースで？　きみが？」カールが言うと、トムはうなずいて、こう言った。「やるしか……やるしかなかった。いや、やるしかないんだ。わたしには六千ドル必要で、きみが別の小切手を破って気づかなかったから――」

「おれが――なんだって？」

トムの顔は紙より白く、声は変だった。「カール、前もって考えていたわけじゃないんだ。まちがえて別の小切手を渡してしまったんだよ、自分のやつをな。きみはそれを受けとって引き裂いて、目もくれずに出ていったから、わたしの手もとには一万ドルの小切手が残った。検査官が近々来る予定だから——それを現金にしたわけだ。

カール、きみが死んだら、きょう金を持っていかなかったことは、だれも知らないままだ。悪いが、カール……わたしかきみか、どちらかなんだ」

「友よ」カール・ハーロウは言って、自分がほんの少し笑顔になっているのに驚いた。少なからず酔いが残っていたし、このすべてが完全な現実とはまだ感じられなかった。

銃口があがった。震えている。トムは悲しく訴えかけるように言った「祈りたいとか……何かしたくないか、カール。わたしは……特に急いではいないから——」

まるで舞台劇の一場面だ。いまにも観客が拍手をしはじめる気がする。これは現実の出来事ではない、とカールは信じていた。殺人は名なしのだれかの身に起こることで、自分はそれを新聞で読む。ネメシスはほかのだれかを追う女神で——

だがカールは、しかつめらしい顔でトム・プライヤーをじっと見た。トムはカールが何か言わないかと待っている。だから、何か言わなくてはいけない。

カールはまた少しにっこりした。そして言った。「エルシーによろしく伝えてくれ、トム。すまないと伝えてもらいたい、おれが——」

トムは言った。「きみの妻？　彼女もわたしと同じぐらい、きみが去ることを――死ぬことを望んでいるんだぞ。わたしたちはあの金を持って、いっしょに消えるんだからな。知っているものとばかり思っていたよ。ああ、まったく、なぜいまさらこんなことを話しているんだ。さあ、やるぞ。幸運を祈るよ」

なんとばかげたことを言うのか！――そう、いまの最後の部分だ。しかし、トムのことばの最初の部分がゆっくり体に染みてきて、カールは怒りで体をこわばらせたが、動くことはできなかった。

いまやカールはトム・プライヤーを殺したくなった。銃口が自分の顔に向けられているが、こちらの手は届かない。トムの手が銃を握り、ずんぐりした指が関節のところで白くなっている。

引き金はまだ引かれず、トムの額《ひたい》で汗が玉になっている。「くそ、わたしは――」そう言って、トムは空いているほうの手を伸ばし、安楽椅子のそばの小さなテーブルに置かれたグラスをつかんだ。酒で勇気を奮い起こそうというわけだ。

そして、ストレートでそれを飲み干した。

あるいは、飲み干そうとした。ウイスキーがこぼれ、トムが首を絞められたかのような恐ろしい声をあげ、銃がやみくもに発射された――部屋の閉ざされた空間に、この世の終わりのようなうなり声が響いた。

大砲のようなうなり声を聞いて、カール・ハーロウは安楽椅子から立ちあがった。カーペットの上のトムを見る。立ったままトムを見おろしながら、あの恐ろしい瞬間にトムが自分を殺してくれればよかったのにと思った。

カール・ハーロウの酔いはすっかり醒《さ》めていた。そしてまがまがしい事実の断片が組み合わさっていくにつれ、全身が冷えびえとしてきた。死んだトム・プライヤーの前にかがむと、アーモンドのような強烈なにおいが鼻を突いた。そして催眠術にかかった男のように振り返り、タイプライターにはさまった白い紙を見て、読まなくてもそれがなんであるかが察せられた。

自分が眠っているあいだに、このタイプライターはカタカタと音を立て、カール・ハーロウからこの世への別れのことばを打ち出していた。自分が眠っているあいだに、この部屋に来たエルシーがタイプライターを使ってあの遺書を打ち、寝起きのウイスキーに青酸を入れたのだ！

踊るサンドイッチ

1

それはほかの夜と変わらない夜だった——酔いが忍び寄ってくる真夜中までは。カール・ディクソンはほかの男と変わらない男だったので、ここ数日街を離れている婚約者の存在を忘れかけていて、踊りながらドロシーを抱く手にいっそう力がこもった。

ドロシーの手を強く握ると、握り返してくるのがわかった。ドロシーが顔をあげて、カールを見る。ほんの数センチ先にあるその顔は、ナイトクラブの煙たい薄明かりのなかでも美しい。体つきも美しいが、見ることはできない。近づきすぎているせいだった。

ドロシーがカールの肩に頭をもどすと、香水の濃厚な香りがまた感じられた。すばらしいにおいだ。それがかえって、スーザンを思い出させた。スーザンは香水をつけないからだ。いまになって、自分が香水好きであることにカールは気づいた。スーザンに買ってやるといいかもしれない。もらったものなら使うだろう。うまくいけば、同じ香水を——

「ドロシー」カールは声をかけた。

「なあに、カール」肩に顔をうずめたままドロシーが答える。

「それはなんという香水かな。とてもいいにおいがする」

ドロシーは頭をあげると、また顔と顔が数センチの近さになった。「どうして知りたいの」

くすくす笑っている。

「ただの好奇心だよ。秘密かな」

「〈秘密《ル・スクレ》〉？　いいえ、それも持ってるけど、これは〈ユヌ・ニュイ・ダムール〉って香水よ」

カールの目を見つめるドロシーの黒い瞳は笑っていた。艶《つや》っぽい真っ赤な唇も笑っていた。けれども、ほんの一瞬——一瞬とはいえ、長く感じることがあるものだが——笑みではない何かが瞳をよぎった。そしてまた、ドロシーは顔をそむけた。

だが、それで心を揺さぶられたカールは、もう少しでステップを踏みまちがえそうになった。〝ユヌ・ニュイ・ダムール〟と言った声つきと、いまのまなざし。カールのフランス語はお粗末なものだが、ユヌ・ニュイ・ダムールが〝愛の一夜〟を意味することぐらいはわかる。また、女性に関する知識も同じくお粗末だが、あのまなざしが愛の一夜への誘いだというこ ともわかる。まさに今夜、自分がそれを望むならば。

そのとき、カール・ディクソンの酔いは醒《さ》めかけた。いくつもの疑問が——現実的なものも道徳的なものも——同時に浮かんで、明敏な会計士の頭脳に答を求めたからだ。カールにはスーザンがいる。スーザンを愛している——激しくも熱烈でもないが、誠実な愛であることはたしかだ。つぎの春には結婚する予定だった。いっしょにいれば、幸せになれるだろう。そこまでのものを危険にさらす価値はあるのか。どれほどわずかな危険だとしてもだ。脳裏にはノーと言う声もイエスと言う声もあり、ふたつを秤《はかり》にかけたが、結局、その危険が小さいか大きいかで決まると結論づけるしかなかった。

カールは考えた。ドロシーの兄はどうする？　どうやって厄介払いする？　でも、何か手立てがあるはずだ。そうでなきゃ、彼女が誘ってくるわけがあるまい？

だが、仮に醜聞にでもなったら、仕事はどうなる？

ダンスが終わり、クラリネットが〝これにて終了〟と言いたげに短く鳴って、この回の終わりを告げた。そしてカール・ディクソンは、兄の待つテーブルへもどるドロシーについていった。三歩後ろを歩きながら、ドロシーのむき出しの白い肩や、ほとんどあらわな白い背中や、艶のある黒髪（スーザンの髪はありふれた茶色だった）、そして、背中と肩の曲線を際立たせる白い肌に劣らず、腰から太腿《ふともも》への曲線を際立たせる艶やかな黒いサテンから、目を離せずにいた。

ヴィク・トレメインがにやりと笑った。カールが唯一好きになれない金歯が見える。

「よう、おふたりさん」ヴィクが言った。「あっちへ行ってるあいだに、さっきと同じ酒を注文しておいたぞ」

カールはドロシーのために椅子を引いてすわらせてから、自分も腰かけ、物憂《ものう》げな顔で酒を飲みながら考えにふけった。

まず、自分はこのふたりについて何を知っているだろうか。すると、実のところ、ヴィクから聞いたこと以外は何ひとつ知らないことに気づいた。ヴィク・トレメインとは、およそ二週間前にたまたま酒場で出会った。立ち飲みで隣同士になり、どちらが先に話しかけたかはもう覚えていない。なんとなく、自分からだった気がしていた。マッチを持っていないかと声をかけたのだ。それからことばを交わすようになり、やがて意気投合した。

だが、どちらもそれ以上親交を深めようとはしなかった。それが三日前に、こんどは路上でばったり再会して、昼食をともにした。食事をしながら、ごく自然な流れで住所を教え合ったところ、ヴィクは自分がマンハッタンに越してきたばかりで、あまり知り合いがいないと語り——暇なときにでも電話をくれないかと言った。それから、ヴィクは自分自身のことも少し話した。シカゴの郊外でナイトクラブを経営していたが、そのあたりの景気が悪くなったので店を売り、ニューヨークへやってきた。いまはニューヨーク近辺でよさそうな場所を探している。できればロングアイランドがいいが、ニュージャージーでもかまわない。静かでこぢんまりとした店がよく、フロアショーができるような広さや華やかさは要らない——ただ、ピアニストは腕のいいのを入れたい。歌もうたえて、ダンスのときには三人編成のバンドに加われるやつを。

たぶん、リチャード・アンシンという男と共同経営することになるだろう。アンシンとは古い付き合いで、いくつかの店をいっしょにやってきた。いいやつだから、おまえも気に入るはずだ。それと、まもなくニューヨークへやってくる自分の妹ドロシーも気に入る、と。

そして今夜、ちょうどカールが仕事から帰ってきたとき、ヴィクから電話があった。祝いたいことがふたつあるという。ひとつは、ドロシーが先ほどニューヨークへ着いたこと。もうひとつは、例のディック・アンシンがニュージャージーでぴったりの店を見つけ、もうそこで商売をはじめていること。売り主がすぐに店を明け渡してくれたらしい。

これから、おれとドロシーといっしょに夕めしを食わないか?

はじめ、カール・ディクソンはことわったが、まもなく受け入れた。スーザンがフィラデルフィアの両親のもとへ行っていて、少しさびしかったからだ。それに、金曜の夜だから、あすは仕事に行かなくていい。金歯はともかく、ヴィクのことは気に入っていた。それから、ヴィクは電話でこうも言っていた。これはおれの祝い事なんだから、おごるよ。おまえは財布すら持ってこなくていい。そう、それはなかなかことわれない誘いだった。

それ以降――いまこの瞬間までは――誘いに応じてよかったと思っていた。目の前に現れたドロシー・トレメインは絶世の美女だった。三人は〈アスター〉の混み合ったバーでカクテルを数杯ずつ飲み、カールは〈リンディーズ〉で食事をする前にもう楽しくほろ酔い気分になっていた。ドロシーが、これまで何度かニューヨークを訪れたものの〈リンディーズ〉

へは行ったことがなく、ぜひそこで有名人たちを見てみたいと言った。そんなわけで、一行は〈リンディーズ〉へ向かい（カールは自分も行ったことがないとは言わなかった）、豪華な食事をとった。しかし、あいにく有名人は――こちらが気づかなかっただけかもしれないが――ひとりも見かけなかった。

ヴィクの車に乗りこんだのは十時近くで、そろって前の座席へすわったので、カールは少しでもあいだを空けるため、座席の後ろへ腕をまわさなくてはいけなかった。隣のドロシーの体は、とても柔らかくあたたかかった。このときはじめて、カールはあの香水のにおいを感じるほどドロシーに近づいた。

それにには、マティーニよりも酔わされそうだった。もちろん、異なる意味でだ。

ドロシーはよくしゃべり、女ならではの技でカールにもよくしゃべらせた。そのため、ホーランド・トンネルを通ったあと、車がどこを走っているのか、どの方角へ進んでいるのかすら、カールにはほとんどわからなかった。トンネルのことを覚えていたのは、それがとても長いトンネルで、車が潜水艦に早変わりして川の真下を通れるなんてびっくりだ、とドロシーに話したからだった。

いずれにせよ、カールはニュージャージーのことを知らなかった。車はいくつかの町を通り過ぎた。ジャージー・シティ、ホーボーケン、ウィーホーケンだったか、いや、ジャージー・シティ、ニューアーク、エリザベスだったかもしれない。まあ、無理のない組み合わせなら、どれでもいい。

ようやくヴィクがあかあかと輝く店の駐車場に車を入れると、ドロシーが期待に満ちた声で尋ねた。「ここなの、ヴィク？」

ヴィクは笑って言った。いや、自分の店はこんなにでかくない、だが手に入れたからにはもうちょっと広くするつもりだ。

「まだ早いからな」ヴィクは言った。「十一時を過ぎたばかりだし、おまえも少し踊りたいと言ってたろ。ここで二、三杯飲んで一時間も過ごしてるうちに、おまえとカールで何回か踊れる」

ドロシーはいい考えだと言い、車をおりながら、笑ってカールに声をかけた。「あたしとぜ、っ、た、い、踊らなくちゃだめよ、カール。ヴィクは踊らないの。自分の妹とダンスをするなんて、近親相姦も同然だなんて言うんだから」

カールも笑ったが、心のなかでは少し驚いていた。スーザンならこんなことは言うまい。もしかしたら――ほかのこまごました事柄と合わせて考えても――ドロシーはスーザンほど慎ましい女ではないのかもしれない。それどころか、たぶん――ひょっとすると――

やがて十二時を過ぎ、何度かのダンスと何杯もの酒を経て、〝ひょっとすると〟が〝ひょっとすると〟でなくなり、カールはいっしょに来なければよかったと思うほど不安になっていた。少し酔いがまわっていたが、いくつかの厄介な問題に気づける程度には、意識がはっきりしていた。

まあ、いますぐ決める必要はない。ヴィクとドロシーが新しい店の話をしていたので、カールは自分も何か言わなくてはと感じていた。

「名前は何にするんだ、ヴィク」カールは尋ねた。

「〈アンシン・アンド・ヴィク〉にする予定だ」ヴィクが言った。「このあたりは凝《こ》った名前の店ばかりだから、かえって覚えてもらいやすいと思ってな。ディックは苗字を使うのが好きだが、おれは名前のほうがいいってことで、そうなったんだ。気に入ったか」

「いいんじゃないかな」

「〈ディック・アンド・ヴィク〉〟じゃ変だものね」ドロシーが言った。「〈アンシン・アンド・トレメイン〉はもっとひどいけど。あまりにも――ううん、なんて言えばいいかしら、カール」

カールは何も思いつかないほど酔ってはいなかった。「きざっぽすぎるとか？」

ドロシーはカールの手を軽く叩き、そのまま自分の手を重ねた。

ヴィクが腕時計に目をやって言った。「もう一杯飲んだら、あっちへ行こう」

カールは言った。「お代わりはもう遠慮しようかな」

ヴィクはそれを笑い飛ばし、三人ぶんの酒を頼んだ。カールは根性なしと思われたくなくて一杯飲んだが、やめるべきだった。それ以降、自分がどれほど酔っているかをふたりに悟られぬよう、気を張っていなくてはいけなかったからだ。どうにか感づかれずにいることをカールは祈った。

ヴィクが新しい店の大きさについて話すのも、なんとか理解して聞いた。「いずれカウンターのあるところを増築するつもりだが、いまはその三分の二くらいの大きさしかない」ヴィクは言った。「いまは店の中心がカウンターで、そのすぐ横にダンスフロアとテーブル席がある。ダンスフロアはあれじゃせますぎるし、音楽はひどいものだ。そうは言っても、コンボ・バンドはあのまま契約が切れるまでやらせるつもりだ。あと十日だしな。とにかく、だからおまえらにここで踊らせたんだよ。その店じゃなくてな。そっちはまだ、バンドもフロアもしけてるから。さて、そろそろ出られるか?」

カールはしつこすぎない程度にことわりを口にしたが、ヴィクはそれに取り合わず、〈アスター〉と〈リンディーズ〉のときと同じように勘定を払った。少なくとも、今夜は自分のおごりだと言ったヴィクのことばは、はったりではなかった。

三人はヴィクの車にふたたび乗りこんで、またしばらく走った。カールにはもう、自分たちが向かっているのが北か、南か、西か——それどころか、上か下かさえも——わからなかった。ただし、今回は——まだ損得勘定は不明だが——腕を座席の後ろでなくドロシーの肩にまわした。ドロシーが体をすり寄せると、また〝愛の一夜〟が、あらゆる含みをともなってカールの鼻腔《びこう》と脳裏を満たした。

やがて車は速度をゆるめ、ヴィクがうれしそうに言った。「驚いたな、あいつ、もうネオンサインをともしたのか。早くてもあすまでは光らないと思ってたんだがな。見ろよ！」カールが窓の外を見やると、煌々《こうこう》と光を放つ小さなナイトクラブに、それぞれ三十センチほどの大文字で〝ANCIN AND VIC〟と示された、ばかでかい赤のネオンサインが取りつけられていた。ヴィクは敷地へ車を進め、バックして駐車場に停めた。

三人は横手の通用口から中へはいった。広くはないが、雰囲気のいい店だ。テーブルとボックス席に十人余りと、カウンターに数人の客がいる。ダンスフロアはヴィクの言ったとおり手狭なうえに、ドラムの席にはだれもおらず、コンボ・バンドはふたりしかいない。とはいえ、アコーディオンとサックスだけでもじゅうぶんにぎやかだった。

ヴィクは店内を見まわして、忌々しげにかぶりを振った。「これじゃ商売にならんな。まあ、いいさ、本格的に動きはじめたら立てなおせる。ボックス席へ行っててくれ。ディックを探してくる」

そう言ってヴィクがカウンターへ歩み寄り、バーテンダーと話をしているあいだに、ドロシーがボックス席に体を滑りこませ、その横にカールは腰かけた。すでにカールは足もとがおぼつかず、目の焦点を合わせることすらままならなかった。それでもカールは、今夜は極上の夜だ、とつぶやいた。

2

それはほかの仕事と変わらない仕事だったが、トム・アンダーズは気乗りがしなかった。何かむずかしいことがあるわけではない。朝めし前の仕事だったし、手早く百ドルが稼げる。アンダーズにはその百ドルが必要だった。そのうえ、ジェリー・トレンホルムは、すべてうまくいけばもう百ドル渡すと約束した。緑の紙をこの目で拝むまで、おまけの百ドルは期待しないつもりだが、手にはいるかもしれないと考えるのは心地よかった。

アンダーズは隅のボックス席に深く腰かけ、三人がはいってきても、気にするそぶりを見せなかった。台本どおりだ。女とカモがこちらに背を向けてすわるのを待ってから、通用口から出て、ジェリーに言われたとおり布を取りはずした。だれにも見られていない。ここまではうまくいった。

店内へもどると、ジェリーはまだカウンターでバーテンダーと話をしていた。そのため、アンダーズは隅のボックス席へもどり、そこでジェリーからの行動開始の合図を待った。ミスをしないよう、頭のなかで細かい点をおさらいする。どのみち、ミスなどしまい。長年ありとあらゆる詐欺を手がけてきたのだから、眠りながら話したとしても、見破られることはない。

アンダーズはジェリー・トレンホルムを見ながら、いまのあいつはヴィク・トレメインで、このちっぽけな店をいっしょに切りまわしている共同経営者だと自分に言い聞かせた。ヴィク・トレメイン——呼び名はヴィク。そしてこの自分、トム・アンダーズはリチャード・アンシンで、ジェリーはディックと呼ぶだろう。これまでもシカゴでともに商売をしてきたというわけだ。よし。造作もない。カモの名前はカール・ディクソンだが、紹介されるまで知らないことになっている。だが、こう言ってやってもいい——〝おお、あんたか、ヴィクから話は聞いてるよ〟

そして、女のほうはドロシー・トレメイン。ヴィク・トレメインの妹で、シカゴから来たばかりという設定だ。アンダーズはその女に会ったことがなかったが、本名を知らないおかげで、あの女がドロシー・トレメインだと覚えこむのはかえって楽だった。その点については、自分がディック・アンシンでジェリーがヴィク・トレメインだという設定ほど、神経質にならなくていい。むろん、ドロシーがシカゴにいたころからの友人であることや、それらしく挨拶することを忘れてはいけない。

そしてジェリーは、ウェイターが三人の席へ会計を取り立てにこないよう、しかるべき手を打っておくと言っていた——そんなことをされたら、嘘がばれるからだ。この店は自分たちが所有していることになっているのだから。

そのとき、ジェリーがカウンターに背を向けて合図をしてきたので、アンダーズはそちらへ歩いていった。アンダーズが「順調か？」と尋ねると、ジェリーはうなずいたが、例のテーブルへ向かう前にアンダーズの腕をつかんだ。ふたりは視線を走らせ、カモの目がこちらでなくドロシーへ向けられていることを確認した。急ぐ必要はなさそうだ。

「あと一杯だ」ジェリーは言った。「それでやつは酔いつぶれるだろう。もうふらついてるからな。かならずもう一杯飲ませるんだ。あいつが付き合おうとしなかったら、ひどく不機嫌になるふりをしろ。わかったな？」

「ああ、ジェリー」

「それから様子を見て、ひっくり返っちまう直前に外へ連れ出す。伸びてから運び出すようでは注目を集めるから、それは避けたい。やつひとりじゃ歩けないだろうが、おれたちのあいだにはさんでいけば、人目を引かずに連れ出せる。とにかく、騒ぎは起こしたくない」

「わかってるよ、ジェリー、けど――どうもな」

「何が気に食わないんだ」

「暗闇で鬼ごっこをすることがさ。何がどうなってるのかとか、あんたが何を狙ってるのかとか、できれば知りたいんだよ。ただ自分がへまをしたくないっていう、それだけの理由だとしてもね」

「おまえはへまなんかしないさ。たとえしても、あいつはひどく酔ってるから気づきやしない。もう百ドルほしいなら、最後までやりとおせ」

「でも美人局《つつもたせ》をやるなら、なんであいつを――女と同じ車じゃなくて、おれの車に乗せるんだ？　美人局じゃないってことなら、これはなんなんだよ」

ジェリーはもう一度カモを一瞥《いちべつ》してから、アンダーズに向きなおった。ジェリーの目は冷ややかだった。

「なあ、ジェリー」アンダーズは言った。「おれは別に横槍を入れようってんじゃない。狙いがなんであってもかまわないさ。ただし、殺しは別だ。あんたは殺しじゃないって言うけど、わけがわからないままじゃ、信じようがないんだ。それに、おかしいじゃないか、あいつをおれの車に――」

「おれの金で、おまえが借りた車だ」

「ああ、わかった、あんたの金でおれが借りた車だ。けど、なんであのカモの名前でおれに車を借りさせたんだよ。そこが納得できなくてな。それだけじゃない、あいつが完全につぶれたあと、あの脇道で車を停めて、あんたが追いつくまで待たなきゃいけないってこともだ。あんたがそこであいつを始末しないって、どうしておれにわかる？　それに、ここを出たときにいっしょだったのはおれだってことになったら――」

「頭を使え、アンダーズ」ジェリー・トレンホルムの声が険しくなった。「あいつを殺すのがおれの目的なら、これまでにいくらでも、どこででも機会はあったんだ。それから、あいつとおまえが同じ車に乗るって話だが、店からは四人そろって出ていくんだし、わざわざ外へ出てだれがどの車に乗ったか確認するやつなんていないだろ？　それに、なんでおれがわざわざここまで出向いてきて、おまえを巻きこんだりするんだ」

トム・アンダーズは深く息をついた。自分でもそういったことはひととおり考えていた。それでもなお、どうも納得がいかない。昔からよくある美人局の焼きなおしにちがいないが、どういう仕掛けなのかがまったく見えない。

アンダーズはだめ押しに言った。「けど、ジェリー――」

「もういい」ジェリーは言った。「渡した百ドルを返してくれ。もうやめにしよう」

「わかった、わかった」アンダーズは言った。「何も知らないままやれって言うなら、そうするさ。ただ、ひとつだけ教えてくれ。あんたが何をするつもりか知らないのに、事がうまくいったかどうか、どうしたらおれにわかるんだ――それに、あと百ドルがもらえるのかどうかも」

「しっかり自分の役をこなすことだ。そうすれば、結果がどうだろうと、あすにはもう百ドル手にはいる。いい話だろ？」

「ああ」アンダーズは言った。とりあえず、問いつめたおかげでここまで前進した。それに、どのみち最初に受けとった百ドルは返せない。もう手もとに六十ドルしか残っていないのだから。「そろそろ行くか？」

「おれが先に行く。おまえは一分後に来い。いま来たばかりだって顔をしてな。そのあとすぐウェイターが来る。根まわしはすんでる」

アンダーズはゆっくりと隅のボックス席へもどった。酒は飲みきったほうがよさそうだ。そこで、グラスの縁《ふち》越しにジェリー・トレンホルムを見つめながら、残りを飲み干した。

暗闇での鬼ごっこには、まだ気が進まなかった。そう、かつてボストンでジェリー・トレンホルムがハリソンじいさんをだまして偽造小切手をつかませようとしていたとき、警官に密告したのがだれだったかが、万が一本人に知られでもしたらと考えると、ますます気分が萎えた。とはいえ、あそこでハリソンじいさんがジェリーに一杯食わされていたら、こちらが前々から準備していたじいさんを嵌《は》める計画が台なしになるところだったのだ。いずれにせよ、あれは八年も前のことで、ジェリーに嗅ぎつけられてはいない。

アンダーズはジェリーと目が合ったのをきっかけに、三人のテーブルへ向かった。ジェリーの背を叩く。

「よう、ヴィク」アンダーズは言った。「それにドロシーも――また会えてうれしいよ。こっちに着いたばかりなんだってな。ヴィクから電話で聞いたよ。シカゴはどうだ」

テーブル越しに手を差し出したドロシーにアンダーズが目を凝らし、こいつは上物だなと品定めをするかたわらで、ジェリーが言った。「ディック、こちらがカール・ディクソンだ。

カール——共同経営者のディック・アンシンだ」

アンダーズはカモと握手を交わしながら言った。「はじめまして、ディクソン。あんたのことはヴィクから聞いてる。この店はどうだい？　たしかに、いまはぱっとしないが、これからふたりで立てなおすつもりだから見ててくれ。きっと見ちがえるほど——」

そこへウェイターがやってきたので、アンダーズはことばを切った。三人が酒を注文し、カールだけが今回は遠慮したいと言った。しかし、アンダーズが眉根を寄せて、不満げながら悪意のなさそうな表情を作ったので、カールのぶんのウイスキーと水が注文に加わった。

だれかを酔わせたいときはストレートのウイスキーがいちばんであることをアンダーズは知っていた。そのほうが強いからではなく、ハイボールやカクテルのように少しずつ飲んで時間稼ぎをすることができないからだ。一気に飲ませて、つぎの一杯を注文してやれる。

カモの様子を見ながら、もう一杯飲ませる必要があるかどうかだな、とアンダーズは思った。かなり酔いがまわっている。目つきと呂律《ろれつ》の具合でわかる。こういう目をしているのは、物が二重に見えているときだ。そのうえ、見たところ、ディクソンは酒をあまり飲み慣れていないようで、崩れてからはあっと言う間だろう。

その一杯を飲ませるのはたやすかった。ウェイターが立ち去るのを待ったあと、三人は〈アンシン・アンド・ヴィク〉の成功を祈って乾杯しようと提案した。そんな場面で乾杯に付き合わなかったら、無粋ということになりかねない。アンダーズはカモを観察して、あと一杯でちょうどいいと判断した。それを飲ませたら、すばやく連れ出さなくてはならない。ジェリー・トレンホルムも同じように考えたにちがいない。厨房の様子を見てくると言って、席を離れたからだ。ジェリーが厨房へは行かず、ウェイターに話しかけるのをアンダーズは見届けた。そして、ジェリーがもどってすぐ、ウェイターがまた全員ぶんの酒を運んできて、カモがことわる間もなく、またつぎの一杯が目の前に差し出された。

全員がカモのほうなどまったく見ずに、各々のグラスに口をつけ、アンダーズは店のこれからの方針をジェリーと話すふりをした。

だが、視界の端では、ドロシーがカモの腕を強くつかむのをとらえていた。ドロシーは自分のグラスを手にとって、男のグラスへちらりと目をやった。

アンダーズはドロシーがこうささやくのを聞いた。「あたしたちふたりのために、乾杯しましょ、カール」ドロシーが微笑《ほほえ》みかけると、カモも笑みを返し、聞き分けのいい子供のようにウイスキーを飲み干した。

それでじゅうぶんだった。三人にはそれがわかった。ややあって、ジェリーが腕時計を見た。

「おっと、遅くなっちまったな。そろそろ街へもどったほうがよさそうだ。おまえも来るよな、ディック」

「ああ」アンダーズは答えた。「今夜はこれでお開きだ。戸締りを従業員にまかせてくるよ。だが、ヴィク、あんたの車に乗せてもらうわけにはいかないんだ。自分の車で来てるんだが、あすの朝も必要だから、ここには置いていけない。ふたりずつに分かれるってのはどうだ。だれかひとりがおれの車に乗ってくれりゃ、長い道のりをひとりでドライブせずにすむ」

「ドロシーはだめだ」ジェリーが言った。「ふたりで話さなきゃいけないことがあるんだが、そんな暇がなかったもんでな。なあ、カール、ディック・アンシンのお供をしてやってくれないか」

カモは眉間《みけん》に皺《しわ》を寄せ、ことわる言いわけを探しているらしい。そこはドロシーがうまく対処した。アンダーズもその腕前に感服せざるをえなかった。これなら、ディクソンほど酔いがまわっていない男にも効くだろう。

ドロシーはまたカモの腕を引いて言った。「いいでしょ、カール？　ヴィクとはまだちゃんと話す機会がなかったし、あたしも言っておきたいことがあるの。いい考えがある。街へもどったら、あなたとディックで、あたしの部屋にちょっと寄ってってよ。ヴィクがあたしのためにアンバサダー・ホテルの八一七号室のスイートをとってくれたの」

「おれはやめておくよ、ドロシー」ジェリーが言った。「おまえをホテルでおろしたら、寝に帰ることにする。あすは朝早くから人に会う約束があるんだ——店にふさわしいコンボ・バンドを雇う件でね」

「悪いが、おれも遠慮させてくれ」アンダーズも言った。「けど、カールがおまえと寝酒をやりたいってんなら、ホテルの前でおろしてやる」

ドロシーが言った。「そうしましょうよ、カール。久しぶりのニューヨークでの夜だもの。もっとおしゃべりを楽しみたい」

そんなふうに、すんなり解決した。一同が立ちあがったとき、カモは足もとがふらついたが、ジェリーとアンダーズがあいだにはさみ、数時間前にアンダーズがニューヨークで借りた車へ連れていった。

タイミングも完璧だった。カモは助手席に心地よくすわらせられたとたんに眠った。アンダーズは運転席に乗りこみ、ジェリー・トレンホルムが百ドル札と必要経費を渡しながら指示した経路をたどるべく、車を発進させた。

駐車場から出ると、ジェリーの車もあとをついて出てきたが、二台のあいだの距離は徐々に開いていった。

最も厄介な部分が終わった。つまり、うまくいかない可能性があった部分——どうやってカモをジェリーでなく自分の車に連れこむか——はこれで片がついた。このあとは三十マイルほど運転し、人気《ひとけ》のない脇道へはいって車を停めて、やがて追いついてくるジェリーの車へカモを移す。ニューヨークへもどって車を返せば、任務終了だ。数時間の楽な仕事でこうも簡単に百ドルが手にはいるなんて。ジェリーが約束を守れば、二百ドルになる。

にもかかわらず、アンダーズは気乗りがしなかった。事の全貌をわかっていれば、もっと気が楽になるのだが。

3

ジェリー・トレンホルムは速度を落とし、前の車が見えなくなるのを待った。いずれにせよ、アンダーズは車を停めて待つことになっているのだから、むしろ真後ろに張りついていないほうがいい。車が二台いっしょに走っているところを見られてはいけない。トレンホルムはクレアのほうへ身を乗り出して、彼女の手を軽く叩いた。

「みごとだったよ」トレンホルムは言った。「おまえの手からしか餌を食べないくらいにあいつを手なずけたな。あと三十分もあれば、おまえの手まで食べちまったんじゃないか？」

「あの人のこと、ちょっと好きになっちゃった」クレアが言った。「冴えないけど、いい人よ。体にさわろうともしなかったし」

「なら、計画を変更しようか。あいつをほんとにアンバサダー・ホテルへ連れてったらどうだ。それにはまず、部屋をとらなきゃまずいが」

「そんなふうに見ないでよ、ジェリー。目が嫉妬に燃えてる」クレアは笑ったが、すぐに真顔にもどった。これまでとちがう声で言う。「ジェリー、あたし、ちょっとこわい」

「こわがることなんてないさ」トレンホルムは言った。「あらゆる角度から計画を検討したんだ。失敗するはずがない。一石二鳥を狙うんだよ。これでゆすりのいいネタができて、おれたちはぼろ儲けだ。大金が転がりこむんだぜ。金の海で溺《おぼ》れようじゃないか」

「でも、あの人が目を覚まして、警察へ行ったら？」

「びびって行けるわけがないさ。だが、行ったとしても、それでどうなる？　自分の身を滅ぼすだけだ。おれたちはもうゆすれないし、二百ドルといくらかの脳みそを無駄にすることにはなるが、もう一方の面を考えれば、おれにとっちゃ意味がある。それでじゅうぶんさ」

「ひとつ見こみちがいをしてると思う。カールは警察へ届けるはずよ。そういう人だもの」

ジェリー・トレンホルムは肩をすくめた。「わかったよ、やつは警察へ届けるかもしれない。だがいま言ったとおり、そうなったとしても問題はない。おれたちの身は安全だ。警察へ届けなきゃ、おれたちは大金を手にする。それがこの計画のすばらしいところだ」

「でも、もしトム・アンダーズが銃を持ってたら？」

「それはない。あいつの銃はおれが持ってる。きょうの午後、この話を持ちかけにあいつの部屋へ行ったときに、くすねてきたよ。心配するな。あの部屋へはいったところはだれにも見られてない。おれがとったことも、あいつは知らないんだ。廊下の先のトイレに行ってるあいだに失敬したからな」

トレンホルムは笑ってつづけた。「いつトイレに行くんだって、気を揉む必要もなかったよ。昔話でもしようと言って、ビールを山ほど持ってったから、あとはしばらく待ってりゃよかった。男ってのはな、ビールをしこたま飲むと——まあ、銃を持ってりゃ、まちがいなく盗んでこられると思ってたんだ。そして、やつは持ってた。これで計画は万全になった」

「けど、もしあなたが帰ったあと、銃がなくなってることに気づいたら？」

はじめてトレンホルムの声に苛立ちがにじんだ。「もし気づいてたら、今夜は姿を現さなかったろうさ。びびって逃げたはずだ。さて、残りのドライブは、おしゃべりなしだ。合流地点まであと三十分はかかる。そのあいだに今夜のことを振り返っておきたいんだ。おれたちにつながるものが何ひとつないようにしたいからな」

クレアはだまった。少ししてトレンホルムは言った。「ひとつだけ確認させてくれ。今夜あいつといるあいだに、どこかで知り合いを見かけたりしなかったか？　〈アスター〉でも〈リンディーズ〉でも〈ザ・ゴールデン・グロウ〉でも最後の店でも、どこだっていいが」

「いいえ、見てない、ジェリー」

トレンホルムは何やらつぶやいたのち、また考え事をはじめた。あらゆる点をあらゆる角度から見なおした。すべてを確認する時間があった。これまでのところ、ミスはひとつもしていない。仮にこれから三十分のあいだに、カール・ディクソンかトム・アンダーズと、自分あるいはクレアとのつながりを警察が感づく物証が残っているとわかったとしても、まだ時間はある。計画を中止することだって可能だ。アンダーズには、計画は変更だ、自宅の前で——いや、どこでだっていいが、そいつをほうり出せと言えばいい。だとしても、損をするのはせいぜい二百ドルだ。

あと三十分——

トレンホルムはうっすらと汗をかきはじめた。額《ひたい》に玉の汗が噴き出すのを感じ、運転席のウィンドウをおろして、涼しい風に顔をあてた。人を殺したことは二度あるが、どちらも若い時分、禁酒法の時代に拳銃を振りまわしていたころの話だ。しかし、あれとはちがう。今回はチェスをするようなものだ。

ただし、これは大博打だ。もし負けたら、二度とプレイできない。

とはいえ、こちらは負けようがない。失うとしても二百ドルだけだ。六か月前に、ボストンで自分を警察に売ったのがトム・アンダーズだったと知った。その仕返しのためなら、二百ドルを懸ける意味がある。しかもその結果、六桁になろうかという大金を稼ぐ手筈《てはず》を整えられるのなら、やってみる価値があるんじゃないか？

ああ、そのとおりだ。トレンホルムはもう一度その夜の出来事を振り返り、カール・ディクソンにはじめて会ったときからのことも、すべて洗いなおした。あのときは特に明確な案はなかったものの、酒場まで尾《つ》けていって、何かのときのためにと顔見知りになったのだった。

抜かりはない。足がつくようなことは何もない。

それでも、トレンホルムはまた汗ばみはじめていた。運転席のあいたウィンドウから涼しい風が吹きこむにもかかわらず、額が汗で濡れ、ハンカチでぬぐわなくてはならなかった。アンダーズの待つ脇道まで、あと一マイル。時速三十マイルで走っているので、二分ほどかかるだろう。そろそろ腹を決めなくては。

トレンホルムは決意を固めた。もう不安はない。冷静な思考が頭を支配していた。脇道へはいって速度を少しずつ落としながら、車のドアポケットからアンダーズの銃を取り出して、上着のポケットへ入れた。そのまま進むと、前方にアンダーズの車が停まっているのが見えた。

車をおり、アンダーズのもとへ歩み寄った。アンダーズがウィンドウをおろして、身を乗り出してくる。

「やあ、ジェリー」アンダーズが言った。「こいつ、すっかり寝こんでる。ふつうの声で話してだいじょうぶだ。体を動かしたって起きない」

「まちがいないか」トレンホルムは尋ねた。そこが重要だ。ほんとうに酔いつぶれて意識を失い、動けなくなっているなら、耳もとで銃声がしても目を覚ますまい。だが眠っているだけなら、銃の台尻でアンダーズを始末する必要がある。できればその手は使いたくない。

アンダーズは笑って言った。「電池が切れたみたいなものだ。さんざん体を揺すってたしかめたよ。そこのグローブボックスにひと瓶入れておいたから、必要があればまた飲ませようと思ってたんだがね。でも、もう何をしても起きないさ。寝息を聞いてみろ」

「よし」トレンホルムは言った。「そこに少しすわっててくれ、トム」

車をまわって、助手席のドアをあける。ディクソンをじっと見、呼吸の音に耳を澄ましてから、肩に手を置いて体を揺らした。

いいだろう。銃声で目を覚ますかもしれないが、そのときは一回張り飛ばして、また眠らせればいい。

トレンホルムはトム・アンダーズから拝借した短銃身の三八口径リボルバーをポケットから取り出した。カール・ディクソンの体越しに手を伸ばして、アンダーズの肋骨《ろっこつ》へ銃口を押しつける。

「ボストンでは世話になったな、トム。これはその礼だよ」そう言って、引き金を引いた。

それだけだった。トレンホルムは引き金を引きながら、視線をアンダーズの顔からディクソンの顔へ移しさえした。ディクソンは銃声にぴくりと反応したが、目を覚ましはしなかった。そんなことはありえない気もしたが、たしかにそうだった。ディクソンは眠ったまま身じろぎし、頭が向こう側へずり落ちて、死んだアンダーズの肩にもたれる恰好になった。

ダッシュボードのほの暗い明かりを頼りに、ジェリー・トレンホルムはディクソンの顔をまる三十秒間見つめつづけ、もうだいじょうぶだと確信した。

そして自分の車へもどり、ドアをあけた。

「終わったよ」クレアに向かって言った。「すべてうまくいった。だが、いっしょに来てくれないか。ちょっと手を借りたいんだ。まだいくつかやることがあってな」グローブボックスに手を入れて、別の拳銃と革のショルダーホルスターを取り出した。

クレアは車をおりて、わずかに体を震わせた。「なあに、ジェリー？　何をしなきゃいけないの」

「アンダーズの上着を脱がして、このショルダーホルスターをつけるのを手伝ってくれ。これはあいつのなんだよ。銃といっしょにかっぱらってきた。そう、わかるだろ、何もかもつじつまを合わせたいんだ。銃にぴったりのホルスターを身につけてれば、警察はほかに手がかりがなくとも、やつの銃だと考える。もしディクソンがほんとうに間抜けで、警察にこのことを知らせたとしても、連中はディクソンがアンダーズの銃を奪おうとして揉み合いになり、そのはずみで発砲したと推測するはずだ。さあ、行こう、クレア。上着を脱がせてまた着せるのはひと苦労だが、ふたりでならできる」

クレアが軽く歯ぎしりするのが聞こえた。「そう、わかった」クレアは言った。「ジェリー、あなたのためならやる。だけど、そっちの銃はなんなの？」

「これでもう一発撃つんだ――ディクソンの手に銃を握らせてな。そうすれば、パラフィン・テストをしたときに硝煙反応が出る。ただし、そのためにアンダーズの銃は使うわけにはいかない。一発しか発砲されてないことにしたいからな。アンダーズの銃からおれの指紋を拭《ふ》きとって、ディクソンの指紋をつければ、何もかもつじつまが合って、お役御免になる。車のドアノブを拭くのも、おれが忘れてたら言ってくれ。ひとつのミスも許されないんだ」

ふたりは作業を終えた。やり残したことは何もなかった。

十五分かかったが、朝までだれも通らない脇道ではなんの問題もなかった。すべて終わったあと、ジェリー・トレンホルムはさらに五分かけて、証拠を探す刑事になったつもりで現場を見渡し、これまでのあれこれを振り返って考えた。手ぬかりはひとつもなかった。

それでも、車で走り去るときのトレンホルムは、また体に汗がにじんでいた。その後の二か月間もしばしば汗をかいた。やがて公判が終わり、自分の身は安全だと知った――一か八かの賭けには負け、大金は手にはいらなかったが。

たしかに、そっちは残念だが、それがなんだというのだ。自分は無事だったじゃないか。何より、アンダーズを仕留めた。狙っていた六桁の金は手にはいらなかったが、結果は上々だ。

いや、見方によっては、六桁の金を持っているとも言えるだろう。銀行には五桁預けてあるし、クレアの金もある。

公判後も、ひやりとする瞬間は一、二度あった。けれども、さらに一か月が過ぎ、ついに危機を脱したと確信した。

4

男の名はピーター・コール。ほかの刑事と変わらない刑事で、賢さも月並みだった。歳は三十三。二十八のときに制服組を卒業したので、刑事の仕事は五年つづけていることになる。実績はまずまずで、大きな手柄を立てたことはないが、大きな失敗をしたこともない。勤務地はニューヨーク市で、所属は西百丁目の第二四分署だ。その地区にはプエルトリコ系の人々が多く住んでいるが、テキサスの国境付近の町で生まれ育ったピーター・コールはスペイン語が流暢《りゅうちょう》に話せたので、うまくやっていた。ニューヨークのプエルトリコ人たちは英語を話すが、仲間内ではスペイン語を話し、物を考えるのもスペイン語だ。彼らとスペイン語で話せれば、さらによい付き合いができる。ピーター・コールは良好な関係を築いていた。

そしていま、十一月のある日の夜六時に、一日の仕事を終えて署の出口へ向かっていた。それをだれかが大声で呼び止めた。「おい、ピート」コールは振り返って答えた。「なんだい」

「電話だ」

コールはもどって受話器をとった。「コールですが」

「コールさん、スーザン・ベイリーと申します。わたしのことはご存じないでしょうけれど、わたしたちの共通の知り合いのリッチモンド夫人が、あなたに相談するといいんじゃないかと教えてくれまして――その、ある問題について」

いい声だった。コールは気に入った。「グレイス・リッチモンドのご友人ですか」受話器に向かって言った。「ここ二か月ほど会っていませんね。グレイスは元気ですか」

コールは二十年前、テキサスでグレイスと同じ学校へかよっていた。ここニューヨークでは、唯一の同郷の友人だ。グレイスは夫とグリニッチ・ヴィレッジの小さなアパートメントで暮らしていて、ときおりコールを夕食に招待し、コールもその礼にグレイスと夫のハリー・リッチモンドをレストランへ連れ出していた。コールはハリーのことも好きだった。会うのは月に一回程度だったが、最後に顔を合わせてから二か月近く経っている。

「元気ですよ」電話の声が答えた。「それにハリーもね。ところで、わたしの問題というのは、電話でご説明するにはひどくこみ入っていまして。今晩は何かご予定がおありですか」

「ああ、それは――」

「わたしはリッチモンド夫妻のお宅の廊下をはさんだ向かいの部屋に住んでいます。もしお仕事がおすみでしたら――グレイスから、いつも六時にはそちらをお出になると聞いたものですから――簡単でもよろしければ夕食を何かご用意しますので、うちへいらっしゃいませんか。そうすれば、お話しする時間がとれますよね。そのあと、グレイスとハリーといっしょに、ブリッジでもするというのはいかがですか」

ピーター・コールはブリッジが好きだったし、グレイスとハリーはいい勝負相手だった。

「パートナーのエースを切り札でつぶしたことはありますか」コールは尋ねた。「それだけは知っておきたい」

「一度だけあります。リードをとるには、そうするしかなかったものですから。ダブルつきで二トリック多くとると宣言していたもので」

「いいでしょう」コールは言った。「そういうことなら、うかがいます。七時半でよろしいですか」

それでかまわないとスーザンは言った。

コールは署を出て、冷たい灰色の霧雨から身を守ろうとコートの襟を立て、コロンバス街を通るバスに乗って七十二丁目でおりたのち、ホテルの部屋へあがってひげを剃《そ》り、着替えをした。身なりを整えているのはスーザン・ベイリーの声が気に入ったからでなく、そのあとでグレイスとハリーに会うためだと自分に言い聞かせた。

セントラル・パーク・ウエストの駅まで歩いていって地下鉄に乗り、四丁目駅でおりた。七時半を一分過ぎて、リッチモンド夫妻の向かいの部屋のブザーを押した。

ドアが開き、目の前に見えた光景をピーター・コールは気に入った。スーザン・ベイリーは背が高く、コールとほぼ同じくらいで、よくいる長身の女のように細身ではなく、肉づきがよかった。美人ではないが顔立ちが愛らしく、口も目も大きめで、瞳は茶色く澄んでいる。髪は美しい茶色で、透きとおったなめらかな肌にはほどよくそばかすが散っている。自然な色合いの口紅のほかは化粧っけがなく、爪がどぎつい赤や紫でなく爪そのものの色であるところも、コールは気に入った。

飾りけのない部屋着のワンピースも、その着こなしも気に入った。顔に浮かべた笑みや、「中へどうぞ、コールさん」と言ったときの声の自然な感じも気に入った。

濡れた帽子やコートを片づける手際のよさも気に入った。コートはハンガーに掛けたが、クロゼットのなかで場所を空けて、ほかのものが濡れないようにしていた。簡易台所から漂うフライドチキンのにおいもたまらない。そのとき、コールはとてつもなく腹がすいていた。いつもより一時間半近く遅い夕食だった。

フライドチキンの味は、におい以上にすばらしかった。量もじゅうぶんで、柔らかいマッシュドポテトやグレイビーソースもたっぷりあり、理想のグレイビーソースと呼べるほど濃厚でこってりしていた。

ただただ、みごとだった。腹が減っていたコールは、しゃべる間も惜しんで食事を堪能した。もちろん、ふたりは食事中にひとことも話さなかったわけではなく、荒れ模様の天気や、グレイスとハリーのリッチモンド夫妻がいかにいい人たちか、そして――これはコールの口からだが――食事がいかにすばらしいかについて語り合った。コールは、なぜリッチモンド夫妻は自分がいるときに向かいの部屋のあなたも誘わなかったんだろうか、と疑問を口にした。すると、スーザンは六週間前に越してきたばかりだとわかり、自分が最後に夫妻に会ったのは二か月ほど前だったので、コールは納得した。

最後のコーヒーを飲み終えると、コールは空のカップを置いて、ふたりぶんの煙草に火をつけた。満足の吐息を大きくついて、ベルトの穴をさりげなくひとつぶんゆるめた。

「このごちそうのためなら、ベイリーさん」コールは言った。「ぼくはドラゴンでも殺してみせますよ。このあたりにいるならね。ドラゴンはいませんか?」むろん、冗談っぽく言った。

すると突然、スーザンがいまにも泣きだしそうな顔になった。自分が言ったことの何がまずかったのかはわからなかったが、ふざけたのがよくなかったのだと気づいた。

コールはテーブルへ身を乗り出して言った。「すみません。そんなに困っているんですか、スーザン」はじめて名前で呼んだことを、コールは自分で気づいてすらいなかった。「ぼくに何かできることは?」

だがすぐに、スーザンの表情はもとにもどった。コールがいきなり話題を料理から殺人へと変えたからだった。もっとも、本人は殺人だと知っていたわけではないが。

「困っているのはわたしではなく」スーザンは言った。「わたしの婚約者です。大変な目に遭っていて。刑務所にいるんですよ――終身刑で――殺人罪で。でも、濡れ衣なんです」

ピーター・コールはまじまじとスーザンを見た。あまりにも急な展開に、一驚を喫していた。

思いつく返事はこれだけだった。「話してください」

「名前はカール・ディクソン。聞き覚えはありますか、それとも――」スーザンはいったん口をつぐみ、コールがその名前に反応するかどうかを見守った。

コールはさっぱりわからなかった。「聞いたことがある気もしますが――」

「ニュージャージーでの事件です。エセックス郡の。公判はニューアークで開かれました。三か月前の殺人事件で、公判は一か月前にありました」

「思い出しましたよ。それなら読みましたが、ざっとしか見ていません。殺された男は悪党でしたね。たしか、詐欺師じゃなかったか。名前はなんでしたっけ」

「トム・アンダーズです。おっしゃるとおり、詐欺師でした。でも、カールは殺していません。わたしにはわかります」

「くわしい話を聞かせてもらえますか」

「カールはヴィク・トレメインと名乗る男と、その妹だと紹介されたドロシーという女に誘われて出かけました。〈アスター〉でカクテルを飲み、〈リンディーズ〉で夕食をとってから、ニュージャージーのある店でお酒を飲み、ダンスをしました。それから、小さなナイトクラブへ――〈アンシン・アンド・ヴィク〉と書かれたネオンサインをカールは見たそうです――車で行って、そのトム・アンダーズを、ディック・アンシンという名前で紹介されました。その三人がカールにお酒をたくさん飲ませたんです。それで一時半か二時ごろにニューヨークへもどることになって、カールはアンダーズの車に乗り、そこで意識がなくなったそうです。

目が覚めたのは――というより、意識を取りもどしたのは――朝の五時ごろでした。道路脇に停められたアンダーズの車のなかでです。エセックス郡にはいってすぐの細い脇道で、近くには民家もなく、夜中には車の往来もなくなるような場所です。アンダーズは運転席で事切れていました。脇腹を撃たれていたんです。カールがいた側の脇腹をね。使われた銃はふたりのあいだの床に落ちていましたが、もちろんカールはさわってなどいません。

カールはすぐに車をおりて、歩きはじめました。精神的にも肉体的にも、どんな状態だったかおわかりでしょう。そのときは通報なんてせずに帰ってしまったらどうかと、かなり本気でそう考えていたことをカール自身も認めています。警察へ行けば仕事を失う恐れがありましたから。それ以上のものを失いかねないとは思ってもみなかったようです」

「なぜですか。つまり、なぜ仕事を失うと?」

「カールは会計士で、ニューヨーク州の銀行検査を担当しています。いえ、していました。

もちろん、いまは当然ちがいます。ああいった仕事では、醜聞に巻きこまれたり、犯罪者とかかわりを持ったりするのは厳禁ですから。そういうことにつねに注意して、品行方正でなくてはいけません。カールはずっとそう心がけていました」

「なるほど」コールは言った。「しかし、誠意が利己心に打ち勝って、警察へ通報したんですね」

「どこかの農家から電話をかけて、警察が来るのを待ったそうです」

「そして、殺人の容疑で逮捕されたと」

「すぐにではありません。重要参考人として二十四時間拘束され、そのあいだに逮捕令状を出すのにじゅうぶんな証拠がそろってしまいました。二か月後の公判で有罪を宣告するにもじゅうぶんな証拠です。きわめて不利でした――カールにとっては、という意味ですけど」

コールは先を促《うなが》した。「たとえば?」

「指紋が銃に付着していたんです。弾道検査で、その銃が殺人に用いられた凶器だと確定しました。発射されたのは一発だけです。警察が銃を発見したあと、カールにパラフィン・テストをおこなったところ、右手に硝煙反応がありました。左手にはありませんでしたが」

「決定的な証拠じゃないな。硝煙反応が出るのは発砲したときだけじゃない」

「その点は公判でも認められました。それでも、有力な証拠にはちがいありません。銃はアンダーズのもので、本人はそれに合うショルダーホルスターを身につけていたんです。その点も不利でした。何しろ、車にはふたりしかいなかったんですから。警察は、カールがアンダーズから銃を奪って発砲したと考えました。そこで、カールに自白を促して、正当防衛の申し立てをさせようとしました。ほんとうに撃とうとしたのか脅《おど》すだけだったのかはともかく、アンダーズが銃を向けてきたので、カールはそれを奪いとって、自分の身を守るために発砲したんだと」

「悪くない申し立てだ。それならおそらく認められたでしょうし、罪を問われたとしても、軽い刑ですんだかもしれない」

「でも、事実はちがうんです、コールさん。少なくとも、カールから見ればちがいます。事件が起こったとき、意識を失っていたんですから」

「それでも、そういうことが起こった可能性はありますよ。つまり、気を失う前の出来事だったということです。だが泥酔していたために、自分が何をしているのかわからなかったか、覚えていなかった」

「そうは思いません。カールは、気を失うまでのことはすべて覚えていると断言しているんです。それにあの人は——ええ、お酒が好きじゃないんです。酔っぱらったことは何度かありますけど、酔って記憶をなくしたことは一度もないと言っています。そういう飲み方をする人もいますけど、そうでない人もいるんです」

「わかりますよ」コールは言った。「ぼくも同じですから。二、三回、ばかなことをした経験はありますが、つぎの日もすべて覚えていました。ほかにも何か根拠があるんですか」

「たくさんありました。ありすぎるほどにね。でも、警察はそれらを認めようとしませんでした。ひとつには、その夜の前半の出来事についてカールが供述したことが、まったく裏づけできなかったということもあります。警察が探しても、ヴィク・トレメインやドロシー・トレメインという人物は見つかりませんでした。ヴィクが経営しているというナイトクラブへ行く途中で三人が立ち寄った店も特定できませんでしたし、ナイトクラブと言えば――そう、ニューヨークから百マイルの範囲内に〈アンシン・アンド・ヴィク〉という名前の店は存在しないんです」

「〈アスター〉のバーと〈リンディーズ〉は調べたんでしょうか」

「ええ、でも、聞きこみをおこなったのが数日経ってからだったので、なんの情報も得られませんでした。カールは〈リンディーズ〉ですわったテーブルの場所を伝え、警察はその夜給仕したウェイターを探し出しました。カールの写真を見せると、なんとなく見覚えがあると答えたそうですが、それがいつの夜だったか、カールがだれといっしょだったかまでは覚えていませんでした」

ピーター・コールはうなずいた。「数日経っていたなら、そんなものでしょう。本人が店の常連か、ウエイターの記憶に残る何かをしたのではないかぎりね。注文したものについてはどうです？　その線はあたりましたか」

「カールは三人が何を注文したかを話し、どれもその夜のメニューに載っていました。でも、それだけではなんの役にも立ちません。ひとりで食事に来たとしても、それくらい覚えられますから。あるいは、トム・アンダーズといっしょに行った可能性だってあります。警察はむしろそう考えました。あの夜いっしょだったのはトム・アンダーズであり、ヴィクとドロシーの兄妹はただのでっちあげだと」

「〈アスター〉では？」

「何もわかりませんでした。その晩勤務していたバーテンダー全員を突き止めたそうですが、写真を見てもカールを覚えていた人はひとりもいませんでした」

「当然そうでしょうね。ほかには？」

「決定的なことがふたつ。どちらも、きわめて不利なことです。ひとつは、アンダーズが運転していた車はその日の夕方にカール・ディクソンの名義で借りたものだったということです。それを検察側がどう見なしたか、おわかりでしょう？」

「いや。ちょっと待って、考えさせてください。たぶんわかりますから。検察はいまの事実とアンダーズが銃を持っていたという事実を突き合わせて、つぎの仮説を導き出した。アンダーズが車を借りたのはディクソンと会うためであり、ディクソンの名前を使ったのはディクソンが自分を殺そうとするかもしれないと考えたからだ。そのようにしておけば、警察が車を調べたとき、ディクソンにつながる手がかりを残すことができる、と」

「おっしゃるとおりです。そして、もうひとつ。もっと悪い話です。トム・アンダーズの部屋のくず入れから、書きかけの便箋《びんせん》が皺くちゃになったものが発見されました。〝カールへ――〟とだけ書かれて、まるめて捨てられていました。警察は、アンダーズがカールに手紙を書こうとしたものの、やはり直接会うことにしたと推論しました。そして、手紙はふたりが知り合いであることを示す有力な証拠と見なされたんです。

それで何もかも筋が通りそうでしょう？　カールが言うには、その晩の六時ごろにヴィク・トレメインから電話があったそうで、交換台にもそのころ電話を受けた記録が残っていました。でも、警察はアンダーズが手紙を書こうとして考えなおしたことを根拠に、電話をかけてきたのはアンダーズだと決めつけたんです」

「でも、その手紙にはカールという名前だけが書いてあったんでしょう？　姓も住所もなしに」

「ええ、だから、このカールに宛てたものとはかぎりません。けど、アンダーズがカールの本名、それもフルネームを使って車を借りたことを考えると――そして、指紋とか、パラフィン・テストの結果とか、カールの話を証明できるものがひとつもないという事実とか、あらゆることをつなぎ合わせると――」

ピーター・コールはゆっくりうなずいて言った。「よくわかります。証拠としてはじゅうぶんだ。電気椅子送りにならなかったのが不思議なくらいですよ」

5

スーザンはそれに答えた。「カールの証言だけに基づけば、そうなってもおかしくなかったと思います。たぶん、弁護士さんが陪審に対する最終弁論で、言ってみればそれまでと正反対の主張をしてくださったおかげで、カールは電気椅子を免《まぬが》れられたんです。弁護士さんはカールにもう勝ち目はなく、無罪も、陪審の評決不一致すらもありえないと判断なさったにちがいありません。そこで、つぎのような考えを実に巧みに陪審員たちに刷りこんだんです。たとえカールが嘘をついているとしても――すでに陪審員たちはそう思っていましたが――それはおそらくアンダーズの銃を奪おうとしたはずみで殺してしまったからだ、あるいは、つかみ合いになったのはすっかり前後不覚になったあとだったので、自分のしたことをほんとうに覚えていないのかもしれない、と。

いずれにせよ、陪審は冷酷で計画的な犯罪とは見なさず、過誤の可能性を考慮してくれました。評決を出す際に減刑を勧告したんです。それを受けて、判事は終身刑を言い渡しました。公正な判決だったと思います。わたしとカールのほかは、だれもカールがアンダーズを殺したという説に疑問をいだいていませんでしたが、計画的殺人であるという見方には疑問を持った人もいたにちがいありません。農家の電話から通報を受けてカールを連れていった警官の何人かが、カールは具合が悪そうで、酩酊《めいてい》しているのは一目瞭然だったと証言しましたから」

「検察から動機の説明はありましたか」

「ええ、もちろんです。カールは銀行の検査官をしていました。アンダーズは詐欺師です。詐欺師にとって、人々の預金残高や取引状況といった情報は値打ちのあるものです。検察は、アンダーズが何かしらカールの弱味をつかんで、使えそうな情報を流せと脅すつもりだったのではないかとほのめかしました」

「ありそうな話だ」コールは言った。「だが、それでは説明がつかないことが一点あります。なぜディクソンは殺人を犯したあと、そのまま帰宅せずに警察に通報したのかという点です。ディクソンは自分の名義で車が借りられていたことも、くず入れのなかの手紙のことも知りようがなかったんだから、だまっていれば警察は自分にたどり着けまいと思っていたはずなのに」

スーザンは真剣な顔つきでうなずいた。「それから、指紋を銃から拭きとらなかったという事実もです。そのふたつのことがあり、カールは飲みすぎて自分のしたことがわからなかったという説がもっともらしく感じられました。この疑問が残っていたから、カールは終身刑ですんだんです――電気椅子送りではなく」

「正直なところ」コールは言った。「残念ながら、ぼくにはそれが真実のように思えます。しかし、そうではないとあなたは考えているんですか。確信があるとでも？」

「ええ、確信しています。カールを知っているからです。あの人は嘘をついていません。わたしにはわかります。そのアンダーズとはあの夜が初対面で、しかもディック・アンシンとしてしか知らなかったんですから、酔っていようがいなかろうが、そんな人を殺す理由がカールにはありません。〈アンシン・アンド・ヴィク〉の話も、ヴィクとドロシーの兄妹の話も、カールがでっちあげたわけではないんです。その話はすべてほんとうで、しかもカールは酔って何かをしたり、その記憶をなくしたりする人ではないという事実があるんですから、ええ、カールは犯人ではありません。きっとヴィク・トレメインです。その男が、ニューヨークへもどるふたりのあとを自分の車で尾けていたんでしょう。そして、カールが意識を失っているあいだに犯行に及び、銃にカールの指紋をつけて、罪をなすりつけるためにカールを置き去りにしたんだと思います」

ピーター・コールはテーブルの向こうの女をまじまじと見つめた。「そうかもしれない」コールは言った。「いまからそれを証明するのは至難の業《わざ》でしょうけどね。三か月も経っていますから」

「わかっています」

「ぼくに何をお望みですか」

「何をって？　いえ、あなたに何かをしていただこうだなんて、そんなとんでもない。ただ、私立探偵について助言をお願いしたかったんです。つまり、腕のいい探偵をご存じではないかと、現役の刑事さんにおうかがいしたくて。グレイス・リッチモンドが、あなたに訊けばだれか教えてくれるかもしれないと言っていたものですから」

「ああ、なるほど」知り合いの探偵の名前がいくつか浮かんだが、コールはまだ口に出さなかった。その代わり、こう尋ねた。「なぜいまになって？　そのつもりなら、なぜもっと早く行動に移さなかったんですか。公判が終わるまでは無罪になる可能性に期待していたとしても、そのすぐあと、いまから一か月前に探偵の件を考えなかったんですか」

「あのときはお金がなかったんです。もちろん、頭にはありました。ちょっと待って、コーヒーのお代わりを準備してきます」

スーザンは簡易台所へ行って火をつけてから、もどってきて言った。「カールには少し貯金がありましたし、わたしにもありました。でも、事態がかなり深刻で、カールにとって絶望的だと悟ったとき、わたしのお金を貸して、いっしょに優秀な弁護士を雇うことにしたんです。それはよかったと思っています。腕の悪い人を雇っていたら、いえ、並の腕の人でも、カールはたぶん──電気椅子送りだったでしょう。スチュアート・ウィロビーは──わたしたちが雇った弁護士の名前です──少なくとも、カールの命を救ってくれました。それなら、まだチャンスはあるということです」

ないに等しいチャンスだがな、とピーター・コールは思った。しかし、口にしなかった。

「公判後」スーザンは言った。「ふたりともすっかり無一文になりました。わたしは仕事も失いました」笑みを漂わせる。「秘書をしていたんですが、連日裁判所にかよっていることを上司がよく思わなくて。くびにされたわけではありませんが、殺人犯に肩入れするなんて愚《ぐ》の骨頂だと言われたんです。そんなわけで、仕事を辞めました。でも、二週間前に新しい仕事が見つかったんです。

それから、今週の頭にわたしの伯母が亡くなって、少しですけど遺産を受けとることになりました。千ドルです。公判中と失業中の借金が百ドルあるので、返済にあてるつもりです。それでも、およそ九百ドルが手もとに残ります。そのお金で私立探偵を雇えば、カールにもう一度チャンスをあげられるかもしれません」

かわいそうな娘だ、婚約者が無実だと本気で信じている。

「あるいは」コールは言った。「上訴の費用にあてたほうがいいかもしれない」

「いいえ。公判のあと、ウィロビーさんに、なんでもいいので何かできることはないかと尋ねたんです。そうしたら、新しい証拠でもないかぎり、打つ手はまったくないと言われました」かすかに苦笑する。「それに、こうもおっしゃっていました。十年くらいすれば仮釈放に向けて動きだせる、いますぐは認められないだろうけれど、試みることはできる、と」

コールは言った。「ちょっと考えさせてください」

「もちろんです。コーヒーを淹れてきますね」

スーザンがコーヒーを手にもどってくるまで、コールはずっと考えをめぐらしていた。

「ピンカートン探偵社がいい」コールは言った。「引き受けてくれるなら、の話ですがね。何か成果の出せる見通しがないかぎり、動かないでしょう。調査するにあたっての具体的な手がかりとなるものが必要です。どんなものがあるか、すぐには思いつきませんが、そのうち何か頭に浮かぶかもしれない。とても優秀ですが、それだけに仕事をえり好みしますし、連中の得意そうな事件でもない。頼んでみることはできますよ。もし引き受けたら、払った金額に見合うだけの時間を調査につぎこんでくれるはずです。だが、何かがつかめるとは思えない。いまさらどれだけのことができるのか」

「ひとりかふたりでやっているような、小さい探偵事務所のほうがいいでしょうか」

「いや、金をだましとられる確率が高くなるだけです。ただ――」

その先をどうつづけるべきか、コールは迷った。本音を言えば、無駄なことにいっさい金を費やすべきではないと思っていた。あまりにも希望がない。アイルランド宝くじの控えの半券を買うようなものだ。たとえほんとうに無実だとしても、三か月も過ぎていては望みはないだろう。きっと警察もあらゆる角度から捜査をしたはずだ。スーザンはその男のために一度全財産を抛《なげう》ったのに、また同じことをしようとしている。つまるところ、その九百ドルにまったく手をつけるべきではないというのが本音だった。

「ありがとうございます」スーザンは暗い顔で言った。「では、ピンカートン探偵社にあたってみます。あす、行ってきますね」

「いや、だめだ。待ってくれ」コールは苛立たしげに言った。自分がほんとうに苛立っているのか、口調だけがそうなのか、自分でもわからない。眉をひそめてスーザンを見た。「まず、事件について新聞記事で調べてみますよ。図書館で当時の記事を見てきましょう。それで、調査の余地がありそうな点がほんとうにないか、よく考えてみます」

「でも、コールさん、そんなことまでお願いするつもりはありません。ただ私立探偵を推薦していただければと思いまして」

「いまはまだ、どこも薦める気はありませんよ。ピンカートンであってもね。実は、ぼくはあす非番なんです。図書館へ行って、事件について調べてみたくてね。助言するのはそれからにしましょう」

「それは――ええ、かまいません、お望みであれば。ただ、図書館へ行く必要はありません。新聞はわたしのところにありますから。とっておいたんです。事件直後の数日間と、公判がおこなわれた四日間の《ニューアーク・スターレジャー》紙をね。事件が起こったのはエセックス郡で、公判はニューアークで開かれましたから、ニューヨークの新聞よりくわしい内容です。公判記録の写しもあります」

「公判記録？　なんのために？」

「自分で調べるためです。ウィロビーさんに頼んで、裁判所速記官から一ページいくらという形で買ってもらったんです。すべての証言と反対尋問が載っています。ほんとうにお読みになりたいですか？　長いですよ」

「ええ。新聞もお願いします。ぼくが持ち帰ってもよければ」

「もちろんです。でも、わたしが食器を洗っているあいだに新聞を見てしまえば、全部を持ち帰る必要はなくなりますよ。公判記録だけですみます。つまり、いまご覧になりたければ、ですけど」

「そうさせてください。ただ、この皿を全部あなたに押しつけるのが心苦しいですが」

スーザンはそれには答えもしなかった。新聞を持ってきてソファーに置き、その隣にコールをすわらせた。そこなら、要領のいい人間が読書のときにみなそうするように、仰向けに寝そべってゆったりと目を通すことができるからだ。

しばらくのあいだ、スーザンが簡易台所で忙しく動く物音が聞こえていたが、徐々にその音は意識から遠のいていき、コールは文字を追うことに没頭していった。読むのはあまり速くなかったが、記憶力はよいほうで、細部まで頭に叩きこむことができた。

公判記事の半ばまで読んだころ、片づけを終えたスーザンが目の前に立っているのに気づいた。「きょうはそこまでにして、残りは持ち帰ったらいかがですか」

「ぼくにかまわないで」コールは言った。「ほうっておいてください。近所を散歩してきてもいい。じゃなきゃ、だまってすわってるとか」

それを聞いてスーザンは笑った。腰をおろして口を閉じたが、目はコールを見ていた。見られているのはコールも気づいていて、集中しづらかったが、公判の最終日と判決の部分まで読み終えた。やがて最後の新聞を置き、険しい顔でスーザンを見た。

「きびしい仕事になりそうです」コールは言った。「ディクソンが無実だとしても、むずかしいでしょう。ただ、ぼくがこれ以上首を突っこむにしても、まず公判記録に目を通してしまいますから、それまで待っててください」

「でも、ピーター――」はじめてコールを名前で呼んだと、スーザンは気づいていない――「あなたにそこまで深入りさせてしまうつもりはまったくないんです。わたしはただ――」

「残った九百ドルを無駄にする方法を訊きたかった?」コールは言った。「とにかく、もう一度ふたりで話し合うまでは何もしないで。あすは仕事ですか」

「ええ、金曜ですから。そのあとの土曜と日曜の二日間はお休みです。どうして?」

「あす、公判記録を読みながら妙案が浮かんだら、電話をしてもいいですか」

「もちろん」コールに電話番号を教える。「まだうちには電話がないんです。けど、向かいのグレイスの部屋から取りついでもらえる。それで思い出しました。きょうの六時に電話をしたのもそこからだったから、話の内容をグレイスも聞いていたんです。あなたがここにいることを知っているし、ブリッジの三番勝負をしにくるのを待っているはず。そろそろ行ったほうがいいかもしれません。もうすぐ九時ですし」

コールは気乗りがしなかったが、「わかりました」と言って、ふたりで向かいの部屋へ行った。

思考をめぐらしたままだったので、いつものプレイがあまりできなかった。とはいえ、スーザンのエースを切り札で台なしにはしなかったし、三番勝負で二回勝った。

十一時三十分に家へ帰った。公判記録を入れた分厚い封筒は、コートの下にかかえて小雨から守った。地下鉄では読まないようにし、帰ったあと、眠りに就くときもそれについて考えないようにした。

ふだんの非番の日と同じく、朝はゆっくり起き、公判記録を持って朝食を食べにおりた。雨はやんでいて、空気がひんやりと澄み渡っていた。朝食のあと、コーヒーを三杯飲みながら記録を読み、それから部屋にもどって、午後の半ばには読み終えた。

最後まで目を通して、コールは腹の底から叫んだ。「ちくしょう！」

カール・ディクソンがトム・アンダーズを殺したとは思えなかった。新聞であれ公判記録であれ、読んだなかにあった何かのせいでそう感じたのか、それともスーザン・ベイリーの静かな自信に感化されたのか、どちらかよくわからなかった。

何よりもまず、もしディクソンが犯人で供述がでたらめだとしたら、このように行動したり語ったりする理由がない。そして、忌々しいことに、たしかに筋が通っていない点がある。だから、死刑でなく終身刑になった。陪審も裁判官も、理屈の上ではそのような斟酌《しんしゃく》を禁じられているが、たしかにそう考えている。

とはいえ、これは自分の出る幕ではない。いっしょに見なおしをして、再調査すべき点を洗い出したあとは、それを手土産にスーザンをピンカートンへ向かわせるべきだ。ピンカートンにことわられたら、とびきり優秀な小さめの事務所をどこか紹介しよう。それが唯一の賢明な選択であり、スーザンにとっては期待をはるかに超えるはずだ。

そこでコールは受話器をとり、ブレイン警部に電話をかけた。「コールです、警部。実は傷病休暇が二週間ぶんたまっているんですけど、あすからそれを使って少し休みをとっていいでしょうか。急な話ですが、差し支えなければ――」

「いいだろう。体調が悪いわけじゃないな?」

「ああ、元気ですよ」

「休暇をとるには最悪の季節だぞ。どうかしてるんじゃないのか」

「それなんです」コールは言った。「何が原因かわからないんですがね。おっしゃるとおりですよ、警部。ぼくはどうかしてる」

6

コールは教わった番号に電話をかけ、スーザン・ベイリーを呼び出した。「スーザン、ピーター・コールだ。公判記録を読み終えたから、ふたりで話をしたいんだけど、今晩は空いているかな」

「もちろんよ。またうちで食事でもどう？」

「いや、きょうはいっしょに外で食べよう。まずどこかでカクテルを飲んで、別の場所へ行って夕食だ」

「ずいぶんと押しが強いのね、ピーター。わたしは選べないみたい。わたしの料理って、口に合わない？」

「まさか、最高だよ。だけど、きょうは〈アスター〉でカクテルを飲んで、〈リンディーズ〉で夕食にしよう」

「まあ」スーザンの声が一変し、柔らかくなった。「ありがとう、ピーター。ほんとうにありがとう」

「ばかを言わないでくれ」コールは言ったが、自分でも気づかずに声が険しくなっていた。「ディクソンの写真があったら、一枚持ってきてくれるかな。新聞にも載ってるけど、ああいう写真がどんなものか、知ってるだろう。自分の兄弟でも気づかないこともある。迎えは六時半でだいじょうぶかな」

「ええ、でも、グリニッチ・ヴィレッジまでわざわざ来ることもないんじゃない？　わたしがそっちへ出向くけど」

「じゃあ、六時半に。気をつかわなくていいよ。車があるからね。ゆうべはたまたま使わなかったんだ」

「なら、だいじょうぶね。それから、写真は持ってる。正確には二枚あるけど」

「ひとつ先に言っておくよ、スーザン。たぶん、どちらの店でも情報は得られないと思っていてもらいたいんだ。ずいぶん前の話だからね。もともと何かつかめるとは期待してないんだから、失望することもない」

そのことばはある面でははずれ、ある面ではあたった。〈アスター〉のバーでは八月十六日の夜に働いていた三人のバーテンダーのうちふたりから話を聞くことができたし、〈リンディーズ〉では運よく目あてのウェイターを見つけ出せたものの、カール・ディクソンの無実の罪を晴らす手がかりは何も得られなかったからだ。それでも、ふたりはバーで絶品のマティーニを飲み、〈リンディーズ〉ではボルシチとフィレミニョンのステーキとパイナップルチーズパイを食べたのだから、ひと晩を棒に振ったわけではない。

コールには、スーザンに尋ねようと思っていたことがひとつあった。「ゆうべ《スターレジャー》紙を読んだあと、これは訊かなきゃと思ったことがあるんだ」コールは切り出した。「公判中の記事に、新聞社が〈アンシン・アンド・ヴィク〉という店を見つけようとしたことと、それについて囲み記事を出したことにふれてるものがあったんだ。囲み記事は事件から公判までのあいだに載ったはずだ。きみはそれを読んだかな」

「ええ、事件から一週間くらい経ったころの記事ね。まだ警察がカールの供述の裏づけ捜査をしてたころよ。《スターレジャー》紙は一面に〝〈アンシン・アンド・ヴィク〉に行ったことは？〟という見出しの囲み記事を載せて、店の場所に心あたりがある人は情報を提供してくれと呼びかけたの」

「何か情報は集まったのかな」

「たぶんなかったはずよ。何かつかんだら、警察へ知らせるか、少なくとも記事にはしたと思う」

「もっともな推論だ。スーザン、鍵になるのはその店――〈アンシン・アンド・ヴィク〉だよ。それを見つけないと、何もはじまらない。糸口がつかめなければ、とんでもなく楽しい仕事になりかねない。カールの話に基づくと、店はニューヨークから百マイル圏内にあるんだったね」

「つまり、ハドソン川の向こう側のどこかってことね。カールは車がどこを走ってるのかはわからなかったけれど、トンネルを通るなり橋を渡るなりして、もう一度ハドソン川を渡ったら、さすがに気づいたはずだもの」

「それはそうだろうな。だからこそ、行き先を知られたくなければ、連中も引き返しはしないはずだ。よし、マンハッタンから百マイル以内で、ハドソン川の西ということだな。となると、ニュージャージー州のほとんど、ペンシルヴェニア州のかなりの大部分、それに、もしニュージャージーにはいったあとで北へ向かったとしたら、ニューヨーク州のかなりの部分もそこに含まれる」コールはかぶりを振った。「半径百マイルの半円だな。ぼくの数学の記憶が正しければ——ええっと、半径の二乗で一万マイル、それに円周率をかけて——円周率はちょうど三ってことにしよう——その円の総面積は三万平方マイルだから、対象範囲は一万五千平方マイルだよ、スーザン。そのなかから〈アンシン・アンド・ヴィク〉を見つけなきゃいけない。一万五千平方マイルのなかから」

スーザンがやや力なく微笑《ほほえ》んだ。「そんなふうに言われると、途方もない気がする」

「そこまで大変じゃないさ。そう願おう。ネオンサインの線はどうかな。警察は調べたんだろうか」

「徹底的に調べたって言ってた。近くのネオンサインの製造元すべてに聞きこみをしたそうよ。工場が山ほどあるから、大変だったみたい。けど、そんなネオンサインを売ったところはひとつもなかった」

「残念ながら空振りか」コールは言った。「だが少なくとも、ぼくたちの調べる手間が省けた。大仕事になるはずだったからね。ただでさえ骨が折れるのに」

「ピーター、これはあなたの仕事じゃないのよ。あなたにそこまでやってもらおうなんて――」

「それはもういい」コールは言った。「実はあす、所用でニューアークへ行かなくちゃいけないんだ。ついでに《スターレジャー》紙の本社へ寄って、〈アンシン・アンド・ヴィク〉について出したあの呼びかけがどうなったのか確認しようかと思ってるんだ。事件を担当した検事にも会うかもしれない。あすは土曜日だ。きみも来るかい」

「ぜひ、お邪魔じゃなければ」

「邪魔なものか。一時にきみのところへ行って、出かける前に手料理をごちそうになろう。さてと――このままいつまでも〈リンディーズ〉のテーブルに居すわるわけにはいかないな。〈アスター〉のバーへもどるというのはどうかな」

「わたしの部屋へ行きましょう、ピーター。そのほうがゆっくり話せるし、お酒をごちそうするくらいの余裕はあるから」

そこでふたりはスーザンの部屋へ行き、暗黙の了解のうちに、事件以外のさまざまな話をした。もっとも、すべてではない。ふたりが注意深く避けた話題がもうひとつあった。

どういうわけか、その夜帰宅したコールは気が立っていた。こんな面倒に巻きこまれた愚《おろ》かさが腹立たしいのか、自分でもわからなかった。何しろ、この事件はどう考えても望みがなく、影を追うに等しい。気が立っている原因はそれにちがいない。スーザンに対して腹を立てているわけではなく、カール・ディクソンに対しても反感などないのだから。

それでも、コールはだれもいない自分の部屋の前でしばし立ち止まって、ドアを見つめながら、こぶしで突き破りたい衝動が湧きあがるのを感じた。けれども、こぶしの代わりに鍵を使った。

翌日は遅くまで寝ていた。目が覚めたのは十一時近くで、一時にスーザンのところで食事をする予定だったため、朝食は抜きにしてコーヒーを一杯だけ飲んだ。

外は寒さを増して、雪が降っていた。どこの通りも降ったばかりの雪で真っ白で、往来の激しいところ以外では勢いよく積もっていく。この年はじめての本格的な降雪だ。コールは寒さが苦手だが、雪は好きだった。こんなふうに大きくて柔らかい雪が落ちてくるなら、いつだって寒さにも耐えられる。

コールは東へ車を走らせて、セントラル・パークにはいって、曲がりくねった道を南へできるだけ進んだのち、そこから五番街へ抜け、グリニッチ・ヴィレッジをめざしてさらに南下した。

スーザンは塩漬け牛肉とキャベツの煮こみ料理を用意していた。朝食を食べていないコールにとっては、神々の美食のにおいがした。これが自分の好物だとスーザンは見抜いたのだろうか。これまでさんざん話してきて、一度もそんなことは言わなかったのに、なぜわかったのか。そこでコールははっと気づいた。これまでさんざん、だって？　たったふた晩しか会っていないのに。

ふたりはゆっくり食事をして、たくさん話をした。ニューアークへ向けて家を出たのは二時過ぎで、着いたのは三時だった。コールは《スターレジャー》紙の社屋を見つけると、そのすぐ前に車を停めた。

編集長の執務室を探しあて、一面に掲載された囲み記事の呼びかけについて尋ねた。

「あれはうちの首席記者の発案でしてね」編集長が言った。「寄せられた情報はすべてその男のもとへ行ったはずです。もっとも、たいしたものはなかったと思いますよ。あれば、記事にしたでしょうからね」

「その人とお話しすることはできますか」コールは尋ねた。

編集長は電話に向かって言った。「ロイ・グリーンをこっちへよこしてくれ」

一分後、背が高く猫背で鉄灰色の髪をした男がはいってきた。

「ロイ」編集長は言った。「このおふたりはアンダーズ殺害事件にご興味をお持ちだそうだ。〈アンシン・アンド・ヴィク〉についての呼びかけの記事は、何か反応が来たのか」

「たいしたものはありませんでしたね。たわけた野郎から、金を貸してくれるんならその店をはじめてやってもいいという手紙は来ましたがね。もう一通は、まじめに話を聞こうにも、あまりにもあいまいな内容でしてね。ジャージー・シティに住む男からでした。〈アンシン・アンド・ヴィク〉という店を見た記憶がかすかにあるが、いつどこでだったかは思い出せないと書いてありました。あまり有用な情報とは思えませんでしたね」

「確認はとらなかったのか」

「いや、とりましたよ。もう一度記憶をたどって、何か思い出したら連絡をくれと返事を書きました。それから音沙汰がないので、だめだったんでしょう」

「文面から、おかしなやつだと感じたか」

「いえ、そうは思いませんでした。手紙は真っ当で、誠意が感じられましたよ。でも、もしかすると、いえ、きっと、事件に関する記事で〈アンシン・アンド・ヴィク〉の文字を目にしたんでしょう――そのあと、どこで見たのかを忘れて、そういう看板を掲げたナイトクラブをその目で見た気になんとなくなったんじゃないかと」

「その人の名前と住所はまだ残っていますか」コールは尋ねた。

「住所はありません」ロイ・グリーンは言った。「でも、名前は覚えてますよ。それはもう、とびっきり珍しい名前だったんでね。ジョン・スミス――そう、ジョン・スミス医師です。名前入りの便箋《びんせん》を使っていましたから、偽名じゃありません。だから、住所がわからなくても見つけ出せるはずですよ。ジャージー・シティのジョン・スミス医師はそう多くないでしょうし、医師なら電話帳に載ってるはずです。探してみましょうか」

「ありがとうございます。でも、こっちで確認できますから」コールは言った。ふたりは編集長にも礼を言って、部屋を出た。

「ひどく心細い手がかりのようね」スーザンが言った。

「ああ、それでもこの線を追ってみよう。つぎは、もし見つかるようなら、事件を担当した検事と話すつもりだ。スーザン、きみは来ないほうがいいと思う。事件のある側面に少しばかり興味があるニューヨークの一警官として話をしたほうが、きっといろいろ聞き出しやすい。せっかく立証した事件を、きみと組んで台なしにしようとしてると勘繰られたら、そうもいかないからね。いいかな?」

「それもそうね」

コールはスーザンを車に残して、ロイ・ハーランに会いにいった。事件を担当した検事であることは、新聞や公判記録で読んで知っていた。ハーランは検事局の自室にいて、面談にすんなり応じてくれた。

「アンダーズの前科について、知りたいことがありまして」コールは言った。「公判ではあまり明らかにされなかったようなので。むろん、それがまずい理由もありませんがね」

ハーランの眉がわずかに吊りあがる。「ニューヨークにある資料を見ればわかるんじゃないかね。中身はこっちにあるのと大差ないはずだが」

「おっしゃるとおりです」コールは言った。「こちらが知りたいのは最近のこと、つまり記録に残っている最後の逮捕以降のことなんです。やつがこのところ何をしていたかも判明しているはずだと思いまして」

ロイ・ハーランは両手の指先を合わせた。「ここ半年ほどはなんの記録もないな。わたしの知るかぎり、稼業はあまりうまくいっていなかった。安宿暮らしで、衣装もたいして持っていない。詐欺師としては失格だな。食いっぱぐれる一歩手前だったんだろう。ボストンにいるあいだは金があったようだが、出てからはそうでもなかったようだ。死ぬ前の十年余りはたいがいボストンにいたが、最後はいられなくなったんだろう」

コールはうなずいた。「ボストンへ行って調べてみますよ。もうひとつ、ハーランさん。とある新聞には――まあ、隠す必要はありませんね、《スターレジャー》紙のことです――アンダーズはあの晩、カール・ディクソンの名前で車を借りた、とありました。それも正しい綴《つづ》りのDixonでなく、Dicksonと書かれていた。発音は同じですが、綴りがちがいます。その件は公判で議論されなかった。そうですね？」

「ああ、そうだ。公判で扱わなかったのは、大きな意味があるとは思わなかったからだ。それが何かを示しているとすれば、アンダーズはカール・ディクソンと顔見知り程度の関係だったということになるが、われわれはふたりにはかなりの親交があったはずだと主張していた。むろん、弁護側も綴りのちがいについては知っていたが、あちらも裁判では持ち出さなかった。持ち出す理由がどこにある？　少なくともアンダーズが車を借りるときまで、ふたりに面識はなかったと主張していたんだからな。だから、どちらの側にとっても、なんの意味も価値もなかったわけだ」

コールは分をわきまえずに、ふんと鼻を鳴らした。「どちらの側も事件の真相には関心がなかったということですか。争点はカール・ディクソンが無罪になるか有罪になるかだけにあったと？」

「何が言いたいのかわからないな、コールくん」

ピーター・コールは深く息をついた。「ぼくにもわかりません。では、どうもありがとうございました、ハーランさん」

それからスーザンの待つ車へもどった。「たいした情報は得られなかったよ。でも、多少期待できそうな手がかりがひとつある」

「何？」

「まずは飲みにいこう。電話ボックスのある酒場を探して、例のジャージー・シティのジョン・スミス医師に電話をかけるんだ。そのあとで、多少期待できそうな手がかりについて教えてあげるよ」

ふたりは酒場を見つけて、飲み物を注文した。コールがジャージー・シティの交換台を呼び出すと、交換手は難なくジョン・スミス医師の番号を探しあてた。

7

奇跡的にスミス医師は自宅にいたが、残念ながら、〈アンシン・アンド・ヴィク〉という店をどこで見たかについては、新聞社へ手紙を書いたときと変わらず、何も思い出せていないと言った。また、あんな手紙を書いてしまって少し後悔したものだ、あまりにもとりとめのない内容だった、とも漏らした。

コールは礼を言い、ボックス席のスーザンのもとへもどった。「なんちゃらスミス先生はだめだな。そのネオンサインをどこで見かけたか、まだ思い出せないらしい」

「うまくいきそうな気がしたのに。で、その手がかりっていうのは何？　少しは望みがありそうなのよね」

コールはディクソンの綴りの件について話した。

「それは知ってる」スーザンが言った。「新聞に載ってたもの。ウィロビーさんも公判で取りあげるべきかどうか検討したけど、有利にはならないと判断したそうよ」

コールは眉根を寄せた。「この件全体に言えることだが、そこが変なところなんだ。あらゆる事実がカール・ディクソンの有利になるか不利になるかで判断されてる。まあ、それが当然なのかもしれないけど、そういう考え方をするのはもうやめよう」

「どういうこと、ピーター」スーザンは当惑顔で尋ねた。

「ある意味では、カールについてはもう救いようがないんだ。有罪を宣告されたんだからね。だとしたら、どんな事実もこれ以上不利になることはない。でも、有利な事実を見つけるだけじゃ釈放へ持ちこめない。アンダーズを殺した真犯人を突き止めるしかないんだ。つまり、例のヴィク・トレメインをね。そしてドロシーも。ふたりを――それに〈アンシン・アンド・ヴィク〉というナイトクラブを――見つけ出せれば、警察を動かして取り調べをさせることができる。カールの共犯者という嫌疑が生まれるだけでも、きっと尋問したがるはずだ」

コールは物憂《ものう》げに酒を見つめた。「ともあれ、ディクソンの綴りがちがう件には興味津々だよ」

「どうして?」

「ぼくが納得できる唯一の動機を説明できるからだ。殺人の動機じゃないよ――ヴィク・トレメインがアンダーズを殺した動機なんて、いくらでもありうるさ。腑《ふ》に落ちないのは、こんな手のこんだことをしてカールを嵌《は》めようとした理由だよ」

「そうね」

「考えうる筋書きはこうだ。たとえば、ヴィクが詐欺師か、紙幣偽造犯か、あるいは銀行強盗だったとしよう。ぼくの推理では、紙幣や小切手の偽造犯がいちばんぴったりだ。仮にそいつが銀行検査官を利用して州じゅうの銀行口座に関する内部情報を――たぶん署名の写真とか、そういった秘密の情報を――手に入れられるとしたら、大儲けできるはずだ。どこかの銀行員ひとりの手を借りるだけでも助かるだろうけど、特定の銀行で偽造事件がいくつも起こったら――まあ、近いうちに発覚するだろう。でも、銀行検査官なら、たくさんの銀行から最新の情報を入手できる。それを利用するなら、単独で動くより仲間を集めてやるべきだとヴィクは思いついたのかもしれない。すでにひとり、ドロシーがいるしね。だけど、仲間がいようがいなかろうが、大儲けはできる。わかるだろ、スーザン」

「もちろんよ」スーザンは答えた。「カールもそれを考えて、わたしたちは弁護士と話し合ったんだけど、どういうからくりになってるのか、よくわからなかったの。だって、カールは刑務所にいるんだから、なんの役にも立たないのに。有力な証拠がそろってるから、カールが無罪放免になるとはヴィクも思ってなかっただろうし。それに――」

「まあ、落ち着いて。ひとつ、きみが忘れてることがある。カールは自分がまずい立場にあると悟って、警察へ通報した。ヴィクはカールがそんなことをするなんて思わなかったんだよ。読みをまちがえたんだ。その可能性もあることは知ってただろうけどね。

だけど、もうひとつの筋書きならどういうことになったか、想像してみよう。カールが車内で目覚めると隣に死体がある。カールは先行きを考えてすっかり怯え、そのまま家に帰ってだんまりを決めこむ。警察が車と死体を発見して、事件が新聞に載り、警察は捜査を開始する。そしてその後、ヴィクがカールのもとへ行って、警察が見つけた銃にカールの指紋がついてること、あらゆる証拠が犯人はカールだと示してることを伝える。

カールは自分が殺人罪に問われると思ったかもしれないし、思わなかったかもしれない。ただ、警察にありのままを語って信じてもらえたとしても、じゅうぶん面倒なことになるのはわかったはずだ。通報せずに逃げたわけだからね。運がよければ、仕事を失うだけですむだろう。でも、告白したせいで、殺人事件の通報を怠《おこた》ったとして投獄される可能性もある。最悪の場合、殺人犯として有罪となりかねない。あの朝、カールが目覚めてそのまま家に帰ってたら、一週間後にどうなってたか、想像できるだろう？　ヴィクはまさにそうなると読んでたんだ」

スーザンはうなずいた。「でも、そのことと、アンダーズが車を借りたときの名前の綴りはどう関係があるの？」

「おそらく、アンダーズはヴィクに命じられて車を借り、どんな名前を使うかも指示されてたんだ。仮に、ヴィクが〝カール・ディクソン（Ｄｉｘｏｎ）〟の名で車を借りるよう指示していたとしよう。警察は死体と車を発見して、その車がレンタカーだと突き止める――それから、借りた人物の名前に何か意味があるかもしれないと考え、その車が貸し出されたニューヨークでカール・ディクソンという名前の人間を片っ端から調べはじめる。そんなとき、どこかの警官がわれらがカール・ディクソンに歩み寄って時刻を尋ねでもしたら、カールは動揺してぼろを出したにちがいない。となると、ヴィクの苦労も水の泡になってしまう」

「なるほどね。なんとなく――筋書きが見えてきた。すごく恐ろしい筋書きだけど」

「そうだね。車を〝カール・ディクソン（Dickson）〟名義で借りるとは、なんとも巧妙だ。こうなると、警察はわれらがカール・ディクソン（Dixon）にはたどり着かなかっただろうが、当の本人は新聞を見て震えあがったはずだ。警察に目をつけられたらまずいのはよくわかってる。絶体絶命だと気づきはじめただろうね」

「ああ、そのナイトクラブさえ見つけられたら！」

「たしかにそれは助けになる。だけど、ヴィク・トレメインを見つけるほうが大事だと思うよ。ぼくはボストンへ行くつもりだ」

「ボストンへ？　どうして？」

「アンダーズはつい最近までボストンにいたんだ。アンダーズの記録を隅々まで調べて、やつを知っていそうな警察関係者全員に話を聞いてみる。だれがやつを殺したがっていたかを突き止めたいんだ――それも、そのことをアンダーズ本人に気づかれなかった人物をね。アンダーズはヴィクを信用していたはずだからだ。飲み物のお代わりはどうかな」

「いえ、けっこうよ」

「じゃあ、そろそろ出よう。きみを部屋まで送ってから、ボストン行きの夜行列車に乗るつもりだ。朝早くから動きだせるようにね」

「でも、あしたは日曜よ。調査なんてできるの？」

コールはそれを一笑した。「警察に日曜なんてないさ。あすも営業中だ」

「ピーター、あなたにはどんなに感謝してもしきれない。でも、どうして？　あなたに相談したとき、まさかここまでしてもらえるなんて――」

「いいじゃないか、もう」コールは無礼なほどぞんざいに言い放った。「おもしろそうだと思った、それだけだよ。仕事の延長みたいなものだけど、したいと思ったことをしちゃいけない理由はないだろ？」

「でも、休みをとってるんでしょう？　だったら、わたしから――」

「やめてくれよ。傷病休暇だから有給なんだ。一ドルも損してないさ。どうしてもと言うなら、必要経費の記録はつけておく。さて、行こう。どこかで食事をしたほうがよさそうだ。それに、列車の時刻も調べないと」

コールは八時半の列車に乗り、じっと考えをめぐらしながら時間を過ごした。頭にあったのは、ボストンでの段取りではなく――どう転ぶにせよ、すべきことは単純だ――ほかにどんな調査の切り口があるかについてだった。名案が脳裏に沈んでいる気がするのに、見えるところまでそれを引き寄せることができない。〈アンシン・アンド・ヴィク〉のナイトクラブと関係があることだ。そこへ導いてくれる何かの鍵がかならずあるにちがいない。ネオンサインを見たという男——ジャージー・シティのジョン・スミス医師——の記憶を呼び覚ます手立てはないものか。

ジャージー・シティまで行って、話してみる価値はあるだろうか。少なくとも、医師がどの地域になじみがあるかはわかるし、遠出することの多い人物でもないかぎり、調査の範囲をせばめられる。とはいえ、そんなことをしても無駄骨に終わりそうだ。

浮かびかけた考えは、浮かびかけのままだ。どうにも見えてこない。コールは突破口となりうる手がかりを求めて、カール・ディクソンの話をひとつずつ思い返した。

何も見えない。

さらに始末が悪いことに、スーザン・ベイリーが頭から離れなかった。

ボストンに着いたあとも数時間の睡眠をとる余裕はあったが、ほとんど眠れなかった。九時になると、警察本部へ行って二時間過ごした。その後、急行列車に乗ってニューヨークへもどり、グランド・セントラル駅からニューヨーク市警本部へ直行した。

五時半にスーザンに電話をした。「食事はまだかな？」コールは尋ねた。「もしまだなら、迎えにいく。勘定はきみ持ちにはしないと約束するよ」

「何かわかったの、ピーター」

「かもしれない。まだはっきりしないんだ。あとで説明するよ」

「うちへ来て。わたしの部屋で食べれば、ゆっくり話ができるから」

コールが六時少し過ぎに着くと、スーザンは夕食を用意していたが、いったん手を止めて腰をおろし、コールのつかんできた情報にじっと耳を傾《かたむ》けた。

「かなり昔までさかのぼって、洗いざらい調べてきたよ」コールは言った。「アンダーズを消したいと思うほど憎んでいる三人の男の名前と人相書を手に入れた。そのなかに、カール・ディクソンが供述したヴィク・トレメインの人相に近い人物がひとりだけいた。ジェリー・トレンホルムという男で、風貌もディクソンの供述とほぼ一致する。八年前、このジェリー・トレンホルムは、アンダーズのたれこみのせいで刑務所送りになった。記録には載ってなかったけど、事件を覚えてた警部が話してくれたんだ」

「その男は何者？　どういう罪を犯したのかってことだけど」

「紙幣の偽造だよ。五年間、マサチューセッツ州で刑に服していた。出所したのは三年前だ。警察はニューヨークへ行くとにらんでいて――実際にやってきた。こっちの市警本部でたしかめたんだ。遅くとも六か月前には、この街にいた。それが残ってる最後の記録だ。でも、肝心なのはここからなんだ、スーザン。やつにはここ数年連れ添っている妻が――情婦かもしれないが――いるらしい。名前はクレア。クレア・エヴァンズか、ほんとうに結婚していればクレア・トレンホルムだ。人相はドロシー・トレメインにぴったり一致する」

「ピーター、すごい！」

「ジェリー・トレンホルムの写真も手に入れたよ。クレアは、何度か取り調べを受けたことはあるけど、収監されたことはないから、写真はなかった。とにかく、ぼくは今夜もう一度ニューアークへ行って、検事のハーランと話してくるつもりだ。トレンホルムの写真を渡して、これをカール・ディクソンに見せてくれと頼み、それを見たカールがトレメインだと言うかどうかをたしかめてもらう。その際、カールはほかにも十人くらいの顔写真をいっしょに見せられるはずだ。そのなかからトレンホルムの写真を選び出したら、ぼくたちの読みが正しいことになる。

ただ、期待しすぎるのは禁物だ。読みが正しくて、カールがトレンホルムを選んだとしても、それだけを理由に警察が釈放することはないだろう。でも、トレンホルムをしょっぴいてきて尋問はするはずだ――それはまちがいない」

コールの報告はそこまでだったので、スーザンが料理の仕上げをして、ふたりで食べた。こうやって向かい合わせにすわることが、いまではコールにはごく自然に感じられた。コールはこう思った。スーザンは婚約者が自由の身となって、結婚したあと、このピーター・コールと家族ぐるみの友人として付き合いたいなどというばかげた考えをいだいてるのか？グレイスとハリーのリッチモンド夫妻のように？それは大ちがいなのだが。

食事のあと、コールは食器洗いを手伝うと言い張った。すわって考えこむ以外の何かをしていたかったからだ。

車がトンネルを通り過ぎたころ、ようやくふたりの話題は事件にもどった。

「ピーター」スーザンが尋ねた。「ハーランさんがカールに写真を見せてくれなかったら、どうするの？」

「そのときは面会日まで待って、きみが見せればいい。でも、ハーランはやってくれるさ。カールが有罪だと考えてるのはたしかだけど、ぼくたちが無実の罪を晴らしたいと言えば、協力くらいはしてくれるはずだ。そうしない理由がないだろう？　警察も検事も人間なんだよ、スーザン」

「わたしもそういう人をひとり知ってる」

コールはそのことばを聞き流して、運転に集中した。少しして、スーザンはまたカールの話をはじめた。

「ピーター、もしカールがトレンホルムの写真を見分けられて、警察も取り調べをする気になったとして、トレンホルムは見つかる？　居所はわかってるの？」

「さっき言ったとおり、記録は六か月前に途絶えてる。けど、潜伏でもしていないかぎり、探し出せるさ。とんでもなくひどい事件だけど、ひとついい点があるとしたら、それはトレンホルムが自分は身を隠す必要がないと思ってるところだ。もしニューヨークにいるなら、警察が本気になれば二十四時間以内に捕まえると思うよ」

8

ふたりとも黙したままニューアークへ差しかかったとき、ボストン行きの列車でピーター・コールの脳裏に沈んでいた想念がふと舞いもどった。しかも、前のときより近くに迫っている。この近さなら、手を伸ばしつづければつかみとれそうだった。

コールはいきなりハンドルを切って、酒場の前の歩道に車を寄せた。「一杯飲もう、スーザン」

スーザンは唐突な提案にやや驚いたようだったが、文句は言わなかった。ふたりはカウンターにすわって、マティーニを頼んだ。ひと口飲むと、どういうわけか、あの考えがはっきりしてきた気がした。そして、コールはいきなり片手でカウンターを叩いた。

「スーザン」コールは言った。「ジャージー・シティへ行こう。そのあと――もしできれば――〈アンシン・アンド・ヴィク〉へも。どうかな」

「ピーター――本気なの？」

「本気だよ。ハーランに写真を渡すのはあすでいい。自宅へ押しかけるより、職場で会ったほうがいやな顔をされにくいし、どうせ今夜のうちに写真を刑務所へ持っていくのは無理だ」

「でも、どうやって？　つまり、〈アンシン・アンド・ヴィク〉へどうやって行くの？」

「車でさ」コールは気分がよくなって、思わず噴き出した。

「もちろん、スミス先生に場所を教わってからだけどね」

「でも、あの人は覚えてないはずよ」

「スーザン、覚えてる必要なんかないんだ。そう、〈アンシン・アンド・ヴィク〉なんて店はどこにも存在しない。もしあれば、警察の捜査や新聞の呼びかけで見つかったはずだ。それなのに、カール・ディクソンはそこへ行ってネオンサインを見たと言った。となると、それはカールに見せるために一時的に掲げられた看板だったんだ。アンダーズはアンシンのふりをしてすでに店にいて、ヴィクとドロシーとカールがいつ来るかを正確に知ってたにちがいない。着く直前にそれを表に出して、自分が三人のテーブルへ行く前に片づけたんだよ。それをカールはその店のネオンサインと思いこんだんだろう。ほんとうにネオンサインを取りつけた可能性もあるが、それだと費用も手間もかかっただろうからね」

スーザンはうなずいた。「そうかもね。でも、どうしてそのことが店を見つける手がかりになるの？　むしろ、もっと大変になる気がするんだけど」

「スミス先生がいなければ、そうだろうな。スーザン、よく聞いてくれ。その看板が掲げられてたのはほんの数分だ。それでも、その数分のあいだに店の前を通った車があったはずだ。

何人かがその看板を見て、そのひとりがそれを覚えていた。スミス先生だよ。となると、先生に質問すべきことが変わってくる。どこで見たかを思い出してもらう必要はない。重要なのは、八月十六日の夜十二時半ごろ、どこにいたかってことだけさ。夜のそんな時間の外出は、呼び出しを受けていた可能性が高いだろうし、それなら診療記録に残ってるはずだ。ちょっと待っててくれ、ここからスミス先生に電話してみよう。会いにいくまでもないかもしれない」

コールはバーテンダーから片手いっぱいの小銭を受けとって、電話ボックスへ向かった。

十分後、笑顔でもどってきた。

「わかったぞ！」コールは言った。「ここから十マイル以内だ。思ってたより近い。ジャージー・シティから一〇六号線を十マイル行ったあたりの郊外で、お産があったそうだ。寝ていたとき、十二時ごろに呼び出しの電話があったらしい。服を着替えて車で向かい、朝の三時にようやく解放されたと言ってたよ。だから、〈アンシン・アンド・ヴィク〉があるのは――いや、あったのは――一〇六号線沿いの十マイル以内のどこかだ。そうじゃなきゃ、店の前を通れるはずがないんだから！」

「ピーター、いますぐ見にいきましょう」

「もう着いたも同然だよ」

スーザンの気持ちの高ぶりがコールにも見てとれた。固く握りしめた両手を膝《ひざ》に置いて助手席にすわっている。コールはジャージー・シティへはいったあと、一〇六号線を見つけ、そのまま郊外をめざして車を走らせた。

「このあたりが町のはずれだろう」家並みがまばらになっていくのを見て、コールは言った。「速度計の走行距離をよく見て、十マイルを過ぎたら教えてくれ。まず端まで行って、引き返しながらそれらしい店にはいってみることにしよう」

スーザンが十マイルを少し過ぎたと告げるまでに、ナイトクラブは三軒あった。

コールはそのまま車を走らせて、最初に目にはいったターンできそうな私道に車を入れた。

「二軒目がいちばん有望ね」スーザンが言った。「〈ブライアンズ・イン〉っていうお店よ。中へはいって、踊るサンドイッチを注文しましょう」

「なんだって?」

スーザンは笑った。「ネオンサインを見なかった? 〝ブライアンズ・イン 踊る《ダンシング》サンドイ《サンドイ》ッチ《ツチズ》〟と書いてあったの。三行に分かれてたから、もちろん、宿屋《イン》、ダンス、サンドイッチって意味でしょうけど、でもやっぱり、踊るサンドイッチを頼んでみたい」

ピーター・コールはにっこり笑って、車を発進させた。「いいだろう。もしあったら、ひとつ注文しよう。でも、三軒とも寄るつもりだよ。〈ブライアンズ〉がいちばん可能性が高いとしてもね。ところで、きみはなぜそう思ったんだ」

「そうね――道路からの距離かな。それに、お店の大きさも。それだけよ」

ふたりはいちばん手前のナイトクラブへ寄って一杯ずつ飲んだが、店にはいった瞬間に、ここはちがうという意見で一致した。店内のものの配置が、カール・ディクソンの説明した〈アンシン・アンド・ヴィク〉とはかけ離れていたからだ。何よりまず、ボックス席が見あたらず、かつてあった形跡もない。造りがまったく異なっている。

ふたりは車にもどって、〈ブライアンズ・イン〉へ向かった。コールは速度をゆるめ、ネオンサインを確認してから、駐車場へ車を入れた。スーザンの言ったとおりだった。店の前の芝地に立てられた看板枠には、大きなネオンの文字がこんなふうに並んでいる。

BRIAN'S INN
DANCING
SANDWICHES

店にはいると、ボックス席が見えた。テーブル席とせまいダンスフロアもある。三人編成のコンボ・バンドにちょうどいい広さのステージもあるが、いまはだれもいなかった。おそらく九時前だからだろう。ナイトクラブの夜はまだこれからだ。

「ピーター！」スーザンが言った。「ここよ。まちがいない」

興奮を抑えきれずにいるのが、その声からコールにも感じとれた。「落ち着いて、スーザン。期待しすぎないことだ。ここかもしれないけど、確証はまだないんだから」

「あのボックス席」――スーザンが指さす――「あそこにすわったはずよ。行ってみましょう」

「わかった」コールはスーザンのあとにつづいてボックス席へ行き、向かい合わせに腰かけた。コールを見るスーザンの目が興奮で輝いている。

「ピーター、ここよ」

「そのようだな。でも、証明できるかどうか、まず様子をみよう。喜ぶのはそれからだ」

ウェイターが注文をとりに近づいてきた。背が高く細身の男で、ブラッドハウンドのような物悲しげな顔をしている。そばに来るまでのあいだに、ピーターはスーザンに微笑みかけた。「踊るサンドイッチを頼んでみようか」

「だめよ。ふざけるのはやめましょう。この店よ、ピーター。証明しなくちゃ」

ウェイターが到着して、ピーター・コールは言った。「マティーニをふたつ」さらに、ウェイターが背を向ける前に声をかける。「ちょっといいかな」警官のバッジを取り出した。ニュージャージーでなくニューヨークのバッジであることに気づかれないよう、一瞬だけ見せる。

「心配は要らない」コールは言った。「問題があるわけじゃないんだ。ただ、この男に見覚えがあるかを訊きたくてね」警察署で手に入れたジェリー・トレンホルムの写真をポケットから取り出して、ウェイターへ差し出した。

ウェイターはじっと見つめてから、ゆっくりと首を横に振った。

「この店に来たことはないかな」コールは念を押すように尋ねた。

「覚えてませんね。自分がここで働きはじめてから、まだ日が浅いんで」

「どれくらいになる？」

「だいたい一か月半です」

「そうか。三か月前から働いてる者はだれかいるかな」

「ジョーがそうです、バーテンダーの。あと、たぶん料理人もそう。いつからここにいるかはわかりませんがね。それともちろん、店主のパウエルもです」

「ブライアンという人はいないのか」

「ブライアン・パウエル。名前がブライアンなんです」

「いま店にいるなら、話を聞きたいから来てくれと伝えてもらえないか」

「わかりました」

ウェイターは奥の部屋へ行ってから、カウンターにもどってふたりの注文を伝えた。ちょうどマティーニが運ばれてきたとき、奥の部屋から、白髪に囲まれた頭頂部がきれいに禿《は》げあがった、太り肉《じし》の陽気そうな男が出てきて、ウェイターを見やった。ウェイターがふたりの席を顎で示すと、太った男は近寄ってきた。

「ブライアン・パウエルです」男は言った。「何かご用ですかな」

「お掛けください、パウエルさん」スーザンが言い、ブースの端へ寄って場所をあけた。男は笑みを浮かべて腰をおろした。

「八月十六日の夜にこの店にいたと思われる数人の客について、お尋ねしたいことがありましてね」コールは言った。「夜中の十二時半から一時半ごろのことです。ひょっとしてこの男に見覚えはありませんか」

パウエルはトレンホルムの写真をじっと見た。「なんとなく覚えがあります」つづけて言った。「会ったことがあるかもしれませんね。いつかはわかりませんがね。八月十六日――ずいぶん前のことですから。その日は何曜日でしたか」

「金曜日です」

「なら、わたしもここにいたはずだ。でも、客入りが悪ければ、奥の部屋にこもっていたかもしれません。さっき出てきた部屋です」

「その夜は何人がここで働いていましたか」

「バンドのほかにですか？　ええと、ジョーがカウンターにいたはずです。それにウェイターがふたりと料理人かな。忙しくて手が足りないときは、わたしも手伝います。ホールなり、カウンターなりをね」

「その日は忙しくなかったはずです。先ほど言ったその数人の客のひとりが、ほかにはあまりいなかったと証言しているので」

「それなら、ウェイターはひとりだけだったかもしれません。もうひとりを早めにあがらせたでしょうから。必要なら、出勤表を確認することもできますよ。大事なことなんでしょう？」

「ええ、とても」スーザンが言った。

「ちょっと失礼しますね」パウエルは奥の部屋へもどっていった。

「あの人にカールの写真を見せる？　まだハンドバッグに入れてあるの」

「見せても問題ないだろう。ちょっと貸してもらえるかな。パウエルさんが記録を調べてるあいだに、それとジェリー・トレンホルムの写真をバーテンダーに見せてくる。だれかを覚えてる可能性はあるだろうけど、いちばん期待できそうなのはウェイターだな。その連中の給仕をしただろうから」

「理由はもうひとつある」スーザンは言った。

「なんだい」

「その人たちは飲み物の代金を席で払わなかったのよ」強調するように言った。「この店のオーナーということになってたんだもの、払うわけにはいかないでしょ。アンダーズかヴィク・トレメインのどちらかが、ウェイターを店の隅へでも呼んで、お金をこっそり渡したのよ。飲み物の代金に色をつけて、席に会計をしにこないでくれ、お釣りも返さなくていい、とでも言ってね。そうせざるをえなかったはずよ」

「なんて頭がいいんだ！　ぼくには思いつかなかったよ。そんなことをしたなら、きっとウェイターも覚えてるだろう」

コールはカウンターへ歩み寄って、バーテンダーのジョーに写真を見せ、しばらく話をしてから奥の厨房へ向かった。

席にもどって、スーザンに伝える。「ジョーはトレンホルムに似た男を一、二度見たことがあるらしいが、それがいつだったか、くわしいことは覚えていなかった。カールについては記憶にないそうだ。料理人はどちらとも顔を合わせていない。やっぱりいちばん期待できそうなのはウェイターだな」

スーザンは相槌を打った。体が少し震えているようだった。その理由がコールにはわかっていた。十分前は、何もかもうまくいくように思えた。ついに店を見つけたからだ。あの〈アンシン・アンド・ヴィク〉を。ところがいまになって、結局これも徒労に終わる気がしてきた。なんの証拠も見つかりそうもないのだから。

「気を落とさないで、スーザン」コールは言った。「ここでまちがいないなら、証明できるはずだ」

「でも、どうやって？」

ブライアン・パウエルがもどってきた。またふたりの席に腰をおろす。

「おっしゃるとおりでした」パウエルは言った。「あの夜は十二時にウェイターをひとり帰らせています。店に残ったのはひとりだけでした。名前はレイ・ウィーラー」

「まだここで働いていますか」

パウエルは首を振った。「ひと月半前、九月に辞めました。フロリダへ行くと言ってね。住所はわかりません」

「どうにかしてその人と連絡をとる方法はありませんかね」

「残念ながら、むずかしいです。流れ者でね。ここにも三か月しかいませんでした」

スーザンが食いさがる。「〈アンシン・アンド・ヴィク〉という名前に心あたりはありませんか、パウエルさん」

「〈アンシン・アンド・ヴィク〉？　どこかで聞いた気がするな。そうだ、数か月前にニューアークの近くであった殺人事件と関係があるんじゃなかったか」

「そうです。ぼくたちはこの店が――いえ、忘れてください」コールはカール・ディクソンの写真を手渡した。「この男を見たことはありますか」

パウエルは写真を凝視《ぎょうし》した。「じかにはないですが、新聞で見た覚えがありますよ。そのニューアークの事件で有罪になった男じゃありませんか」

ピーター・コールはため息を漏らした。きょうは運がいい日だと思っていた。いまこの瞬間までは。

パウエルは一杯だけふたりに付き合うと、ひとことことわって席を立ち、自分の部屋へもどっていった。スーザンがコールへ目を向けてきた。その目は涙でにじんでいる。コールはテーブル越しに手を伸ばして、スーザンの手をそっとなでた。

「元気を出して。だめだと決まったわけじゃない。ちょっと行きづまっただけさ。はじめてからまだ二日しか経っていないんだから」

「ええ、わかってる。あなたにはほんとうによくしてもらった。けど、もう八方ふさがりとしか思えないの。こんなに近づいたのに、まだまだ遠いなんて」

「なら、もっと近づこう」

コールは自分の手をスーザンの手に重ねたままだと気づき、あわてて引っこめた。

スーザンが見つめてくる。「帰りましょうよ、ピーター。あなた、疲れてるはずよ。ゆうべボストンへ行って、きょうもどったばかりだもの」

「いや。ぼくはだいじょうぶ」

「お腹はすいてる？　まだ踊るサンドイッチを頼む気はあるかしら」

「やめておくよ。きみが試したいなら、ひとつ頼もうか」

「いいえ。わたしはただ——空気が重かったから、ちょっと楽しいことを言ってみたかっただけ。そんなこわい顔をしないで、ピーター。たしかに、わたしのほうが先に弱気なことを言ったけど、いまじゃあなたのほうが暗い顔をしてる。でも、わたしたち、パウエルさんがここにいるあいだに、踊るサンドイッチを頼めば楽しかったのに」

「スーザン、ちょっとだまってくれ。考えたいんだ」

「わたしじゃ助けになれない？」

「だまってくれたら、助けになる。きっと何か方法があって——」

返事を求められていないことに気づいたらしく、スーザンは口を閉ざした。ピーター・コールは険しい顔でマティーニを見つめた。濡れたグラスの底で、木のテーブルにいくつもの輪を描く。

突然、グラスをつかむ指に力がこもって白くなった。「スーザン！　わかったよ！」

「何が？」

「待っててくれ！」

コールはなんの説明もせずに立ちあがり、十五分前にパウエルがもどった奥の部屋へ向かった。そこに二、三分いて、出てきた。きらきらと輝く目で、店の反対側にいるスーザンの視線をとらえる。スーザンはドアをじっと見つめていた。

コールは右手をあげた——親指と人差し指で輪を作る。

つづいて、電話ボックスへはいった。

すぐには出てこなかった。おそらく十分ほどいただろう。

それから、ボックス席の前までもどった。目はまだ興奮で光を放っていた。「行こう」コールは言った。「ハーランが来るんだ。いますぐね」

「ハーラン？」

「検事だよ。〈アンシン・アンド・ヴィク〉を見つけたと伝えたんだ。それに、ヴィク・トレメインの写真が手もとにあるから見せられる、ともね。すぐ着くはずだ」

「でも――」スーザンは立ちあがってハンドバッグに手を伸ばす。「でも、検事さんがここへ来るのに、なぜ帰るの？」

「帰らないよ。さあ、行こう。ハンドバッグなんて、ほうっておけばいい。すぐもどるから」

コールはスーザンを引きずるようにして店を出ると、駐車場にある自分の車へ向かった。前ではなく後ろのドアをあけ、乗りこまずに体をかがめて、車内用の膝掛け布を引っ張り出した。「持っててくれ。両端をね」

「でも、ピーター、いったい何を――」

「いいから。言われたとおりにするんだ」

スーザンが布をひろげて持つと、コールはズボンの横のポケットから折りたたみナイフを取り出した。

刃を出して、縁《ふち》飾りの隅から三十センチほどのところに切りこみを入れた。「ぴんと張るように持っててくれ。そのほうが切りやすい。少し切れたら、あとは一気に裂けばいい」

「でも、どうして――」

「これは古いやつで、もう気に入ってないんだ。切り裂いて、細長いのをいくつか作る。さあ、もう質問はなしだよ」

作業をしながら、コールは言った。「パウエルには許可をとったから、心配は要らない。ハーランがあれを見たら――」

やがて細長い布切れがいくつかでき、コールは何本かをさらに半分の長さに切った。「おいでよ」そう言うと、大量の布切れを両手にかかえて、早足でナイトクラブの前の芝地に立った大きなネオンサインの前へ向かった。

スーザンのハイヒールでは、コールに追いつくのがひと苦労だった。

「スイッチがあるはずだ」コールは言った。「この後ろにふたつあるはずなんだ。それで消せるとパウエルが言っていたんだが――。ほら、あったぞ」

ネオンサインの一行目、五十センチ大の青い文字で表示された〝BRIAN'S INN〟が消えた。その下に並ぶ三十センチ大の赤い文字の二行だけが残っている。

こういう二行だった。

DANCING
SANDWICHES

ピーター・コールは笑い声をあげた。

「見ててくれ、スーザン。踊るサンドイッチに乾杯だ！」

ピーターはネオンサインの正面へまわって、上の行の最初と最後の文字を布切れで覆った。その行は〝ＡＮＣＩＮ〟となった。つづいて〝ＳＡＮＤＷＩＣＨＥＳ〟の最初のＳを布で覆い、つぎの布を半分に折ってＷの左半分にかぶせた。それから、一枚の長い布で最後の三文字を覆う。何歩かさがって、自分の作品を満足げにながめた。ネオンサインはこうなっていた。

スーザンは呆然と立ちすくみ、それをまじまじと見つめた。ピーター・コールは手を差し出しかけたが、はっとして、その手をおろした。

どういうわけか、コールの声には元気がなかった。

「店のなかへもどろう」コールは言った。「こうしておけば、ハーランが車で乗りつけた瞬間に目にはいるだろう」

9

夜の十二時ごろ、クレア・エヴァンズは怒りを募らせ、それが頂点に達していた。ホテルの部屋で待ちぼうけを食わされて、もう一時間が経つ。ふたりは五十ものバイオリンが奏でる甘い音楽にうんざりして、十一時前に〈ダイヤモンド・ホースシュー〉を出たのだった。

「〈エディ・コンドンズ〉か〈ジミー・ライアンズ〉へ行って、本物の音楽を聴こうぜ」ジェリーが言った。

クレアはいい考えだと答えた。クラブを出ると、外は雪が降って、さらに冷えこんでいた。できればホテルへ寄って、いま着ているチャビー・コートを脱ぎ、マスクラットの毛皮のコートに着替えたいと思った。ジェリーはタクシーを待たせずに、金を払って帰らせ、いっしょにホテルのなかにはいった。ところが、エレベーターでクレアの腕にふれて言った。

「上の階のやつにちょっと会ってくる。部屋で待っててくれ。用がすんだら、迎えにいくから」

それが一時間前のことでなければ、どうってことはない。忌々しいほど長い一時間も前のことでさえなければだ。深夜のいい時間だというのに、部屋でひとり、退屈しきっていた。ジェリーはほかの女と会っているのか、それとも流れのサイコロ博打にでも首を突っこんだのか。

置き去りにされたとはっきりわかるなら、まだいい。あっちが好きにするなら、こっちもそうするだけだ。自分も出かけて、夜のつづきを楽しめばいい。そう、向こうがそのつもりなら、朝までても。

もう十二時を過ぎ、夜は消えかかっている。でも、自分の勘ちがいで、出かけたあとに、ひと足ちがいでジェリーが迎えにきたとしたら――そう、ただではすまなくなる。ジェリーとはずいぶんうまくいっているのだから、誠実でいてくれるかぎりは、この関係を壊したくない。

それでも、腹の虫がおさまらなかった。〈ホースシュー〉で何杯か飲んだぶんは醒《さ》めかけていて、ふたたび出かけるころには――もし出かけるなら――すっかり醒めてしまうだろう。ドアのほうへ歩いていったが、思いなおして引き返した。出かける代わりに受話器をとって、ルームサービスを呼び出す。

「三〇四号室よ」クレアは言った。「スコッチと炭酸水を一本ずつ。あと、氷もお願い」よし、あと一時間は待つことにするが、素面《しらふ》でいる必要はないだろう。そして、一時までに帰らなかったら――。クレアが部屋のなかを行ったり来たりしていると、ドアにノックの音がしたので、大きな声で「どうぞ」と返事をした。

ドアが開き、男がひとりはいってきたが、ルームサービスではなく、スコッチも持っていなかった。警官だ。制服は着ていないが、警官にちがいない。その後ろに、もうひとりいた。

「クレア・エヴァンズだね？」一方が言った。

否定しても無駄だ。ここへ来たということは、自分のことを知っている。「トレンホルム夫人よ」クレアは言った。「前はクレア・エヴァンズだったけど」

「ジェリーはいるか」

「いない。どこにいるかわからないの」クレアはジェリーがまずいことになっていないことを祈った。そして、今回もジェリーが言い逃れできるたぐいのやわな捜査でありますように、とも。

むろん、警官はそのことばを真に受けなかった。ひとり目が顎で合図をすると、ふたり目が寝室へ進んだ。浴室のドアをあけ、そのなかを調べる音も聞こえる。ふたり目がもどってきて、首を左右に振った。

「やつはあとでいい」ひとり目が言った。「まず女を連れていこう」クレアに向かって言う。

「さあ、行くぞ。コートを着るんだ。外は雪だぞ」

「罪状を訊いてもいいかしら」

「小切手に関するちょっとしたことだ。おとなしくついてくるよな」クレアは肩をすくめて、コートを手にとった。目あては自分ではない。ジェリーのことを聞き出したいだけのようだが、それなら大いに役立ってやろうじゃないか。最近ジェリーから頼まれたことと言えば、秘書のふりをして何度か電話をかけたことくらいだ。警察がそれを証明できるわけがない。ジェリーが困ったことにならないようにと、クレアはそれだけを願った。

警官ふたりはクレアを車に乗せて市警本部へ向かい、ドアに〝J・C・クランダル警部〟と記された部屋まで連れていった。クレアが中へ進むと、警官の一方が言った。「クレア・エヴァンズです、警部」ふたりとも中へ足を踏み入れなかった。外からドアを閉めて、去っていった。

警部が顔をあげてクレアを一瞥《いちべつ》し、かたわらの椅子を手で示した。「すわりたまえ」それだけ言うと、デスクの上の書類に向きなおった。

十五分待って、クレアは苛立ちはじめた。これはいったいなんの真似？「弁護士に電話してもいいかしら」クレアはとうとう言った。

「まだだめだ」警部は顔もあげずに答えた。

さらに十五分がのろのろと過ぎた。時間が経つのがあまりにも遅いので、クレアは腕時計が止まったのかと思い、二度も耳に寄せて針の音をたしかめた。「ねえ、どういうこと？」しびれを切らして言った。

警部はまた顔をあげた。「最近、小切手を現金化したか」

「いいえ」

「なら、何も心配はない。先週の火曜、きみと特徴が一致する女が偽造小切手を使ったんだ。筆跡はジェリーのものと考えられる。もうすぐ人が来ることになっていてね。その人がきみを見て、人相がちがうと言えば、きみは帰れる」

クレアはほっと息をついた。もう何か月も偽造小切手は使っていない。椅子の上で少しだけ緊張を解いて、煙草に火をつけた。警部は微笑んで言った。「もし人ちがいだったら、待たせてすまないね。もう着いてもおかしくないんだが。何か読みながら待つかい」

デスクの抽斗《ひきだし》から雑誌を何冊か取り出して、クレアに渡した。このあたりでクレアは気づくべきだったが、「ありがとう」とだけ言って、そのうちの一冊をぱらぱらとめくった。私立探偵マイケル・シェーン・シリーズの新作が載っていたので、それを読みはじめた。

三十分近く経って、ノックの音が響き、ドアが少し開いた。警部が「どうぞ」と言うと、背の高い若者がドアをあけて、戸口に立った。

「ピーター・コールです、警部」若い男が言った。「彼を連れてきました。中へ入れますか」

クレアは雑誌を閉じたが、指をはさんだままだった。これが終わったら――すぐに終わるだろう――最後まで読みたいので持ち帰ってもいいかと訊いてみよう。

クランダル警部が「ああ、頼む」と言うと、戸口の男が――いい男ね、おまわりだけど、とクレアは思った――部屋にはいって脇へ退き、外にいるだれかへ手で合図をした。

外にいた男が姿を現した――クレアは大きく口をあけ、いまにも悲鳴をあげそうなのをこらえようと、手の甲で口を覆った。

カール・ディクソンがクレアを見て、かすかに笑みを浮かべた。「やあ、ドロシー」

それはほかの夜明けと変わらない夜明けだったが、スーザン・ベイリーが一睡もせずに夜明けを待ちわびたのは久しぶりだった。部屋の窓辺に立って外を見ていると、舞い落ちる雪で淡くにじんでいた街灯の明かりがいっせいに消えた。あたりが濃い灰色から明るい灰色に変わったので、通りもいっそう白く見える。スーザンは深夜に帰宅していた。タクシーにひとりで乗るとき、ピーターは自分だけ残って最後まで見届けると言った。それでも、何時になってもかならずもどると約束した。だからスーザンは眠らなかった。読み物をしたり、立ちあがって窓の外を見たりして過ごした。

階段をあがってくる足音が聞こえた。夜半から同じような音を二十回は聞き、そのたびに緊張した。また体をこわばらせていると、だれかがドアをノックした。スーザンは駆け寄って、ドアを勢いよくあけた。

ピーター・コールが立っていた。帽子やコートの肩に雪が積もっている。ピーターは微笑んだが、会心の笑みには見えなかったので、スーザンは一瞬、何か悪いことがあったのではないかと思った。

「すべてうまくいったよ、スーザン」ピーターが言った。「カールは釈放される。完全に無実が証明された」

スーザンはピーターの手を引いて部屋へ招じ入れた。ピーターは帽子を脱いだものの、濡れたまま手に持ち、コートを預けようともしなかった。

「少ししかいられないんだ」ピーターは言った。

「ばかなこと言わないで、ピーター。コートを渡してちょうだい」

「いや、もう行くよ。あまり話すこともないんだ。きみを帰らせたあと、ハーランといっしょに刑務所へ行った。カールはジェリー・トレンホルムの写真をはっきり言いあてたよ。ハーランはすぐに刑務所からニューヨークへ電話をして、トレンホルムとクレア・エヴァンズを連行するよう要請した。クレアはすぐに拘束できた。

ハーランはカールの身柄を一時預かりにする形で釈放させ、いっしょにニューヨークへ連れていった。カールがクレアとドロシーが同一人物だと言いきると、クレアはすっかり動転してね。殺人の共同正犯で起訴されるか、検察側の証人となって事後従犯者として減刑されるか、どちらかを選べと言ったら、あっさり自供したよ。

トレンホルムはその数時間後に捕まった。やつの口を割らせようとするのを見てたんだが、だめだったよ。しぶといやつだけど、なんの問題もない。クレアの証言があれば、一巻の終わりだ。万が一刑を免《まぬが》れたとしても――それはないだろうけど――カールの無実は変わらない」

「カールはどこにいるの？」

「もう釈放されたはずだ。いろいろと手続きがあるからね。それに、警察としても、ジェリー・トレンホルムの件やその他もろもろで協力してもらいたいことがあるんだよ。それでも、まもなくここへ来るだろう。カールにはぼくから話をしておいた。きみが起きて待ってるから、真っ先にきみの部屋へ行くようにってね。というわけで、ぼくは行かなきゃ」

「どうして？　待って、ピーター。行かないで。わたし、まだ――お礼も言ってないのに」

「いいんだ。お礼なんて要らない。ほんとうにいいから。何もかも終わったんだ。それに、ここのところ、ろくに睡眠も――」

「ピーター、お願いだからだまって」

「えっ？」ピーターは困った顔でスーザンを見た。

「ねえ、ピーター。カールがまっすぐここへ、しかもいますぐ来ると聞いて、わたしはすごくうれしいの。終わりにできるからよ。わたし、婚約を解消するつもりなの。だったら、いまがそのときだと思わない？　いまのカールは、やっと釈放されて、自由の身になって、仕事にももどれて――きっともどれるはずよ――何もかも喜びでいっぱいのはずだから。カールはいい人よ。いまでも好き。だけどね、ピーター、わたしのなかで彼への愛は冷めはじめてたの――それも三か月前、あの事件が起こるよりも前からね。あの一、二週間後には婚約を解消してたはずなのよ。でも、わかるでしょうけど、カールが厄介なことに巻きこまれて、そうもいかなくなってしまった。たとえ愛してなくても、彼が困ってるなら支えてあげなくちゃいけない。なんと言っても、無実にちがいないと思ってたし、そう信じてあげられるのはわたしだけだったから」

「スーザン――」

「まだ何も言わないで。カールがもうすぐ来るなら、まずカールと話をさせてちょうだい。きっと彼なら平気よ。いますぐ話せばね。だから、待っててくれない？　それからふたりで話しましょう。通りの向かいに終夜営業のレストランがあるの。そこで待っててもらえるかしら。カールが帰ったら、わたしもおりていくから」

ピーターは手を差し伸べかけたが、すぐにもどした。二十四時間伸びっぱなしのひげの奥で、顔を輝かせている。

「いや」ピーターが言った。「外で待つよ。通りの向こうで、カールが来て帰るのを見届ける。雪に埋もれるだろうけど、雪は好きなんだ。凍りつくかもしれないけど――きみが溶かしてくれるだろう？」

スーザンは目を潤《うる》ませて笑った。その目から答を読みとったらしく、ピーターはいきなりきびすを返して、階段を駆けおりていった。

収録作原題・初出年

不吉なことは何も　The Shaggy Dog and Other Murders　一九六三年

毛むくじゃらの犬　The Shaggy Dog Murders（初出時：To Slay a Man About a Dog）一九四四年

生命保険と火災保険　Life and Fire　一九四一年

ティーカップ騒動　Teacup Trouble（初出時：Trouble in a Teacup）一九四〇年

よい勲爵士《グッド・ナイト》によい夜《グッド・ナイト》を　Good Night, Good Knight（初出時：Last Curtain）一九四九年

猛犬に注意　Beware of the Dog（初出時：Hound of Hell）一九四三年

さまよえる少年　Little Boy Lost　一九四一年

姿なき殺人者　Whistler's Murder　一九四六年

サタン一・五世　Satan One-and-a-Half　一九四三年

象と道化師　Tell'em, Pagliaccio!　一九四三年
不吉なことは何も　Nothing Sinister　一九四二年
踊るサンドイッチ　The Case of the Dancing Sandwiches　一九五〇年

解説――歓喜の一冊

村上貴史

フレドリック・ブラウン著。越前敏弥訳。『不吉なことは何も』。

本書の刊行を、まずは全身全霊で喜びたい。極上の短篇が十本と、非常に出来映えのよい一本の中篇からなる一冊を、名手の新たな翻訳を通じて、現代の日本語で読めるのである。その心地よさは、もはや極楽。

いかに魅力的かを具体的に語る前に、いくつか本書の基本的な情報を記しておこう。

■不吉なことは何も

本書『不吉なことは何も』は、小西宏の訳で一九六四年に創元推理文庫からサスペンスおよびスリラーを示す猫マークで刊行された『復讐の女神』の新訳版である。収録作品は旧訳版と新訳版で同一だが、収録順や邦題には変更が施されている（詳細は後述）。収録された十本の短篇はすべて一九四〇年代に書かれたものであり、唯一の中篇も一九五〇年の作品と、おおよそ七十～八十年も昔の小説ばかりだ。とはいえ、そもそもの各篇の力強さに加え、新訳効果もあり、今なお新鮮に愉《たの》しめることは明言しておく。

■十の短篇と一つの中篇

というわけで、新訳によって新たな輝きを得た作品の数々を紹介していくとしよう。

第一話「毛むくじゃらの犬」は、先の読めない展開や、その裏にあった動機の意外性が抜群に素晴らしい。巻頭を飾るに相応《ふさわ》しい一篇である。といいつつ、第二話「生命保険と火災保険」の展開もまるで先が読めない。読者は、主人公である保険会社外交員のよく回る口と胆力に吃驚《きっきょう》しているうちに、あんなことこんなことが起き、一瞬の緩みもないままに結末まで連れて行かれるのである。まさに満足至極。第三話「ティーカップ騒動」は、かっぱらいの達人が札入れを掏《す》られるという屈辱的な出来事で幕を開けるのだが、そこからの展開がまたしても意外性の極み。奇妙な友情と実験、驚愕の新事実、そして告白。忘れがたい一篇だ。

意外性とはまた異なる魅力を備えているのが、第四話「よい勲爵士《グッド・ナイト》によい夜《グッド・ナイト》を」だ。強請《ゆす》りで生計を立てている役者の心を掘り下げた一篇であり、最後の一行の力強さに圧倒される。第五話「猛犬に注意」は、完璧な犯罪計画を立案し、実行した男の物語。犯行計画そのものに加え、語り口の柔らかさと結末の光景も印象深い。第六話「さまよえる少年」は、〝家族が犯罪者としての一歩を踏み出す直前〟という瞬間に着目した小説で、サスペンスを醸成《じょうせい》する著者の腕前を堪能できる。少年と母、さらに祖母の繰り広げるドラマは、その幕切れを含め、深く記憶に残る。

本格ミステリとしての骨格をもつ第七話「姿なき殺人者」では、探偵二人の監視の目をくぐって行われた殺人が語られる。犯人を、探偵及び読者から隠す技巧がシンプルながら冴えている。第八話「サタン一・五世」は、〝黒猫のピンポンダッシュ〟で幕を開けるサスペンス。主人公と隣人が危機に陥《おちい》る一篇で、怖さが実に生々しい。結末も本書においては特徴的で、私的な感情を書かせて戴《いただ》くと、大好きな小説である。

第九話「象と道化師」は、巡業ショーの一座に属する象と、元道化師の象使いの物語。人を殺したとして殺処分されそうになった象を、象使いが救おうとするのだが——象の事件の裏側に隠されていた意外な真相という面に加え、象と象使いの交流という面でもチャーミングな一作である。

第十話「不吉なことは何も」の主人公は、二十年も同じ会社で働いてきた男だ。その会社を倒産の危機から救うべく、あるプランを練った彼は、何故か命を狙われ始めた……。二十頁ほどの短篇だが、起伏に富み、終盤のたたみかけも強烈である。犯行動機の伏線と意外性、そのさらに奥にある〝怖さ〟、いずれも極上。

中篇「踊るサンドイッチ」は、全九章を六人の視点で語るという技巧的な構成だが、その技巧を意識させないほどなめらかに物語は展開していく。一夜の恋の予感を覚えた男性を襲った不幸な出来事が、ナイトクラブが消えるという不思議な現象と重ねて語られ、さらに窮地に陥った前述の男性を救おうと奮闘する彼の婚約者と、彼女を手助けしようとする刑事が描かれ……サスペンスも濃く、トリックも鮮やかで、さらに登場人物たちのドラマも印象深いという、まさに満点の中篇ミステリである。特に最後の二頁が素晴らしい。事件や犯罪と直接の関係はないのだが、この中篇の締めくくりとしては絶対的に必要不可欠なエピソードであり、そこをブラウンがきちんと書いてくれているのが嬉しい。気持ちよく本を閉じることができるのである。

とまあ駆け足で収録作の魅力を語ったが、とても語り尽くせるものではない。それほどの密度で、各篇は魅力的なのである。それも個性的に、だ。しかも、著者が普遍的な心の動きに立脚してサスペンスを構築し、犯罪を練り上げているだけに、物語として古びていないのである。あらためてフレドリック・ブラウンの力強さを思い知らされる。

■旧訳版と新訳版、さらには原書

さて、冒頭で『復讐の女神』と『不吉なことは何も』の差異の詳細は後述と書いたが、このあたりでそれに触れるとしよう。

まず、「復讐の女神」と「不吉なことは何も」だが、いずれも“Nothing Sinister”という収録作の邦題である。旧訳版では「復讐の女神」とされていたが、この名前が指し示すネメシスは、復讐の女神というよりはむしろ義憤の女神という存在であることから違和感を覚えた越前敏弥が邦題を一から見直し、最終的に、英語タイトルに素直に日本語をあてた「不吉なことは何も」としたのだという。

旧訳版と新訳版には、他にも相違点があるのだが、それを紹介する前に、原書と邦訳版(『復讐の女神』及び『不吉なことは何も』)の相違点を紹介しておきたい。そう、原書と邦訳版の間にも、相違点があるのだ。

最初に世の中に登場したのは、当然ながら原書である。*The Shaggy Dog and Other Murders* という短篇集で、一九六三年の刊行。十の短篇が収録されている(ミステリ短篇集としては、『真っ白な嘘』(五三年)に続く、十年ぶりの第二短篇集ということになる)。

その翌年、この十作の順番を少し変更し、そこに中篇「踊るサンドイッチ」を加えて刊行された邦訳版が『復讐の女神』である。順番を変えたり中篇を加えたりした理由は、今となっては編集部でもわからないそうだが、いずれにせよ、*The Shaggy Dog and Other Murders* とは少しだけ異なる作品集として『復讐の女神』は刊行されたのだ。

『復讐の女神』の刊行にあたっては、書籍全体の題名と収録作の関係にも変更が加えられた。原題の書籍としての題名、*The Shaggy Dog and Other Murders* は、短篇 "The Shaggy Dog Murders" と関連を感じさせる。だが、日本では、その短篇の邦題「毛むくじゃらの犬」ではなく、"Nothing Sinister" の邦題、つまりは「復讐の女神」を選んだのだ。ここもまた原書との相違点である。

　こうした原書と邦訳版の差異のうえに、『復讐の女神』と『不吉なことは何も』の差異が存在している。まずは、前述の通り、収録順が異なる。旧訳版では、*The Shaggy Dog and Other Murders* では最終話だった「復讐の女神」が先頭に移されていた。それにともない、本来は第一話だった「毛むくじゃらの犬」が第二話となり、以降、順番が一つずつずれることとなっていた。その収録順が、『不吉なことは何も』では、原書と同じに戻されている。「毛むくじゃらの犬」で始まり、「不吉なことは何も」に至る流れになっているのだ。また、表題作以外でも五短篇の邦題が変更されている。「すりの名人」→「ティーカップ騒動」、「名優」→「よい勲爵士《グッド・ナイト》によい夜《グッド・ナイト》を」、「猛犬にご注意」→「猛犬に注意」、「不良少年」→「さまよえる少年」、「黒猫の謎」→「サタン一・五世」。もともと原題に沿っており、邦題としてもほとんど同一の「猛犬に〜」はさておき、いずれも原書のタイトルに近付ける変更である。

　さらに、『復讐の女神』では、十の短篇と中篇「踊るサンドイッチ」がフラットに並んでいて、原書にも「踊るサンドイッチ」が含まれていたと勘違いしかねない体裁だったのに対し、今回の『不吉なことは何も』では、三五二頁からのリストや、あるいは扉などによって、*The Shaggy Dog and Other Murders* の十篇と「踊るサンドイッチ」の境界が明確になっている。これもまた原書と邦訳の関係を明確にする効果があり、嬉しい改善点だ。

という具合に、『不吉なことは何も』は、より原書に忠実かつ誠実な一冊になったのである。とはいえ、さすがに書籍としての邦題は、『毛むくじゃらの犬』には変更しなかった。やはり、ミステリ短篇集のタイトルとしては『不吉なことは何も』のほうが好ましかろう。納得の判断である。

　そのタイトルについてもう一点、『復讐の女神』の巻末に収録されていた厚木淳の「ノート」をここに引用しておく。

「Shaggy Dog《シャギー・ドッグ》とは文字どおり、毛むくじゃらの犬のことだが、米語のスラングでは、〝話手がひとりでおもしろがって話しているが、聞手のほうは退屈でうんざりしている長話〟という意味に使う言葉なのだ。自己の話術に絶大な自信をもつブラウンが、短編集の総タイトルにShaggy Dogとつけるあたり、そうとうなおとぼけというべきだろう。」

　この米語のスラングの説明は、厚木淳の指摘に加え、「毛むくじゃらの犬」に登場する私立探偵の姿とも重なっていて印象深い。本稿でもあらためて紹介する次第である。

■リクエストなど

フレドリック・ブラウンの作家活動において一つの節目となる作品が『シカゴ・ブルー

ス』である。一九四七年に発表されたこの作品は、ブラウンにとって初めて刊行された長篇小説であると同時に、アメリカ探偵作家クラブ賞の最優秀新人賞を獲得した作品であった(ブラウンがこの作品を一九四四年に書き上げてから四七年の刊行に至るまでの流れは、『シカゴ・ブルース』の杉江松恋解説に詳しい)。いってみれば出世作なのだが、本書に収録された十の短篇のうち、実に九篇までもが、『シカゴ・ブルース』刊行に先だって発表された作品であった(唯一の例外となる短篇は四九年の「よい勲爵士《グッド・ナイト》によい夜《グッド・ナイト》を」)。しかしながら、出世作に先立つ作品だからといってクオリティが劣るかというとそんなことは全くなく、着想のユニークさといい、結末の切れ味といい、登場人物の造形といい、見事な短篇ばかりである。

中篇「踊るサンドイッチ」も、前述のように素敵な出来映えだ。ジャック・シーブルック(Jack Seabrook)によるフレドリック・ブラウンの評伝 *Martians and misplaced clues: the life and work of Fredric Brown* によれば、この中篇は、まず、Mystery Book Magazine に四百ドルの稿料で掲載されたという。Internet Archive でこの雑誌を参照したところ、一九五〇年夏号(Vol.10, No.1)に掲載されたことが判る。同号は、「踊るサンドイッチ」以外に別の著者の中篇(Short Novel)をもう一篇と、ジョン・D・マクドナルド作品をはじめとする五つの短篇などを含み、一四八頁で二十五セントだった。「踊るサンドイッチ」はさらに、Dell Publishing Co. に千ドルで買われ、一九五一年十一月に書籍化された。同社は六十四頁のペーパーバックオリジナルとしてこの中篇を一冊十セントで売り出したそうだ。

フレドリック・ブラウンはその後、この作品の長篇化を試みた（シーブルックは一九五六年頃と推測している）。長篇では、舞台がニューヨーク及びその周辺からアリゾナ州ツーソンに変更され、新たな登場人物が増え、さらには語り口も変化していたという。結局その長篇版は九章までで途絶したのだが、書き上げられた部分は、〝中断した長篇〟として、中篇版とあわせて、一九八五年に刊行された。同書の序文はローレンス・ブロック。ここでブロックが紹介するまでは、中篇ペーパーバック版の「踊るサンドイッチ」は、希少ペーパーバックのコレクター以外には注目されず、書評も批評もされずにいたそうだ。そう考えると、一九六四年の時点で『復讐の女神』にこれを収録した旧訳版の編集者は慧眼《けいがん》だったといえよう――偶々《たまたま》同年の『宝石』三月号に小西宏の訳で「踊るサンドウィッチ」が掲載されていたことが理由なのかもしれないが。

短篇において注目したいのが、「生命保険と火災保険」と「姿なき殺人者」である。こちらは、お読みになった方はお気付きだろうが、主人公が共通している。ヘンリー・スミスという保険会社の外交員である。シーブルックによれば、ヘンリー・スミスは、フレドリック・ブラウンが創造した三人目のシリーズキャラクターとのこと。ヘンリー・スミス以前の二人とは、Carter Monk（一九三七年創造）と Carey Rix（四〇年創造）であり、それぞれ三作品、二作品で活躍したに過ぎなかった。それに対して、四一年に初登場したヘンリー・スミスは、実に六作品で活躍したのである。そんな彼の初登場作が「生命保険と火災保険」であり、「姿なき殺人者」が最後の作品だった。その両方を本書では読める。なお、第二作と第四作は『ミステリーズ！』に、そして第五作は、『宝石』に邦訳がある。つまり未訳は第三作のみなのだ。せっかくなので、第三作を翻訳し、さらに必要に応じて第五作を改訳して、東京創元社からヘンリー・スミスの短篇集として刊行してほしいものである。勝手ながらここでリクエストしておこう。ちなみに、訪問先で命を脅かされる羽目になったスミス氏の機転が痛快な『トンデモない爆撃機』（一九四二年。『ミステリーズ！』Vol.27に収録）にしても、スミス氏が二人の死者と雪上の足跡を巡る推理を披露する『保険金お死払い』（一九四三年。『ミステリーズ！』Vol.22収録）にしても、いずれも本書の二作と比べて遜色のない出来映えであり、よい短篇集になりそうに思う。なお、本稿で参考にしたシーブルックの著作は一九九三年の刊行だが、その後、ヘンリー・スミスの第七の短篇が存在するらしいことが判明した。一九六二年に発表された“Fatal Facsimile”だ。短篇集が実現する暁には、こちらも収録してもらえると嬉しい。

とまあそんな欲望も湧き上がるほどに、新訳版のこの短篇集は、今日的《こんにち》な魅力を放っている。ブラウンが切れ味鋭く描き出した人間模様の数々を改めて堪能できる一冊として、『復讐の女神』を読んだ方にも、そして新訳版『真っ白な嘘』でフレドリック・ブラウンの短篇ミステリの魅力に目覚めたという方にも、是非御一読戴きたい。

検印
廃止

訳者紹介　1961年生まれ、東京大学文学部卒業。英米文学翻訳家。主な訳書に、ドロンフィールド「飛蝗の農場」、D・ブラウン「ダ・ヴィンチ・コード」「オリジン」、クイーン「Yの悲劇」、F・ブラウン「真っ白な嘘」など。

不吉なことは何も

2021年9月24日　初版

著　者　フレドリック・ブラウン
訳　者　越《えち》　前《ぜん》　敏《とし》　弥《や》

発行所　（株）東京創元社
代表者　渋谷健太郎

162-0814／東京都新宿区新小川町1-5
電　話　03・3268・8231-営業部
　　　　03・3268・8204-編集部
URL　http://www.tsogen.co.jp
DTP　工友会印刷
暁印刷・本間製本

乱丁・落丁本は、ご面倒ですが小社までご送付ください。送料小社負担にてお取替えいたします。

Ⓒ越前敏弥　2021　Printed in Japan

ISBN978-4-488-14624-5　C0197

名作ミステリ新訳プロジェクト

MOSTLY MURDER◆Fredric Brown

真っ白な嘘

フレドリック・ブラウン

越前敏弥 訳 創元推理文庫

◆

短編を書かせては随一の巨匠の代表的作品集を
新訳でお贈りします。
奇抜な着想と軽妙なプロットで書かれた名作が勢揃い！
どこから読まれても結構です。
ただし巻末の作品「後ろを見るな」だけは、
ぜひ最後にお読みください。

収録作品＝笑う肉屋，四人の盲人，世界が終わった夜，メリーゴーラウンド，叫べ、沈黙よ，アリスティードの鼻，背後から声が，闇の女，キャスリーン、おまえの喉をもう一度，町を求む，歴史上最も偉大な詩，むきにくい小さな林檎，出口はこちら，真っ白な嘘，危ないやつら，カイン，ライリーの死，後ろを見るな

成長の痛みと爽快感が胸を打つ名作！

THE FABULOUS CLIPJOINT◆Fredric Brown

シカゴ・ブルース

フレドリック・ブラウン

高山真由美 訳　創元推理文庫

◆

その夜、父さんは帰ってこなかった——。
シカゴの路地裏で父を殺された18歳のエドは、
おじのアンブローズとともに犯人を追うと決めた。
移動遊園地で働いており、
人生の裏表を知り尽くした変わり者のおじは、
刑事とも対等に渡り合い、
雲をつかむような事件の手がかりを少しずつ集めていく。
エドは父の知られざる過去に触れ、
痛切な思いを抱くが——。
彼らが辿り着く予想外の真相とは。
少年から大人へと成長する過程を描いた、
一読忘れがたい巨匠の名作を、清々しい新訳で贈る。
アメリカ探偵作家クラブ賞最優秀新人賞受賞作。

『幻の女』と並ぶ傑作！

DEADLINE AT DAWN◆William Irish

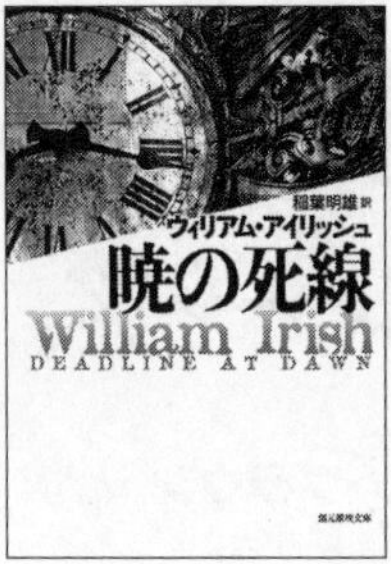

暁の死線

ウィリアム・アイリッシュ
稲葉明雄 訳 創元推理文庫

◆

ニューヨークで夢破れたダンサーのブリッキー。
故郷を出て孤独な生活を送る彼女は、
ある夜、挙動不審な青年クィンと出会う。
なんと同じ町の出身だとわかり、うち解けるふたり。
出来心での窃盗を告白したクィンに、
ブリッキーは盗んだ金を戻すことを提案する。
現場の邸宅へと向かうが、そこにはなんと男の死体が。
このままでは彼が殺人犯にされてしまう！
潔白を証明するには、あと３時間しかない。
深夜の大都会で、若い男女が繰り広げる犯罪捜査。
傑作タイムリミット・サスペンス！
訳者あとがき＝稲葉明雄　新解説＝門野集